www.islington.gov.uk

 **ISLINGTON**

T 020 7527 6900

Islington Libraries

6/09

0 2 JUL 2009

2 2 JUL 2010

3 1 AUG 2010

→ ML 8/10

1 3 AUG 2011

2 4 SEP 2011

Please return this item on or before the last date stamped below or you may be liable to overdue charges.

To renew an item call the number below, or access the on-line catalogue at www.islington.gov.uk/libraries

You will ne............................mber and PIN numb(

Jarosław Klejnocki

południk

Wydawnictwo Literackie

Wydanie pierwsze

ISBN 978-83-08-04202-1

Mojej ukochanej Żonie

Tak,
   Broń jest diabelskim narzędziem;
   A stworzenia brzydzą się nią.
Dlatego,
   Kto pragnie pójść Drogą,
   nie zabiera broni.

Lao Tzu, *Tao Te Ching*
(tłum. Jacek Koziński)

...nie rozeznaję się w tym, co czynię;
gdyż nie to czynię, co chcę, ale czego
nienawidzę, to czynię.

Rz 7, 15 (Brytyjskie i Zagraniczne
Towarzystwo Biblijne, Warszawa 1975)

PROLOGOS

Warszawa, plac Teatralny. Majowa noc 1875 roku

Skąpe światło olejowych latarń oświetlało plac przed Operą. Zawieszono je niemal przed stu laty na polecenie prezydenta Dulfusa, który życzył sobie, żeby otoczenie ratusza było jasne także w nocy. Ratusz stał co prawda w rynku Starego Miasta, ale przy okazji oświetlono również Krakowskie Przedmieście oraz kilkanaście bram przy Nowomiejskiej. Nieliczne lampy trafiły na plac Teatralny. Były to pierwsze latarnie w mieście i z początku tłumy pielgrzymowały, by zobaczyć ten cud techniki. Teraz, nawet po wprowadzeniu innowacji i przy zastosowaniu obudowy rewerberowej, ciemności wciąż wkradały się żarłocznie w przestrzeń między poszczególnymi słupami. Myślano więc w mieście o dalszej rozbudowie systemu oświetlenia. Niemieckie Kontynentalne Towarzystwo z Dessau już wznosiło na Książęcej pierwszą gazownię — jej uruchomienie planowano na przyszły rok. Ale tymczasem wciąż trzeba było polegać na starym, dobrym oleju.

Dlatego fasada gmachu Opery pogrążona była w cieniu i tylko ktoś, kto widział budynek za dnia, mógł sobie o tej porze wyobrazić cały jego ogrom.

Senatorską wlókł się właśnie furgon zaprzężony w dwa wielkie perszerony. Podkute kopyta waliły o bruk, a echo niosło się wzdłuż całej ulicy. Woźnica i jego towarzysz spowici byli w peleryny, bo pomimo rozkwitającej wiosny, nocami wciąż bywało zimno, a mgła nadciągająca znad rzeki potęgowała tylko chłód, niosąc ze sobą wilgotne, zapierające dech w piersiach powietrze. Kozacki ront, wynurzywszy się z ciemności, z wyraźną niechęcią skierował się ku nadjeżdżającym. Powożący zaprzęgiem wydobył zza pazuchy papier, który podał niedbale oficerowi kozaków. Ten, widząc oficjalną pieczęć swego komendanta, tylko zasalutował i natychmiast zawrócił ludzi w stronę placu Bankowego. Był doświadczonym dowódcą. Ktoś, kto nocą podróżuje po mieście wielkim wozem i niedbale legitymuje się na wezwanie papierem podpisanym przez Jego Wieliczestwo, Generała, musi niewątpliwie wykonywać jakieś ważne zadanie carskiej policji. A z takim lepiej nie zaczynać.

Kiedy patrol zniknął w ciemnościach, ciężki wóz potoczył się dalej, tylko po to, by przystanąć po kilku metrach, niemal naprzeciwko wejścia do Opery.

Ziemia w tym miejscu była rozkopana, jakby ktoś wcześniej przygotował tę część gruntu pod budowę. Człowiek siedzący obok tego, który dzierżył lejce, zeskoczył z kozła. Powożący tymczasem, zaciągnąwszy dźwignię hamulca i zawiązawszy uprząż na specjalnej miedzianej gałce, podążył w ślad za nim.

Widać było, że obaj doskonale wiedzą, co mają robić; nie wymienili między sobą ani jednego zbędnego słowa. Zgodnie współpracując, odrzucili plandekę z wozu. Na platformie stała spora drewniana skrzynia, zamknięta na solidny zamek.

— Nuże! — powiedział ten, który powoził, i jego kompan rączo wskoczył na pakę. Ujął skrzynię oburącz za dwie metalowe obręcze u jej boków i z wysiłkiem przesunął ją ku krawędzi wozu, po czym sam zeskoczył na ziemię. Wtedy obaj złapali za obręcze i razem zdjęli pakunek. Zataczając się i potykając, bo ciężar był spory, przenieśli skrzynię nad skraj wykopu. Odpoczęli chwilę, ciężko oddychając. Wreszcie zdecydowali się, niemal jednocześnie — i znów bez słów — na ostatni krok. Dźwignęli skrzynię i zsunęli ją w głąb wykopu, a kiedy spoczywała już na jego dnie, uważnie rozejrzeli się po okolicy. Nic się nie działo, tylko gdzieś od placu Bankowego słychać było gwizdy kozaków, zapewne tych, którzy jakiś czas temu ich legitymowali.

Towarzysz powożącego kopnął się do wozu i przyniósł dwa solidne szpadle. Pracowali szybko, zasypując skrzynię ziemią. Ci, którzy przyjdą rano, by dokończyć dzieła, nie powinni się niczego domyślić. Położą po prostu cegły na przygotowanym ziemnym fundamencie i tyle. Przerzucili więc ziemię, a potem wskoczyli do dołu i udeptali ją, waląc z pasją buciorami, aż im pot wystąpił na twarzach. Po kilkunastu minutach nic już nie było widać.

Obaj mężczyźni wskoczyli szybko na kozła i poganiając konie, odjechali w stronę Starego Miasta. Zmierzali ku Koziej, gdzie w małym mieszkaniu na pierwszym piętrze leżała na stelażu butelka dobrego francuskiego wina, czekająca od jakiegoś czasu na taką właśnie okazję. Furgon zostawili na rogu Koziej i Miodowej. Końmi zajął się natychmiast sługa Maciej, czekający niecierpliwie w bramie. Nie rozebrawszy się nawet, jeszcze w pelerynach, zasiedli do stołu, na którym stała karafka z wodą. Opróżnili ją w mgnieniu oka. Po chwili wytchnienia towarzysz woźnicy poszedł po wino, a ten — upewniwszy się, że nie może być widoczny z pomieszczeń kuchennych — ukradkiem wyciągnął zza paska od spodni rewolwer Colt Navy i sprawdził spust. Potem znowu ukrył go w czeluściach peleryny. Stara, dobra broń. Dostał ją z przydziału przed samym powstaniem, pachnącą jeszcze smarem i olejami. Zupełnie nową. Przeszła z nim cały szlak bojowy i kilkakrotnie uratowała mu życie. W tej chwili miała posłużyć ostatni raz — i to w taki okropny, nieszlachetny sposób. Ale nie było wyjścia, a rozkazy brzmiały jednoznacznie. Nikt nie mógł się o czymkolwiek dowiedzieć. Carska policja deptała im wciąż po piętach. Nie mieli papierów niezbędnych do wyjazdu z miasta, a przebijanie się na partyzancki sposób nie wchodziło w rachubę. Ludność nie miała w sobie już dawnego entuzjazmu, nie przejawiała też skłonności do poświęceń. Kiedy więc dostał rozkaz, od razu wiedział, co zrobi.

Dlatego zaraz po wejściu do głównej izby wrzucił wszystkie urzędowe papiery, jakie mieli, w buzujący radośnie w kominku ogień, który rozpalił Maciej, zapewne nudząc się podczas długich godzin oczekiwania. Upewnił się, że spłonęły i że tylko popiół po nich pozostał. Spodziewając się lada moment brata mającego wrócić z butelką, szybko, acz bardzo dokładnie podarł pismo, które pokazał kozakom na placu przed Operą, a potem wszystkie kawałki pieczołowicie przeżuł i połknął. Będzie tak, jak mu rozkazano — żadnych śladów, dowodów, poszlak.

Brat wrócił z flaszką, rozpromieniony. Powożący zaprzęgiem odpowiedział uśmiechem i kiedy tamten pochylił się, by wyciągnąć korek, nagłym ruchem wydobył rewolwer i, przystawiwszy go do piersi swego towarzysza, wypalił. Chlusnęła krew, zalewając twarz strzelca. Był pewien, że dobrze wymierzył, ale czekał na koniec, patrząc zimno na uchodzące życie. A kiedy ciało brata przestało wreszcie drgać, zamknął mu po prostu oczy. Żadnych zbędnych wzruszeń, pożegnań, bo inaczej mógłby się rozkleić. Byli żołnierzami i służyli sprawie większej niż ich marne żywoty. Ale i tak zdziwienie pomieszane z niemym wyrzutem w gasnących oczach brata przyprawiło go niemal o torsje.

Wszystko więc było gotowe. Za chwilę wpadnie tu Maciej, zwabiony hukiem wystrzału. Nie było na co czekać. Nad bratem uczynił szybko znak krzyża, a potem sam się przeżegnał. Oto kres drogi. Zamierzał wykonać rozkaz najlepiej jak potrafił i doprowadzić własny plan do bezbłędnego finału. Przeżegnał się jeszcze raz i ze słowami „Jezu, królu, uratuj" wsadził sobie lufę do ust. Drugi strzał targnął mieszkaniem i odbił się głuchym echem w wąwozie wąskiej ulicy

Koziej. Kiedy Maciej, zdyszany, stanął we drzwiach, zobaczył tylko dwa trupy.

Borki, Ukraina. Noc z 17 na 18 stycznia 1886 roku

Starzec odłożył właśnie pismo, które dostarczono mu za dnia. Świeca dopalała się powoli. Wszystko było jasne, nic więcej nie zostało do zrobienia. Mężczyzna, z wysiłkiem opierając się na kosturze, wstał z fotela, w którym spędził ostatnie godziny przy pisaniu listów. Za oknem noc, najczarniejsza z nocy, trwała niewzruszona. Postanowił doczekać świtu. To już tylko kilka godzin! Drżącymi rękoma zapalił fajkę i nalał sobie resztkę węgrzyna, którego butelkę, pieczołowicie chowaną przez ostatnie chude lata, otworzył jeszcze wieczorem. Pokój, w którym przebywał, był nadzwyczaj skromny. Jak cały dom zresztą. Nędza dokuczała mu od lat, a żona, ta wulgarna, rozpustna Greczynka zdradzająca go z każdym, kto tylko na dłużej u nich zawitał i nie oparł się jej nieposkromionym żądzom, wciąż tylko potrafiła suszyć mu głowę z tego powodu.

Starzec z westchnieniem zwalił się na fotel. Kostur oparł o stół, bo wiedział, że jeszcze mu się przyda tej nocy. Łykami węgrzyna zapijał gorycz. Ostatnie lata przyniosły mu tylko upadek i poczucie klęski. Cała rodzinna fortuna poszła na zbożny cel, ale efektów nie było widać. On sam, w końcu emerytowany generał, opływający niegdyś w zaszczyty i splendory, dokonywał oto żywota w jakże haniebnych okolicznościach. Ci, którzy niegdyś wielbili go — teraz odwrócili się, a ci, na których sojusz liczył — odpłacili mu jedynie wyniosłą obojętnością i pogardą.

A jednak nie miał poczucia przegranej. Ziarno zostało przecież zasiane i kiedyś wzejdzie, nawet mimo że jemu nie będzie pisane — a wiedział to już na pewno — tego doczekać. Przypomniał sobie strofy wiersza Seweryna Goszczyńskiego, które obsesyjnie towarzyszyły mu od lat:

Sadźmy, przyjacielu, róże!
Długo jeszcze, długo światu
Szumieć będą śnieżne burze,
Sadźmy je przyszłemu latu!

My, wygnańcy, stron rodzinnych,
Może już nie ujrzym kwiatu,
A więc sadźmy je dla innych,
Szczęśliwszemu sadźmy światu!

Tak, właśnie tak! Ziarno, krwawe ziarno, wyda świetlany plon przyszłym pokoleniom. Choć przeminie chwała i poświęcenie. Więc także jego życie zapadnie się w niepamięci. Ale taka jest cena.

Pozostały jeszcze ostatnie listy. Wszystko musi być zakończone i posprzątane. Nigdy nie zostawiał po sobie bałaganu. I nawet teraz, w tym czasie poniżenia i niemożności, trzeba myśleć o czasach, które dopiero nadejdą. Trzeba sadzić róże, powtarzał, trzeba sadzić je p r z y s z ł e m u l a t u.

Starzec umoczył więc pióro w inkauście i spiesznie spisywał ostatnie dyrektywy. Niegdyś zobowiązał żonę, pod przysięgą, że w razie czego dopilnuje, by jego ostatnia korespondencja dotarła do adresatów. Butelka była już pusta, więc pozostała jedynie fajka. Pisał długo, szczegółowo wyjaśniając swe decyzje. A kiedy skończył i zakleił ostatnią kopertę, wiedział, że nadszedł już czas. Z szuflady wydobył starodawną krócicę, pamiątkę po przodkach, którą zawsze woził ze sobą przez te wszystkie lata. Już dawno temu, jakby przeczuwając swój los, wyciął ze srebrnej cukiernicy uchwyt pokrywy, który potem miesiącami szlifował. Teraz pasował idealnie do przekroju lufy. Wydobył więc z szuflady srebrną kulę zawiniętą w płótno i nabił broń. Wszystkie potrzebne do tego utensylia chował od dawna w szufladzie, a kluczyk do niej zawiesił na złotym łańcuszku na szyi. Za oknem pojawiły się tymczasem pierwsze oznaki brzasku. Starzec spojrzał na zegar wiszący na ścianie — wybijający przy pełnej godzinie początkowe takty *Mazurka Dąbrowskiego* — potem zerknął na blat sekretarzyka, na którym spoczywały wszystkie gotowe do ekspedycji pisma. Był gotów. Chwycił kostur i powlókł się do sypialni, gdzie spała spokojnie jego żona. Nawet cieszył się z tego, co jej przygotował. Te lata upokorzeń, znoszenia jej humorów i bezsilnego akceptowania jej romansów, zrobiły swoje. Nie czuł nic, ponad chęć zakończenia całej sprawy w akcie, który pozostawi ją w ambarasie. W końcu była tego warta. Dokuśtykał do łóżka i z wysiłkiem siadł na jego brzegu. Wyczuwał twardą, drewnianą konstrukcję łoża, która uciskała mu pośladki. Irena Teoskolo leżała na wznak, lekko pochrapując. Nic jej nie będzie. Całą ziemię, wartą siedem tysięcy pięćset srebrnych rubli, zakupił na nią, mimo że car przysłał pieniądze jemu osobiście. Był w końcu ojcem chrzestnym jego córki Aleksandry, więc pewnie poczuł się zobowiązany wesprzeć swego poddanego. „Jakoś sobie poradzi", myślał o żonie. Choć jednocześnie czuł, że Irena, z tym jej parszywym charakterem, była ostatnią osobą, której winien poświęcić tę resztkę własnego życia. Wreszcie się zdecydował. Nabrał łapczywie kilka haustów powietrza, przeżegnał się i skierował wylot lufy w stronę serca. A potem, ze słowami: „Matko Boża, dopomóż", wypalił.

* * *

Rękę miał drżącą i słabą, więc kula minęła serce. Starzec żył jeszcze przed południem, kiedy policmajster z całą komisją z cyrkułu zjechał, by zbadać sytuację. Samobójca dogorywał. Do protokołu wycharczał, że uczynił to, co uczynił, gdyż życie mu zbrzydło. I tak zostało zapisane.

Pogrzebem zajęli się żołnierze stacjonującego w Borkach pułku. Pochowano go w ogrodzie obok serdecznego druha, który umarł zeszłej jesieni i któremu starzec, choć był niemal niedołężny, wykopał mogiłę pod oknem swojej izby. Powiadano potem we wsi, że wszystko odbyło się skromnie i szybko. Żona podobno pierwsza opuściła uroczystość i zaszyła się w domu. I tylko oficer — mówiono, że z pochodzenia Polak — dowodzący archangiełogorodzkimi sołdatami, oddającymi starcowi ostatnią posługę, upił się wieczorem w karczmie i w delirycznym widzie zaczął rzucać sprzętami. Obezwładnili go podkomendni, a wynoszony, szamocząc się, miał ponoć na cały głos krzyczeć w obcym języku: „Sic transit gloria mundi!".

Wdowa wyjechała jakoś zaraz po pogrzebie, porzucając gospodarstwo. Mówiono, że zbałamuciła młodego porucznika, który dla niej zrezygnował ze służby. Nie musiał się martwić, pochodził ze znanej i szanowanej w cesarstwie arystokratycznej rodziny. Jego papa już zadbał odpowiednio, by zatuszować skandal. I rzeczywiście, po obojgu kochankach wszelki ślad zaginął. Okoliczni chłopi przez jakiś czas dbali o obie mogiły, ale potem stopniowo zarosły zielskiem, a drewniane krzyże pochyliły się i w końcu wywróciły. Dom podupadł, a wreszcie kolejni właściciele zburzyli go, wznosząc nowe siedlisko w innym miejscu. Groby zaś bezpowrotnie znikły w trawach.

Zalesie Górne koło Warszawy. Noc z 21 na 22 lipca 2004 roku

Granatowy volkswagen passat na warszawskich numerach wytoczył się powoli z leśnego duktu i wjechał na gruntową drogę biegnącą wzdłuż linii ciemniejszych od nocy drzew. Sunął wolno, mijając bryły domów, w stronę zrujnowanych zabudowań majaczących w ciemności. Zatrzymał się wreszcie przed zardzewiałą bramą i wtedy z samochodu wyskoczył człowiek, który otworzył skrzypiące odrzwia, szamocząc się przez moment z łańcuchem. Passat wjechał na posesję i zaparkował w krzakach. Zgasły światła, a wówczas trzy postacie pojawiły się w blasku latarek. Wyciągnęły z bagażnika bezwładne ciało mężczyzny i zataszczyły je do brzydkiego, pomazanego sprayem budynku o zakratowanych, wąskich oknach. Wszystko odbyło się nadzwyczaj sprawnie i szybko.

Po niespełna kwadransie passat, wycofawszy się z zaniedbanego podwórka, ruszył w stronę dalekich latarń oświetlających asfaltową drogę, ku której biegły wszystkie polne i leśne trakty w okolicy. Wokół ni żywej duszy. Noc stała czarna, bo księżyc zasłaniały nisko gromadzące się nad ziemią chmury. Prognozy zapowiadały załamanie pogody. Z zachodu nadchodził front atmosferyczny niosący deszcz. Nawet bezdomne psy i wszędobylskie koty gdzieś się pochowały.

Dojechawszy do asfaltu, auto skręciło w prawo, przyspieszyło i mijając lokalny bazarek, opustoszały o tej porze, pomknęło w stronę przejazdu kolejowego. Po chwili w okolicy słychać było tylko pracujący na wysokich obrotach silnik. Nim ucichł, na przejeździe kolejowym opadły szlabany i przeleciał pośpieszny do Krynicy. A potem nastała już tylko cisza.

PARODOS

Rok 2005. Późna jesień
Warszawa, Komenda Stołeczna Policji. Poniedziałek, rano

— Co to, kurwa, jest? — otyły mężczyzna w niebieskim mundurze rzucił plikiem papierów o stół.

— To jest raport, panie nadinspektorze — odpowiedział komisarz Ireneusz Nawrocki spokojnie, choć poczuł jednocześnie lekką suchość w gardle.

— To jest raport? To jest raport?! Jaja sobie ze mnie robicie! — wybuchnął nadinspektor, potrząsając nad głową kilkoma kartkami, które przyniósł podwładny.

— To jest psińco, Nawrocki, a nie raport! — dodał, trzęsąc się nad konferencyjnym stołem. — O, to jest raport! — Rzucił w stronę podwładnego zbindowany plik, liczący, tak na oko, ze czterdzieści stron.

Nawrocki spojrzał na kartę tytułową. No tak, komisarz Plotz. Ten to umiał polać wodę. Powinien być powieściopisarzem, a nie policjantem.

— Ale ja, w przeciwieństwie do kolegi Plotza, mam przynajmniej wyniki, panie nadinspektorze.

— Nawrocki pozwolił sobie na delikatną polemikę.

— Ty mi tu nie pierdol, Nawrocki, po swojemu, tylko usiądź na dupie i napisz coś, co ja mógłbym pokazać wyżej bez żenady! — odparował szef, kreśląc w powietrzu kółka wskazującym palcem prawej dłoni. Komisarz wiedział już z doświadczenia, że ten gest oznacza koniec audiencji. Zabrał więc papiery i skinąwszy na pożegnanie głową, wyszedł z gabinetu.

Specyficznej mody na długie i zawiłe wypracowania, zwane w komendzie oficjalnie raportami, doświadczali wszyscy na samym początku kariery. Nawrocki nie lubił tej biurokratycznej stylistyki, tych zawijasów, w których gąszczu gubiła się treść. Przełożeni ganiali go za to ochoczo, ponieważ nie bardzo mogli za coś innego. Komisarz miał sukcesy, a dostawał zawsze najbardziej parszywe i nierutynowe sprawy. Poza tym pracował na specjalnych zasadach, które stworzył mu swego czasu Generał, jego cichy protektor.

Tym razem musiał jednak zadośćuczynić swoim szefom. Wyszedł więc od nadinspektora z twardym postanowieniem, że najbliższe godziny spędzi na koloryzowaniu opowieści o dopiero co zakończonym śledztwie, w którym ujął zabójcę, Jarosława Klejnockiego, naukowca z uniwersytetu*. Jednak dotrzymywanie podjętych postanowień nigdy nie należało do mocnych stron komisarza. Zwłaszcza wtedy, gdy we wszystko mieszał się los, mający widać specjalną frajdę w zakłócaniu porządku życia Nawrockiego, bo ingerował nadzwyczaj często.

---

* Wcześniejsze perypetie komisarza Ireneusza Nawrockiego zostały opisane w powieści pod tytułem *Przylądek pozerów*, Warszawa 2005.

Tego dnia los przyjął postać Mirka Zomowca, czekającego pokornie pod drzwiami do gabinetu komisarza. Mirek był rozpromieniony i dumnie dzierżył pod pachą wyświechtaną teczkę z aktami.

— Wyciągnąłem to, szefie, z archiwum. Nie bardzo chcieli szukać, bo mają tam bajzel większy niż w targowy dzień na Stadionie Dziesięciolecia, alem ich nacisnął i mam.

— A co to jest? — westchnął zrezygnowany Nawrocki, pochłonięty już perspektywą mozolnego ubarwiania odrzuconego raportu.

— No, jak to co? Morderstwo w Zalesiu Górnym. Szef sam mnie po to wysłał.

Mirek był kimś w rodzaju asystenta Nawrockiego. Komisarz bowiem pracował zazwyczaj sam, tak jak lubił. Ale gdy potrzebował pomocy, wzywał właśnie Mirka, którego na takie okazje oddelegowywano z macierzystej sekcji. Podczas poprzedniego śledztwa w sprawie zabójstwa profesora na uniwersytecie komisarz zapoznał się też z nie wyjaśnionym morderstwem emerytowanego pracownika urzędu miasta w Warszawie. Nawrocki kazał Mirkowi zająć się tą sprawą, bo akurat nie miał przez chwilę żadnej poważniejszej pracy dla swego asystenta. A Mirek czasami był szybszy niż błyskawica. Komisarz liczył, że zajmie mu to więcej czasu, a ten, proszę, już skwierczy radośnie z meldunkiem o wykonaniu zadania. Nawrocki smętnym wzrokiem spojrzał na papiery, które sam dźwigał pod pachą. No tak, rozbudowana wersja raportu dla komendanta będzie musiała jeszcze trochę poczekać.

Komisarz otworzył skrzypiące drzwi do swego pokoju, zapalił światło, bo pomieszczenie było ciemne, po czym wskazał asystentowi krzesło przy biurku i zachęcił:

— OK. Wal. Co tam masz?

— Mam wszystko, szefie. Byłem upierdliwy i w końcu dali mi całą teczkę — triumfalnie zakomunikował.

Nawrocki lubił Mirka, mimo wazeliniarstwa, które asystent zwykł był okazywać przy każdej okazji. Mirek zaczynał od służby w ZOMO, w czasach stanu wojennego. Ten syn proletariuszy, który najwyraźniej nie bardzo orientował się w zawiłościach politycznych początku lat osiemdziesiątych w Polsce, zgłosił się w 1981 roku do odbycia zastępczej służby wojskowej w jednostkach Zmotoryzowanych Odwodów Milicji Obywatelskiej. A krążyły wtedy legendy o tym, że zomowcy idą na akcję oszołomieni narkotykami podawanymi im w pożywieniu albo że osławiona agresywność formacji wynika z tego, iż w jej szeregach znajdują się zmobilizowani kryminaliści. Nawrocki, który wtenczas był jedynie skromnym studentem prawa, zaangażowanym w konspiracyjny kolportaż wydawnictw drugoobiegowych, właściwie wierzył tym wiadomościom. Ale też nie wyróżniał się z tłumu, bo ci, którzy słuchali Wolnej Europy i czytywali podziemne gazetki, chętnie dawali posłuch takim informacjom. Po wielu latach, kiedy mieli już kilka wspólnie rozwiązanych spraw, Nawrocki wypytał go o przeszłość przy piwie, po zakończeniu jakiegoś dochodzenia. Jak się okazało, młody chłopak, po skończeniu technikum i nie zdanej maturze, stanął w obliczu wyboru: albo dwuletnia służba gdzieś na drawskim poligonie w pułku czołgów, albo półtora roku w milicji, w oddziałach pacyfikujących demonstracje antypaństwowe. Ta druga opcja gwarantowała pozostanie w Warszawie, a ponadto noclegi w miejscu zamieszkania, o ile nie obowiązywał akurat stan podwyższonej gotowości bojowej. Wybór wydawał się oczywisty, toteż Mirek wstąpił do ZOMO i brał udział w rozpędzaniu patriotycznych zgromadzeń. Nawrocki w tym czasie stał po drugiej stronie barykady, a nawet doświadczył brutalności odwodów milicji na własnej skórze. Pamiętał dobrze tę agresję i siniaki, jakie pokazywali sobie nawzajem nazajutrz po demonstracjach. Pamiętał też pobicia na śmierć, od Mirka dopiero dowiedział się, że ZOMO nie podawano żadnych środków halucynogennych, a osławiona agresja była wynikiem prymitywizmu funkcjonariuszy. Przed akcją oficerowie urządzali seanse nienawiści, piorąc mózgi młodym adeptom — i to zupełnie wystarczało.

Rodzina Mirka nie miała nic przeciwko jego wyborowi. Ojciec był szeregowym i niewiele rozumiejącym ze świata członkiem partii, matka nie wypowiadała się na te tematy, a siostra była zajęta zupełnie innymi sprawami. Więc Mirek został zomowcem, pełnił służbę w Golędzinowie, jeździł na akcje, pałował tych,

24

których kazali mu pałować, a noce — zazwyczaj — tak jak sobie wymarzył, spędzał w domu. Wyróżniał się jednak spośród masy skoszarowanych neandertalczyków. Skierowano go więc na kursy podoficerskie, zmuszając jednocześnie do zrobienia w trybie eksternistycznym matury — a to okazało się jak znalazł, kiedy nadeszły czasy przemian. Mirek nie podlegał weryfikacji, zwyczajnie przesunięto go do służby kryminalnej, a tam już los przydzielił go do komisarza z nowych układów. Nawrocki z Mirkiem szybko się dogadali. Komisarz — jak się okazało — nie należał do ludzi, którzy długo chowają urazę. Z początku przeszkadzała mu co prawda przeszłość współpracownika, ale zaczął cenić swego asystenta ze względu na jego zadziwiającą intuicję dochodzeniową. Komisarz postanowił nawet skierować Mirka na kurs detektywistyczny, uznając tym samym, że jego podwładny dojrzał już do awansu. Złożył odpowiednie papiery, które potrzebowały jedynie parafki szefów i leżały czekając na swoją kolej, w zalewie innych pism.

Komisarz zirytował się teatralnym zwlekaniem Mirka.

— No to mów, do cholery, przecież czekam — wybuchnął; nie lubił stopniowania napięcia rodem z telewizyjnych seriali kryminalnych.

— Już, już. Spokojnie. — Mirek był konsekwentny i rozpoczął nieco flegmatycznie. — Co do tej sprawy to jest generalnie tak, jak pan mówił.

Mimo że byli niemal równolatkami, Nawrocki nie zdecydował się na zasypanie dystansu. Mówił do asystenta po imieniu i pozwalał sobie nieraz na protek-cjonalizm, pilnując jednocześnie, by Mirek nigdy nie przekroczył granicy sformalizowanych relacji pomiędzy szefem a podwładnym.

— Ogólnie, Mirek, mówimy „ogólnie", a nie „generalnie" — Nawrocki nie mógł powstrzymać się od belferskiej uwagi.

— No więc ogólnie jest tak, jak pan komisarz rozpoznał.

A potem przystąpił do referowania. Sprawa miała już swoje lata. Kiedy Nawrocki zapoznał się z nią, akta leżały w tak zwanej zamrażarce, przeznaczone do umorzenia w związku z brakiem postępu w śledztwie. Stanisław Przybyszewski zamordowany został niemal rok przed dochodzeniem w sprawie śmierci profesora Uniwersytetu Warszawskiego, które prowadził Nawrocki. A ponieważ rzecz łączyła się z osobą jednego z podejrzanych — doktora Jarosława Klejnockiego, który odegrał dość istotną rolę w ustaleniu właściwego miejsca popełnienia zbrodni — zwróciła uwagę komisarza. Dlatego Nawrocki zdecydował się nią zająć, kiedy tylko okoliczności mu na to pozwolą. I teraz nadszedł ten czas.

— Tego Przybyszewskiego znalazły dzieci w dawnej fabryczce wody sodowej i lemoniady w Zalesiu Górnym przy ulicy Akacjowej. Na samym skraju lasu. Na Akacjowej kończy się miejscowość, dalej jest tylko knieja. Aż do miejscowości Łbiska. Las się zresztą kończy po dwóch kilometrach i zaczynają się pola uprawne. Generalnie, to znaczy, chciałem powiedzieć: ogólnie — pustkowie. Mało kto tam chodzi, chyba że w soboty i niedziele, bo przez Lasy Choj- nowskie wiedzie popularny szlak turystyczny. No i ludzie chodzą z psami na weekendowe spacery; ja- kieś szkółki jeździeckie urządzają konne przejażdżki. A na Zimnych Dołach, to taki parów w okolicach Za- lesia, zbierają się fanatycy psich zaprzęgów i trenują. Nawet nie wiedziałem, że są tacy u nas. Szefie, co to za przyjemność? — sierżant pozwolił sobie na dy- gresję. — Zimno, pusto, no, Syberia kompletna. A ci — zachwyceni...

— Mirek!

— Dobrze, dobrze. No więc w soboty i niedzie- le jest tam ruch, ale w środku tygodnia cisza. Nie było więc żadnych świadków, to znaczy nie dotarto do nikogo, i to mimo apeli w lokalnej prasie. Przyje- chała ekipa z Piaseczna, zabezpieczyła ślady. Ciało leżało wewnątrz zabudowań, na nie zamieszkanej posesji. Wszystko było wyczyszczone, choć wkoło same śmiecie. Ktoś musiał to zrobić z premedytacją — i to cholernie uważnie. Jedyne odciski, jakie zdję- to, pozostają nie zidentyfikowane. Pewnie należą do miejscowych meneli. Albo do dzieci, które podobno lubią się w tych ruinach bawić. Były też ślady sa- mochodu. Zabezpieczono oczywiście odciski opon, ale bez rezultatu. W każdym razie w naszym archi- wum nie znaleziono odpowiedników. Teraz denat, to znaczy Przybyszewski. Był na emeryturze, chyba od roku. Z zawodu architekt, przez lata pracował w biu- rze warszawskiego konserwatora zabytków. Z czasem został jednym z kierowników. Żadnych afer. Uczciwy, rzetelny i chyba nieprzekupny. Cieszył się doskonałą opinią, a kiedy odchodził z pracy, podwładni zorganizowali mu niezłą imprezę pożegnalną w Boathausie na Wale Miedzeszyńskim. To taka modna knajpa, droga jak cholera. Więc musiał być lubiany. Chłopaki z Piaseczna zrobili drobiazgowy wywiad środowiskowy, ale nic nie przyniósł. Przybyszewski nie miał wrogów, nie był w nic umoczony, żył spokojnie, korzystając z uroków wolnego czasu. Nie nabył w tym okresie żadnej nieruchomości, nie wyjeżdżał nigdzie za granicę, a wydruki z kont pokazują, że oszczędności miał średnie.

— Frajer? — spytał Nawrocki.

— Raczej uczciwy. Czytałem ostatnio doniesienia na stronach stołecznych „Wyborczej". Podobno biura naczelnego architekta stolicy to jeden wielki bajzel. Jakieś szemrane decyzje i umowy, inwestorzy oferowali łapówki za przychylne rozpoznania i werdykty. No, Sodoma z Gomorą. Prezydent miasta to nawet nakazał rozpoczęcie wewnętrznego śledztwa, a mój kumpel Staszek z gospodarki mówił mi, że prokuratura już ostrzy sobie zęby na to wszystko. Muszą mieć wreszcie jakiś sukces, bo z tymi politykami z sejmowych komisji śledczych to idzie im niesporo, nie? — sierżant wyszczerzył zęby w uśmiechu.

— Skup się na Przybyszewskim — ponownie napomniał asystenta komisarz.

— Oczywiście, już się robi, szefie. Więc cała sprawa wyglądała na dupną. Piaseczno zrobiło raport i odesłało rzecz do nas. Potem mieli tą aferę w Magdalence, szef pamięta — no i cała sprawa z Przybyszewskim nieco przyschła. Ale wtedy pojawił się ten Klejnocki z uniwersytetu. À propos — Mirek z lubością wypowiedział obco brzmiący wyraz — co z nim?

— Na razie siedzi. A potem zobaczymy — uciął Nawrocki. — No i co dalej?

— Więc ten Klejnocki znalazł w lesie niedaleko Zalesia element garderoby Przybyszewskiego. To było na terenie — tu Mirek zerknął w notatki — Lasu Pęcherskiego, w rezerwacie. Jakieś trzy, cztery kilometry w linii prostej od Zalesia. Klejnocki twierdził, że zwykł tam chodzić na przechadzki i nawet kilka razy spotkał Przybyszewskiego. Podobno to właśnie Przybyszewski zachęcał go do wizyt w okolicznych rezerwatach; zaszczepił mu zainteresowanie przyrodą. No więc jednego razu Klejnocki, przechadzając się po Pęcherach, zauważył obok ścieżki krajoznawczej apaszkę, którą natychmiast skojarzył z Przybyszewskim. Zawiadomił Piaseczno, no i okazało się, że to szalenie ważne. Ustalono, że Przybyszewskiego zamordowano w Pęcherach. Uduszono go, nadzwyczaj fachowo i najprawdopodobniej jego własną apaszką, a ciało podrzucono na Akacjową w Zalesiu, w tej dawnej fabryczce. Dlaczego tak, nie wiadomo. Motyw i cała reszta — nieznana. Rodzina Przybyszewskiego twierdzi, że nie zdarzyło się w tym czasie nic niezwykłego albo niepokojącego. Emerytowany architekt mieszkał sobie spokojnie, udzielał się w lokalnym Stowarzyszeniu Przyjaciół Zalesia, działał w komitecie wodociągowym. Żadnych imprez nocnych, burd, żadnych podejrzanych odwiedzin. Ani wygolonych gości, ani kurew. Sąsiedzi wystawili mu jak najlepsze świadectwo. Uczynny, towarzyski. Dusza człowiek. Słowem — zero zaczepienia. Piaseczno ponownie przesłało akta do nas z wnioskiem o zamrożenie. Nic nie mieli, a Przybyszewski psuł im statystykę i tak nadszarpniętą Magdalenką. Prokurator wszystko przeczytał i przesłał do lodówki. Oni tam też nie mają pojęcia, co z tym można zrobić. Tylko matka tego Przybyszewskiego twierdziła — Mirek znów zajrzał do notatek — że być może trzeba zerknąć do archiwum miasta. Matka wspomniała, że syn opowiadał jej o kilku aferach, które wykrył lub udaremnił w urzędzie. Ale nic więcej nie potrafiła dodać, bo syn unikał szczegółów, tak tylko ogólnie — tu Mirek uśmiechnął się znacząco — napominał. Jednak nikt z naszych nie poszedł tą drogą. Może dlatego, że uznano jej zeznania za mało istotne? W końcu matka Przybyszewskiego to staruszka — Mirek zawahał się. — No tak, miała wtedy osiemdziesiąt siedem lat.

— Miała? Czyli co? Nie żyje? — zainteresował się Nawrocki.

— Zmarła zaraz po pogrzebie syna.

Milczeli przez chwilę.

— Masz coś jeszcze? — zachęcił w końcu komisarz.

— Coś jeszcze? No tak. Przybyszewski był samotnikiem, wdowcem — żona zmarła na raka kilka lat temu. Nie miał zbyt wielu przyjaciół, chyba w ogóle z nikim się specjalnie nie kontaktował. Ot, stary człowiek — z wyboru samotny, trochę odludek. Dzieci mieszkają w Niemczech, wyjechały jeszcze w latach osiemdziesiątych. Syn także jest architektem i ma pracownię w Ratyzbonie, córka wyszła za aptekarza w Bonn. W kraju bywają rzadko, w zasadzie tylko przy okazji świąt lub jakichś spędów rodzinnych. Przybyszewski nie utrzymywał z nimi zbyt intensywnych kontaktów. Trochę do siebie pisali, głównie kartki pocztowe, ale przede wszystkim dzwonili. Czyli jak powiedziałem: ogólna dupa, szefie. Nic nie mamy. A może warto by prześwietlić jeszcze raz Klejnockiego? — Mirek wyraźnie się ożywił. — Skoro raz zabił i ogólnie jest trochę nie tego... to może i Przybyszewskiego zaciukał z jakiejś nieokreślonej przyczyny?

— Klejnocki siedzi w areszcie — odrzekł Nawrocki. — W tym przypadku nie o niego chodzi. Zajmijmy się raczej Przybyszewskim.

— Ale ja nic więcej nie mam, szefie — Mirek bezradnie rozłożył ręce.

— Nie szkodzi. Już ja wiem, co musimy zrobić — odparł Nawrocki, zacierając dłonie. To znaczyło, że raport dotyczący poprzedniego śledztwa będzie musiał jednak jeszcze trochę poczekać. Nawet jeśli ceną miała być wściekłość szefów, choćby i nadinspektora Chełmickiego, z którym Nawrocki miał wątpliwą przyjemność rozmawiania tego poranka.

— To znaczy, że bierzemy... eee, szef bierze tą sprawę?

— Słuchaj! Jest trup, nic nie wiadomo, nikt nic nie ma i najchętniej wszyscy odesłaliby ją ad acta.

Wymarzony przypadek dla mnie, to znaczy dla nas, czyż nie?

— Skoro szef tak mówi... — Mirek nie wydawał się zbytnio przekonany. — A zresztą, ja też mam pewną propozycję.

— O! Nie jesteś takim pesymistą, za jakiego chciałbyś uchodzić. No to strzelaj! — Nawrocki, sam nie wiedząc czemu, poczuł przypływ dobrego humoru.

— Bo niedaleko tego rezerwatu, gdzie zamordowano Przybyszewskiego, jest zakład wychowawczy. A gdyby ktoś stamtąd nawiał, napadł na denata i zostawił go w lesie? A później doszedł do wniosku, że to za blisko i jakoś, pewnie nocą, przeniósł ciało do Zalesia. W końcu w takich zakładach nie siedzą aniołki...

Nawrocki kiwał głową.

— A ty czytałeś te akta?

— Przeglądałem.

— Właśnie. Nie zapominaj, że Przybyszewskiego nie okradziono. Co prawda nie miał przy sobie ani portfela, ani pieniędzy, ale miał na przykład zegarek; pozłacaną omegę. A także obrączkę na lewej dłoni, jak to wdowiec. Nikt mu tego nie zabrał. Co innego niby miał ukraść? Dalej! W tym, co przyniosłeś, jest jak byk napisane, że na terenie tej zrujnowanej fabryczki w Zalesiu zabezpieczono odciski dość świeżych śladów opon samochodowych — wysłużone auto średniej klasy, sądząc po grubości i rodzaju bieżnika. Albo niegdyś wypasiona bryka, tyle że teraz wiekowa — myślisz, że pensjonariusze z Łbiska rąbnęli przy okazji taki samochód, żeby przewieźć gościa raptem tych kilka kilometrów? Jakby bali się skojarzenia ich z miejscem zbrodni, toby wywalili ciało co najmniej gdzieś za Warką. Nie, stary, to się nie trzyma kupy. Ale — dodał, widząc wątpliwości Mirka — jedź do tych Łbisk i pogadaj. Kto wychodził wtedy na przepustkę, czy nie było jakichś samowolnych oddaleń, no wiesz. Tej twojej ewentualności nie możemy zaniedbać.

— Kiedy mam jechać?

— Od razu, szkoda czasu.

A kiedy Mirek był już w drzwiach, Nawrocki jakby sobie o czymś przypomniał:

— I pamiętaj: nie „tą", tylko „tę".

— Że co proszę? — Mirka zamurowało.

— Powtarzam: nie „tą teczkę", tylko „tę teczkę". Zrozumiałeś?

— Zrozumiałem — odburknął, choć zdziwił się, skąd u Nawrockiego dzisiaj taka dbałość o poprawność językową.

Po wyjściu asystenta komisarz zabrał się do roboty. Pobiegł do sekretariatu szefów po odpowiedni kwit i wypis zlecenia na śledztwo w sprawie przeznaczonej już do umorzenia. W motywacji podał odnalezienie kilku drobnych, acz z pozoru nieistotnych szczegółów, które mogą rzucić nowe światło na dochodzenie i dlatego wymagają zbadania. Po chwili zastanowienia dodał, że dostrzega pewną szansę na pozytywne doprowadzenie tej sprawy do finału. Jak zwykle zaznaczył, że prosi o przydzielenie Mirka na stałe, na co najmniej tydzień, i o samochód do dyspozycji. Złożył zamaszysty podpis, papiery zostawił na biurku sekretarki naczelnika pochłoniętej właśnie prywatną rozmową telefoniczną i wybiegł na miasto. Postanowił od razu pójść do biura naczelnego architekta miasta i dowiedzieć się czegoś więcej o Stanisławie Przybyszewskim.

Warszawa, centrum. Poniedziałek, wczesne popołudnie

Do Pałacu Kultury, gdzie — jak się dowiedział, dzwoniąc pod 9494, jeden z nowych numerów informacji miejskiej — urzędował naczelny architekt, komisarz wybrał się w pierwszej kolejności.

Poszedł piechotą. Z komendy nie było daleko, poza tym lubił akurat tę część Śródmieścia. Ruszył więc przez plac Bankowy, stroną wschodnią. Niedawno postawiony pomnik Juliusza Słowackiego zdawał mu się podobny do statuy Feliksa Dzierżyńskiego, która stała przed laty w tym samym niemal miejscu. Jakby ten sam gość je projektował. Minął Pałac Błękitny, przeciskając się pomiędzy ludźmi stojącymi w kolejce do kas komunikacji miejskiej po bilety okresowe. Był koniec miesiąca, więc u wejścia kłębił się tłum. Ludzie wymieniali miesięczne i kwartalne na nowe i jakoś wszyscy zawsze musieli to robić w tym samym czasie.

Dalej Nawrocki wszedł w żwirowe alejki Ogrodu Saskiego i lawirując pomiędzy dziecięcymi wózkami oraz szerokim łukiem omijając hordy rozkrzyczanych bachorów, zmierzał ku Królewskiej. Na wieżowce Za Żelazną Bramą nie zwracał większej uwagi. Były brzydkie, ale też miały w sobie coś monumentalnego i nie wiadomo właściwie, dlaczego przywodziły mu na myśl jakieś nie zidentyfikowane pejzaże górskie w duchu alpejskim. Przebiegł skrzyżowanie Królewskiej i Marszałkowskiej na mrugającym zielonym świetle i, wciąż pozostając po wschodniej stronie ulicy, zamaszyście ruszył dalej. Zdawkowo przeglądał się w witrynach kawiarni, kwiaciarni i sklepów po drodze, aż wreszcie doszedł do kina Bajka i dwóch barów z kebabami. Wieść niosła, że dają tu najlepsze dania kuchni turecko-arabskiej w mieście, a Nawrocki poczuł już pierwszy głód. Spojrzał na zegarek i uznał, że ma chwilę na przerwę. Przy okienku stał dość długi ogonek, jak zwykle. Pełny przekrój społeczny: faceci w garniturach i babki w eleganckich kostiumach; długo- i krótkowłosa młodzież licealna z pobliskich szkół; wąsaci zaopatrzeniowcy oraz całe stadko ludzi w nieokreślonym wieku, mogących parać się jakimikolwiek profesjami.

Nawrocki zamówił podwójnego kebaba w ostrym sosie i wodę gazowaną. Przed jedzeniem łyknął leki, które zapomniał wziąć rano. Z niechęcią myślał o powrocie do domu i że będzie musiał tym razem zawierzyć tramwajom warszawskim. Na szczęście trasa spod domu na Żywnego, tuż obok Królikarni na Puławskiej, do komendy była prosta jak strzelił i kursowało na niej kilka linii. Więc z dojazdem nie byłoby żadnego kłopotu, gdyby komisarz przez te wszystkie lata nie przyzwyczaił się do luksusów podróży własnym autem. Źle czuł się w tłoku i wciąż nerwowo rozglądał się, czy nie trzeba komuś ustąpić miejsca. Mimo że zwyczaje zmieniły się ostatnio i teraz mało kto ustępował komukolwiek, w nim wciąż trwało to przeświadczenie, że jest za młody, by siedzieć, skoro jacyś staruszkowie stoją jak wyrzut sumienia nad głową. To był harcerski odruch, którego komisarz w skrytości ducha się wstydził, a także zazdrościł arogancji tym, którzy sadzali po prostu dupy i mieli wszystko w nosie. To były te momenty, kiedy Nawrocki miał sobie za złe brak proletariackiego egoizmu, bez którego, jak mniemał, nie można do niczego konkretnego w życiu dojść.

Egoizm — to niezbędne paliwo kariery. Małgorzata wielokrotnie powtarzała mu, że jest za miękki i za dobry dla innych. Bez rozpychania się łokciami trudno osiągnąć cel. Potrafił przezwyciężać rozmaite przeszkody, gdy tropił, niczym pies, ślady zbrodni, ale gdy przychodziło załatwić najdrobniejszą sprawę niezawodową, zachowywał się jak ślimak. Cofał się w skorupę, wyciszał i inicjatywę pozostawiał innym. W takich chwilach pałeczkę przejmowała Małgorzata, biorąc się za bary z usterkami w domu lub rodzinnymi konfliktami.

Nawrocki jadł kebab przy jednym z plastikowych stolików wystawionych wprost na chodnik. Obok niego przewalał się tłum przechodniów. Od czasu do czasu mijała komisarza jakaś atrakcyjna kobieta i wtedy Irek mimowolnie podążał za nią wzrokiem. „Tak, cholera, wygląda lunch à la polacca" — pomyślał z sarkazmem, kończąc posiłek.

Nawrocki pieczołowicie umieścił serwetkę i papier po kebabie w koszu, sprawdził, czy wyciekający sos nie poplamił mu ubrania i ruszył ku przejściu dla pieszych przez Marszałkowską. Trafił akurat na zielone światło. Potem tylko skok przez Świętokrzyską i już był w parku okalającym od północy plac Defilad i sam Pałac Kultury.

W latach dziewięćdziesiątych bywał tu często, bo wokół pałacu rozłożył się bazar, na którym Nawrocki kupował ciuchy. Miał świadomość, że to wulgarne podróbki, ale nie stać go było — ani wówczas, ani obecnie — na wizyty w firmowych sklepach. Dobre dżinsy, a te nosił najchętniej, mógł tu kupić po kilkakrotnie niższej cenie niż w sklepach na Marszałkowskiej, które rozsiadły się głównie między rondem Dmowskiego przy rotundzie a placem Konstytucji. Teraz bazar przeniósł się na Stadion Dziesięciolecia, ale tam Nawrocki nie miał już siły jeździć. Za daleko od jego zwykłych szlaków, no i te ciągłe naloty kolegów z pracy. Nie mógł sobie pozwolić, by któryś z tajniaków zarejestrował jego obecność. W sumie żałował, bo na stadionie sprzedawano pirackie płyty w wyborze nie gorszym niż w empikach, a on kolekcjonował stary dobry rock, przy którego dźwiękach dorastał. Ale też doceniał rzeczy nowsze, jeśli tylko pozostawały w klimatach Motorhead, Deep Purple, Nazareth, Led Zeppelin, AC/DC, a nawet wczesnych Kissów. Korzystał więc z samopomocy w komendzie i prosił kumpli z gospodarczego, którzy bywali regularnie na stadionie służbowo, by wypalali mu kompakty z zarekwirowanych egzemplarzy. W tej materii nie miał żadnych wątpliwości. Wrzaski o okradaniu wykonawców puszczał mimo uszu. Jak się jakimś Bułgarom opłaca skopiować płytę u siebie, przerzucić przez granicę — uwzględniając czynnik ryzyka — a potem z zyskiem sprzedać po dziesięć czy dwadzieścia złotych na stadionie, to znaczy, że cena sześćdziesięciu i więcej złotych za krążek w markowym sklepie musiała wiązać się z oczywistym szwindlem. Taki jeden z wydziału do walki z przestępczością zorganizowaną, Arek, miał zawsze dostęp do czego dusza zapragnie. Młodszy od Nawrockiego o niemal dziesięć lat, hołdował muzycznym gustom czterdziesto- lub niemal pięćdziesięciolatków, co to wychowali się na Woodstocku i późniejszej ofensywie hard rocka.

Kupców z bazaru pod pałacem zagnano do dwóch ruropodobnych hal wzniesionych na placu Defilad, w tym samym niemal miejscu, gdzie niegdyś stał ołtarz, na którym Papież podczas jednej z pierwszych wizyt odprawiał mszę. Otoczenie pałacu nie zyskało wcale na urodzie. Hale były obskurne w swej blachowatości i wyglądały — mimo że je pomalowano w kolorowe paski — jak gigantyczna instalacja kanalizacyjna wydobyta spod ziemi, wokół której krążyły i parkowały samochody.

Pałac zmienił się głównie wewnątrz. Kiedyś swobodnie można się tu było dostać niemal wszędzie, no może z wyjątkiem podziemi, o których krążyły legendy jeszcze w PRL-u. A to, że pod pałacem biegnie tajna bocznica kolejowa, która ma służyć władzom do ewakuacji w przypadku wojny czy zamieszek; a to, że w piwnicach istnieją sekretne apartamenty dla politycznych elit, a może nawet schrony przeciwatomowe, mogące ocalić wybranych w momencie nuklearnego ataku. Nawrocki oglądał kiedyś polski serial sensacyjny, gdzie kulminacyjna scena rozgrywała się właśnie w podziemiach pałacu, na domniemanej bocznicy kolejowej.

Nawet zachodnie wejście od strony Dworca Centralnego i Emilii Plater, wiodące przez wewnętrzny dziedziniec gospodarczy, o którym mało kto wiedział, było teraz pieczołowicie pilnowane. Ochroniarze za każdym rogiem. Bramki do wykrywania metali. A przecież, gdy jego kumpel Janek studiował matematykę w latach osiemdziesiątych, to w okolicach ósmego piętra mieściła się cała filia uniwersyteckiego wydziału. A owo całe ósme piętro zajmowały cztery dość przyzwoite aule, służące kursantom Towarzystwa Wiedzy Powszechnej. Młodzież zaludniała wtedy popołudniami korytarze i przestrzenie pałacu. Teraz nie było już o tym mowy.

Komisarz tym razem wszedł od frontu, a i tak na swej drodze musiał kilkakrotnie machać legitymacją umundurowanym osiłkom.

Biuro naczelnego architekta miasta zajmowało cały labirynt pokoi, do których prowadziły drzwi pod numerem 1347. Tam właśnie uświadomiono komisarza w nadzwyczaj grzeczny sposób, że biuro stołecznego konserwatora zabytków wyniosło się na Foksal 11.

Zgrabna sekretarka podała Nawrockiemu niezbędne namiary i niemal przepraszała spojrzeniem, że nie może nic więcej dla niego zrobić. Komisarz z żalem omiótł wzrokiem jej biust i pożegnawszy się grzecznie, acz nieszczerze, wyszedł.

Uśmiech zgasł mu na twarzy zaraz po tym, jak zamknął za sobą drzwi.

Oczywiście, pomylił się.

Szlag by to.

Przybyszewski zajmował się zabytkami, a nie bieżącymi architektonicznymi sprawami stolicy. To była ważna wiadomość. Przeniesiono go z architektury, bo miał wiedzę, doświadczenie i budził ogólne zaufanie.

Nawrockiego czekała teraz wyprawa w rejon Nowego Światu. Znów postanowił pójść pieszo, nie bardzo orientował się, jak mógłby tam sprawnie dojechać.

Przeszedł podziemnym przejściem pod Marszałkowską i mijając Domy Centrum, ruszył ku Chmielnej.

A Chmielna o tej porze tętniła życiem. Pełne knajpy i gromady przechodniów. „Miasto rentierów", pomyślał Nawrocki z przekąsem, ostro maszerując ku Nowemu Światu. Siedziba stołecznego konserwatora zabytków mieściła się zaraz po drugiej stronie jezdni, niemal przy samym skrzyżowaniu z Foksal.

Tutaj też, podobnie jak u naczelnego architekta, wszyscy byli uprzedzająco uprzejmi, choć nie kryli, że wizyta komisarza to niezbyt miła niespodzianka. Najważniejsze, że Nawrocki w mig otrzymał wszystkie dokumenty, o które prosił, i mógł je sobie na miejscu przejrzeć. Umożliwiono mu też rozmowę z pracownikami, którzy pamiętali Przybyszewskiego lub mieli z nim do czynienia. Komisarz mimo to nadużył cierpliwości urzędników. Siedział jeszcze długo po godzinach. Przeglądał dogłębnie dokumentację, odkładał na bok papiery, które zamierzał wypożyczyć lub skserować, robił długie zapiski w służbowym notatniku. Właściwie sparaliżował działalność całej instytucji.

Kiedy wyszedł, szarzało. Dzwoniąc z komórki, zostawił wiadomość, że tego dnia już nie wróci do pracy. Teraz poszedł do najbliższego przystanku autobusowego przy Nowym Świecie.

Nad miastem rozpościerała się już czerń wieczoru. Była późna jesień, więc zmrok zapadał szybko, jakby znienacka. Nawrocki, przysiadłszy na murku tuż za załomem ulicy, gdzie dominował półmrok, przesłonił dodatkowo ręką oczy i oddał się astronomicznej obserwacji. Było za wcześnie na pierwsze gwiazdy, ale komisarz wyobraził sobie, że na nieboskłonie panuje stały, uspokajający porządek. Ten, na który można patrzeć i patrzeć, i mieć pewność, że nic się nie stanie. Żaden spadający rój Leonidów nie zakłóci statyki gwiazdozbiorów. Nawrocki odszukał w wyobraźni Wielki Wóz, a potem, stosując metodę znaną mu jeszcze z harcerskich czasów, zidentyfikował Gwiazdę Polarną.

Tymczasem na przystanek podjeżdżały autobusy, ale żaden z nich nie był tym, na który komisarz czekał.

Nawrocki siedział spokojnie, lubił takie chwile zawieszenia, gdy nie musiał myśleć o zobowiązaniach.

W zatoczce powarkiwał już jednak wysłużony ikarus, do którego komisarz ruszył szybkim krokiem.

Konstancin-Jeziorna koło Warszawy, luksusowa willa przy ulicy Stefana Batorego. Poniedziałek, wieczór

W przestronnym salonie, przy klubowym stoliku obok kominka, w którym buzował ogień, siedziało czterech mężczyzn. Tylko jeden z nich, wyraźnie młodszy, odstawał ubiorem od reszty. Miał na sobie czarną skórę; pozostałych zdobiły eleganckie garnitury. Pito whisky i palono cygara. Zapach pieniędzy i luksusu unosił się w powietrzu. Posiedzenie musiało trwać już jakiś czas, bo pomieszczenie było spowite gęstym dymem.

— Moi drodzy — zagaił najstarszy z zebranych, kiedy rozmowa nieco przycichła. — Zebrałem was tutaj, bo okazało się, że mamy poważny problem.

Wszyscy zwrócili wzrok na szpakowatego mężczyznę.

— Wczoraj wieczorem dostałem wiadomość, że sprawa Przybyszewskiego wróciła.

Młodzian w skórze, pochylony z pogrzebaczem nad kominkiem, znieruchomiał. Reszta zebranych powitała tę informację przeciągłym westchnieniem.

— Spokojnie — kontynuował szpakowaty. — Wszystko pod kontrolą, ale trzeba zachować najwyższą ostrożność.

— Co się konkretnie stało? — zapytał siedzący najbliżej kominka. W ręce trzymał grubą szklankę pełną wonnego płynu. Pił niewiele, w przeciwieństwie do reszty zebranych.

— Nic takiego, na pierwszy rzut oka. Informator doniósł, że w urzędzie konserwatorskim pojawił się policjant, rozpytując o Przybyszewskiego. A więc sprawa wraca na komendę.

— Kto to był. Ten pies, znaczy? — zapytał człowiek w skórze.

— Ireneusz Nawrocki, komisarz.

— Coś jeszcze? — młodzieniec w skórze był wyraźnie zaaferowany.

— W sumie niewiele, ale uruchomiłem swoje kontakty. Nawrocki pracuje na specjalnych zasadach. Powierzają mu dochodzenia, które normalnie nie przyniosły wyników. Nieźle sobie radzi. Nadzór nad nim jest ulotny. Ma jakiegoś wysoko postawionego opiekuna...

— Przeczuwałem od razu, że coś będzie nie tak — odparł ten w skórze. — Tego Nawrockiego trochę znam. Spotkaliśmy się raz czy dwa, kiedy pracowałem u antyterrorystów. Pamiętam, że wezwał nas po aresztowaniu jednego gościa poszukiwanego amerykańskim listem gończym. Był z nami wtedy jakiś Amerykanin, zdaje się, że z policji w Los Angeles. Nawrocki wciąż z nim gadał. Zaraz po zatrzymaniu facet ulotnił się z aresztowanym, zdaje się, że obaj natychmiast polecieli do Ameryki. To znaczy, że sprawa była priorytetowa i toczyła się poza procedurami ekstradycyjnymi.

Młodzieniec sięgnął nerwowo po papierosy. Jego cygaro dawno zgasło, oparte o skraj mosiężnej popielniczki. Widać zresztą było, że palił jedynie ze względu na innych.

— Nie ma paniki — spokojnie odrzekł szpakowaty. — Dopiero zaczęli węszyć.

— No dobra, a czego chcesz od nas? — odezwał się mężczyzna w czarnym, doskonale skrojonym garniturze od Bossa.

— Nic specjalnego. Chciałbym uzyskać wasze pozwolenie na podjęcie niezbędnych działań. Jeśli tylko pojawi się taka potrzeba — dodał szybko szpakowaty.

— A kto będzie w tym robił? — zapytał ten, który jako jedyny z całej grupy nie nosił krawata, tylko jedwabną apaszkę. Palił intensywnie, cygaro sprawiało mu najwyraźniej przyjemność.

— Ja, oczywiście — odrzekł natychmiast szpakowaty. — No i Bolek. Pomożesz, w razie czego, prawda? — zwrócił się do mężczyzny w skórze. Bolek przytaknął energicznie głową i wrzucił nie dopalonego peta do kominka. Gospodarz spojrzał na niego z wyraźnym wyrzutem.

— No to, panowie, wszystko zostało ustalone — ożywił się niski grubas, któremu koszula wyłaziła ze spodni. Sprawiał wrażenie niechlujnego, mimo że miał na sobie kilkanaście tysięcy złotych wydanych u Ermenegildo Zegny. — Możemy więc teraz pogadać o rzeczach naprawdę ważnych. Staszek — zwrócił się do szpakowatego — dostaniemy jeszcze trochę tej twojej doskonałej whisky? Dwudziestosześcioletnia glenfiddisch była nie do pogardzenia.

— Naturalnie — szpakowaty podniósł się z fotela i ruszył do barku. — Kto jeszcze życzy sobie repety?

Młodzieniec w skórze znów sięgnął po papierosa. A kiedy rozmowa zeszła na tematy biznesowe, dyskretnie wycofał się z salonu. Chciał jak najszybciej wrócić do domu, bo czekała go jeszcze — jak sam ją nazywał — koncepcyjna robota.

Ulica Puławska, między Piasecznem a Warszawą. Poniedziałek, noc

Mirek nie zdejmował nogi z gazu. Spieszył się. Chciał odstawić służbowego opla jak najszybciej do komendy. Puławska o tej porze była dość pusta, a światła mu sprzyjały. Gnał więc, ile tchu. Z Łbisk wracał, niestety, na tarczy. Nawrocki miał rację. W tym czasie, kiedy wedle ustaleń śledztwa komendy w Piasecznie zamordowano Przybyszewskiego, nie zanotowano w zakładzie wychowawczym żadnych samowolnych oddaleń. Oczywiście, personel mógł kłamać albo nie znać całej prawdy, ale nic na to nie wskazywało. „Pensjonariusze" w Łbiskach należeli do kategorii łagodnych chuliganów, którzy weszli w konflikt z prawem głównie ze względu na rodzinne perturbacje. Siedzieli tu obrabiacze kiosków i sprawcy napadów na sklepy monopolowe. Żadnej większej przemocy wobec ludzi, żadnych ciężkich paragrafów. Większość miała zresztą w niedalekiej perspektywie wyjście, więc nie opłacało im się ryzykować. Pracowali w ogrodzie i na polach — zarówno tych należących do zakładu, jak i tych, których właścicielami byli okoliczni rolnicy. Od lat nie notowano żadnego większego występku, a cały zakład przypominał bardziej czyściec dla świadomych swych win niż miejsce odosobnienia.

Mirek pocieszał się, że przynajmniej wyeliminował jedną z hipotez. Na wszelki wypadek zostawił jednak dyrektorce zakładu namiary na siebie, gdyby wypłynęły jakieś nowe okoliczności.

Wsiadając do samochodu, już myślał o odwiedzeniu jakiegoś nocnego sklepu po drodze, gdyż własne niepowodzenia, nawet te niewielkie, Mirek zwykł przeżuwać w sobie — co zazwyczaj kończyło się mało malowniczym pijaństwem, uprawianym do lustra we własnej kawalerce. Jego dziewczyna, Dorota, znosiła je z godną podziwu cierpliwością i Mirek był jej za to wdzięczny, choć w chwilach upojenia potrafił być mocno nieprzyjemny. Potem miewał wyrzuty sumienia i dlatego postanowił sobie, że, kiedy tylko osiągnie jakiś wymierny sukces, wszystko Dorocie wynagrodzi.

Tego ponurego wieczoru nawet nie przeczuwał, że dzień prawdziwej próby właśnie się zbliżał. Jechał Puławską na złamanie karku, mimo to na wysokości Pyr, gdzieś obok restauracji Stara Baszta, której czasy świetności dawno przeminęły, zauważył coś niepokojącego. Na poboczu stały dwa luksusowe samochody — bmw i chyba duży peugeot — a obok odbywał się samosąd. Umięśnieni i wygoleni goście kopali wijącego się na ziemi człowieka, który zasłaniał głowę

46

przed ciosami. Mirek zahamował z piskiem opon, aż nim zarzuciło, i zjechał na prawy pas ruchu. Zanim wysiadł, zameldował o wszystkim przez radio centrali. Zaraz obok, na rogatkach Piaseczna, mieściły się koszary prewencji — wiedział, że może liczyć na natychmiastowe wsparcie.

Wyskakując z samochodu, który po ostrym hamowaniu ustawił się bokiem do drogi, odbezpieczył broń. Niedawno z Nawrockim otrzymali służbowe glocki, które przestrzelali wiele razy na strzelnicy. Prawdziwa armata! Gdzie się z nią mierzyć archaicznemu P-64, który może potrafił zrobić niezłą dziurę w plecach, ale był toporny jak gazrurka i zacinał się z byle powodu. Biegnąc, Mirek oddał strzał ostrzegawczy w powietrze, mimo że było to wbrew wszystkim oficjalnym procedurom. Ale w tym momencie srał na nie. Wiedział, że inaczej postąpić nie może. Glock odpalał jak małokalibrowe działo. Wygolone osiłki od razu odskoczyły od leżącego. I o to chodziło.

Kiedy ich spinał kajdankami, nadjechały na sygnale pierwsze volkswageny busy z Piaseczna. To był jedynie mały triumf, ale jakże przyjemny. Zaraz potem pojawiła się karetka. Wszystko odbyło się błyskawicznie i zupełnie jak na ćwiczeniach. Mirek był dumny — nareszcie coś mu się udało od początku do końca. Nie miał nic dla szefa, ale co zdziałał przy okazji, to jego.

Kiedy już złożył wyjaśnienia oficerowi, który przyjechał z załogami z Piaseczna, ruszył znów ku Warszawie. Najpierw do komendy, a potem do domu.

Domyślał się, że Dorota czeka na niego, spędzając czas przy telewizorze.

Po drodze uznał, że nie był to jednak najgorszy dzień. A wszystko przez przypadek. Tak czy siak, postawił sobie wielki plus w rejestrze prywatnych wzlotów i upadków.

Warszawa, mieszkanie komisarza przy ulicy Żywnego. Wtorek, przed świtem

Komisarz był zmęczony. Cały dzień na nogach i te podróże komunikacją miejską. Jego nastoletni samochód po latach niemal nienagannej służby odmówił posłuszeństwa. I była to poważna awaria. Mechanik, niczym doświadczony onkolog, nie ukrywał prawdy.

Przyjaźnili się od dawna, a dokładnie od czasu, kiedy Nawrocki pomógł mu uwolnić się od gangu zbierającego haracze od prywatnych przedsiębiorców w podwarszawskim Konstancinie. Poprosił go o to Stefan, kuzyn mechanika, którego Nawrocki znał przez swoje rodzinne układy. Komisarz często miał do czynienia z takimi sytuacjami. Wiedziano powszechnie, czym się zajmuje, i liczni znajomi, znajomi znajomych, dawni kumple ze szkoły, siostrzeńcy kuzynów i tak dalej — wciąż zwracali się do niego z rozmaitymi prośbami. Ale komisarz nigdy nie interweniował, gdy w grę wchodził najmniejszy choćby przekręt albo coś niejednoznacznego. Nie odmawiał za to pomocy, gdy trzeba było rozpędzić nieruchawą policyjną maszynę biurokratyczną.

I to był właśnie przypadek jego przyjaciela, mechanika. Szajka zbierająca haracze w Konstancinie i okolicach składała się z młodych bandziorów. Żadna mafia, ot, grupa zwykłych brutali, którzy w przerwie między jedną a drugą odsiadką postanowili zarobić na życie. Wystarczyło popędzić lokalny komisariat, załatwić niewielkie wsparcie z miasta i było po kłopocie.

Mechanik okazał się rzetelnym fachowcem, który doprowadził szwankującą asconę Nawrockiego do porządku. Tym razem jednak koszty przekraczały wartość samochodu. Nad komisarzem zawisła smutna perspektywa życia spieszonego — pozostawionego na łasce komunikacji miejskiej. Nie stać go było bowiem na nowe auto — nawet używane, w kredycie czy indywidualnym leasingu. Mieli z Małgorzatą poważne wydatki, ich syn, Jaś, rósł jak na drożdżach i wciąż trzeba było kupować mu nowe ubranka. O butach, kosztujących horrendalne pieniądze, nie wspominając. Małgorzata odkryła w miarę tanią hurtownię odzieżową nieopodal Nadarzyna, tuż za Jankami, przy samej trasie katowickiej, gdzie jeździli regularnie, żeby oszczędzić kilkadziesiąt złotych na tym czy innym szczególe konfekcyjnym dziecka. Ale i tam były ceny — jak na portfel Nawrockiego — wygórowane.

Małgorzata przez całą ciążę miała zwolnienie lekarskie, a jej pracodawca okazał się na tyle miły, że bez zmrużenia oka płacił chorobowe. Potem wykorzystywała zaległy urlop wypoczynkowy. Ale w końcu musiała wrócić do pracy.

Całe szczęście, jej matka, która przeszła niedawno na wymuszoną przez pracodawcę emeryturę i przyzwyczajona przez lata do regularnych zajęć, cierpiała na nadmiar wolnego czasu, zdecydowała się na stałą pomoc córce. Dla spędzającej całe dnie w domu Małgorzaty było to istotne wytchnienie. W związku z ostateczną awarią samochodu Nawrockiego była to też propozycja nie do odrzucenia. Małgorzata i Irek przystali na nią z ochotą, zwłaszcza że teściowa była osobą sumienną i godną zaufania.

Motoryzacyjne problemy zajęły komisarza na tyle, że zlekceważył nieco napiętą atmosferę w domu. Jaś był tego dnia wyjątkowo aktywny i mocno nadszarpnął macierzyńskie uczucia Małgorzaty. Kiedy Nawrocki wrócił z pracy, żona właśnie przygotowywała synkowi kąpiel. Tego wieczoru koniecznie należało umyć mu głowę, bo od ostatniej rzetelnej ablucji minęły co najmniej trzy dni. Jaś mycie głowy kwitował zawsze histerycznym kwikiem, więc Małgorzata, wiedząc o tym, już była nieco podminowana. No i Nawrocki popełnił błąd. Zamiast asystować w przygotowaniu kąpieli, otworzył piwo i zasiadł przed telewizorem, gdzie właśnie w TVN 24 rozpoczął się wieczorny dziennik. Jaś tymczasem piszczał i szalał w łazience. W końcu Małgorzata nie wytrzymała i rozdarła się na cały dom. Komisarz wiedział dobrze, co to znaczy: spaprany cały wieczór i długie dąsy małżonki. Postawił więc piwo na stole i pobiegł do łazienki. Jaś płakał, stojąc po kolana w ciepłej wodzie, lejącej się monotonnie z kranu. Nawrocki już dawno opanował taktykę na takie okazje. Trzeba było po prostu odwrócić uwagę synka albo zainteresować go jakąś nową zabawką — najlepiej świecącą intensywnie i głośno brzęczącą.

Trochę to jednak trwało, zanim Jaś przestał płakać i zajął się wreszcie szczekającym plastikowym pieskiem, którego oczy świeciły na zielono. Zabawka była okropna, ale najważniejsze, że najwyraźniej podobała się małemu.

Nawroccy w milczeniu przyglądali się baraszkowaniu syna w wannie. Długo starali się o dziecko. Mijały lata i nawet upokarzające zabiegi w klinice leczenia bezpłodności, na które zdecydowali się w końcu, powodowani rozpaczą — nie przynosiły rezultatu. A kiedy już stracili nadzieję i nieśmiało zaczęli rozmawiać o adopcji, przyszło zaskakujące i zupełnie naturalne rozwiązanie.

Jaś urodził się zdrowy i żwawy. Ponieważ poród trochę się przedłużył, dziecko było przemęczone i nieco sine. Lekarz dał Jasiowi dziewięć punktów w dziesięciostopniowej skali Apgar. Przy kolejnym badaniu, w trzeciej lub może piątej minucie po porodzie, było to już dziesięć punktów, czyli maksimum. Nawrocki, obserwując wycieńczoną Małgorzatę, pomyślał, że Jaś jest w lepszym stanie niż matka. On osobiście nie dałby jej w tej chwili więcej niż cztery punkty.

Małgorzata była na tyle słaba, że położna zarządziła, by dziecko oddać ojcu, w czasie gdy ona miała zająć się szyciem krocza. I tak właśnie Jaś wylądował na obnażonym torsie Nawrockiego, który nie bardzo wiedział, co ma w tej sytuacji zrobić. Dziecko leżało na nim, ssąc palec, a jednocześnie patrzyło bystrymi, świdrującymi oczkami, w których widać było wielką ciekawość. W ten sposób syn i ojciec się poznali.

Wiele miesięcy później Nawrocki uznał, że cud narodzin jest być może najbardziej naturalnym z wszystkich ludzkich procesów, w jakich dane mu było uczestniczyć.

Codzienność składa się z małych chwil i drobnych przedsięwzięć, które nie zawsze okazują się takie, jak je sobie wyobrażaliśmy. Niecierpliwość, napady agresji, kiedy synek płakał bez przyczyny i trudno go było uspokoić — to wszystko dopiero czekało Nawrockiego. I choć zdawał sobie sprawę z tego, co się teraz wydarzy — był w końcu człowiekiem poukładanym na swój sposób i ustabilizowanym umysłowo — nie umiał, gdy w euforii wychodził ze szpitala, wyobrazić sobie do końca przyszłych dni. Nie był także świadomy całego dramatyzmu czekających już niebawem zdarzeń.

Teraz jednak robiło się już późno i Małgorzata, choć Jaś wciąż taplał się w wannie z rozkoszą, powoli dawała znaki, że czas iść spać.

Nawrockiego ciągnęło jednak do pracy. Zaplanował sobie, że tego wieczoru przejrzy trochę papierów, które przyniósł z komendy, i że popatrzy na notatki sporządzone podczas wizyty w biurze konserwatorskim.

Nie było tego zbyt wiele. Komisarz wyliczał w myśli poznane fakty. Przybyszewski pracował w biurze konserwatorskim wiele lat, stopniowo awansował, aż wreszcie został jednym z ważnych kierowników. Uchodził za dobrze zorganizowanego, uczciwego i opanowanego, co zgodnie podkreślali jego niegdysiejsi podwładni. Kiedy odchodził na emeryturę, zorganizowano mu huczne i chyba szczere pożegnanie. Tak mówił Mirek. Nawrocki nie miał czasu dokładnie przejrzeć wszystkich tych spraw, którymi w ostatnich miesiącach urzędowania zajmował się Przybyszewski. Nie wiedział zresztą, gdzie zacząć. Bo jeśli morderstwo związane było z pracą emerytowanego konserwatora, to przecież ślady tego galimatiasu mogły sięgać głębokiej przeszłości. Komisarz zdawał sobie sprawę, że i tak trzeba będzie prześledzić całą zawodową karierę denata, zajrzeć do archiwum i odnaleźć tych, którzy z zamordowanym kiedyś pracowali. Tytaniczna robota, do której na pewno będzie musiał wykorzystać asystenta. Dlatego podczas pierwszej wizyty w dawnym biurze Przybyszewskiego darował sobie głębsze szperanie w papierach. Wolał się zorientować, kim był zamordowany architekt.

Dowiedział się, że był raczej lubiany, choć, jak podkreślali wszyscy jego rozmówcy — wymagający. Ale wspominano go niemal wyłącznie z dobrej strony, a opowieści te brzmiały dość wiarygodnie. Nawrocki nabrał w związku z tym przekonania, że motyw zemsty czy odwetu jest mało prawdopodobny — przynajmniej jeśli chodzi o pracę. Osobna sprawa to życie osobiste i rodzinne, jednak tę zamierzał scedować na Mirka.

Nie miał wiele do przejrzenia tego wieczoru, ale w końcu zmęczenie wzięło górę nad poczuciem obowiązku.

Położył się więc zaraz po Małgorzacie, z przekonaniem, że się jednak zaniedbuje.

EPITASIS

Centrum Warszawy. Wtorek o świcie

Mężczyzna, zwany przez swego pryncypała Bolkiem, uważał się za perfekcjonistę. Dlatego odszedł z policji. Za dużo improwizacji, amatorstwa i radzenia sobie z kryzysowymi sytuacjami według zasady: „jakoś to będzie". No i pobory beznadziejne. A Bolek lubił luksus. Nie na jakąś wielką skalę, ale bezsprzecznie tak. Chociaż lubił służbę u antyterrorystów, prędko doszedł do wniosku, że gdzie indziej również znajdzie niezbędną dawkę adrenaliny. I to za znacznie lepsze pieniądze.

Jeszcze jako policjant poszukał dojścia do kumpli z podwórka, o których wiedział, że utrzymują kontakty z szemranymi sferami. Współpracę, zresztą bardzo ostrożną, rozpoczął, wciąż jeszcze będąc na służbie. Jego umiejętności zostały szybko docenione. Kiedy odchodził z policji przy pierwszej nadarzającej się okazji, natychmiast zjawili się faceci z propozycją z najwyższej półki. Tak Bolek został członkiem ekipy Szefa, bo tak nazywano mężczyznę, który im wszystkim płacił. Szef był człowiekiem z samej góry biznesu. Jego nazwisko wciąż pojawiało się w mediach, często mówiono o nim i jego interesach w telewizji, a i sam pojawiał się w niej nieraz. To był oficjalny wizerunek, szlifowany przez wynajętych speców od public relations.

Tego dnia Bolek, jak zwykle, bez względu na porę roku i pogodę, wstał niemal o brzasku. Trochę popracował w domowej siłowni, poćwiczył *kata*, przebiegł trzy kilometry. Potem wziął prysznic, zjadł dietetyczne śniadanie i odświeżony usiadł przy biurku, by przemyśleć sprawy, które nie dawały mu spokoju już od wczoraj.

Ze spotkania w willi Szefa w Konstancinie wyszedł rozdrażniony. Nie lubił niespodzianek, nagłych zwrotów akcji, stresujących sytuacji.

Wierzył w podstawowe prawo każdego biznesu: rozgłos szkodzi. Dlatego przyjął wiadomość o ponownym zaangażowaniu się Komendy Stołecznej w sprawę zabójstwa Przybyszewskiego z najwyższym niepokojem. To po pierwsze. Ale równie mocno drażniła go wiadomość, że zaangażował się w to wszystko Nawrocki.

Niegdyś, dwa-trzy razy współpracował z Nawrockim i zrozumiał, że to groźny przeciwnik. Groźny, bo nieprzewidywalny, działający nieszablonowo i potrafiący myśleć niekonwencjonalnie. Bolek nie wierzył, żeby którykolwiek z kolegów komisarza, tych mośków przyuczonych do psiej profesji rozgryzł sprawę równie skomplikowaną jak ta, która właśnie teraz zajmowała Szefa i niemal całą organizację. Ale z Nawrockim nigdy nic nie wiadomo.

Już wieczorem, po powrocie z Konstancina, zasiadł za biurkiem i od razu sięgnął po akta. Trzymał je w specjalnej szufladzie, ułożone według porządku osobowego i tematycznego. Bo perfekcjonizm Bolka przejawiał się także w pedanterii, z której był niezwykle dumny.

Od lat spisywał i zbierał wszystko, co dotyczyło komendy i jej działań, nawet jeśli to na pierwszy rzut oka wydawało się nieistotne. Drobne przekręty dawnych kolegów z pracy, korytarzowe plotki, zasłyszane opinie, sprawdzone i jedynie zasugerowane wiadomości. Wreszcie zwykłe doniesienia prasowe i wycinki z wewnętrznego policyjnego biuletynu, do którego miał dostęp dzięki dawnym, a obecnie opłacanym znajomościom. Co mógł, skserował jeszcze kiedyś w robocie, i pomaleńku, niewielkimi partiami, wynosił do domu. To była jego inwestycja w przyszły warsztat pracy i zarazem polisa na nadchodzące lata.

Już nieraz zdarzyło mu się pochwalić własną przezorność. Zaiste, archiwum okazało się nieocenione, kiedy przychodziło do rozmaitych kryzysowych sytuacji. Bolek liczył, że i tym razem tak się stanie.

Przede wszystkim sięgnął po teczkę Nawrockiego. W skupieniu przeczytał wszystko, nawet najmniejszą informację. Przejrzał też wszystkie inne teczki, do których odsyłały materiały zgromadzone w osobowych aktach komisarza. A potem zrobił sobie mocną aromatyczną kawę (Nescafe Roos, 99 zł za półlitrowy słoiczek) i głęboko się zamyślił.

Miał już wszystkie dane, które wydawały mu się niezbędne, żeby zaplanować swoje działania. I nie zaniedbał żadnego z możliwych scenariuszy.

Kiedy jednak powtórnie spojrzał na notatki dotyczące najbardziej radykalnego z rozwiązań, to nawet on, pozbawiony — jak sam mawiał — zbędnego moralnego balastu w postaci sumienia, poczuł się przez chwilę nieswojo.

Mieszkanie Mirka Zomowca na Woli. Wtorek, rano

Telefon dzwonił już od pewnego czasu. Mirek, na wpół przytomny, sięgnął wreszcie po słuchawkę.

— Halo? — wychrypiał.

— Cześć, koleś! — odezwał się nieznajomy głos.

— Słucham? — Mirek desperacko próbował się obudzić.

— Spoko. Obudziłem? Dzwonię, by ci podziękować...

— Że co? — Mirek wciąż niezbyt kojarzył.

— Że gówno. Podziękować chciałem, matogo jedna! Za wczoraj!

— Ale o co chodzi? — Mirek pomału wracał do rzeczywistości.

— O jajco! O twój wczorajszy rajd, psie. Wyrwałeś mnie złym ludziom.

Wtedy Mirek zrozumiał.

— No i co? — zapytał.

— Nic, piesku. Widzę, że bystry to ty nie jesteś... Ale mam u ciebie dług. Bo ja honorowy człowiek jestem, pamiętaj!

— A kto ty w ogóle jesteś?

— Mów mi Kolec. Za chwilę dostaniesz SMS-a z numerem telefonu, na który będziesz mógł zadzwonić, gdybyś chciał mnie wezwać. Będę twoją złotą rybką, twoim jednorazowym dżinem z butelki — głos zaśmiał się dyskretnie.

— Ale skąd ty w ogóle wiesz, że ja... no i ten mój telefon...?

— Oj, ale wy tam naiwniacy jesteście w tej psiarni! Mamy swoje sposoby, jak mawiał Brunner do Klossa. Kumasz?

— Kumam, kumam... No dobra... Nie bardzo wiem, co mógłbym...

— Nic nie gadaj, koleś — wszedł mu w słowo. — Po prostu zapamiętaj ten telefon i zarezerwuj go sobie na naprawdę ważną sprawę. A jak nie będziesz chciał skorzystać, to nie, twoja strata. Sie ma...

W słuchawce rozległ się trzask i zapadła cisza. Mirek, wciąż lekko oszołomiony, wolno i delikatnie odłożył słuchawkę. Nie bardzo mógł uwierzyć, że to wszystko wydarzyło się naprawdę.

Ależ początek dnia!

Komenda Stołeczna Policji. Wtorek, rano

Nawrocki łyknął kawy i skrzywił się niemiłosiernie. Znowu zapomniał wsypać słodzik! Wkurzony sam na siebie, z irytacją sięgnął po dozownik, który nosił zawsze w prawej kieszeni spodni, wycelował w mleczno-czarną ciecz i nacisnął cztery razy spust.

Spróbował jeszcze raz i nieco uspokojony zagłębił się w fotelu. Był to mebel pamiętający jeszcze czasy Gomułki; stary, wytarty i brudny. Jednak komisarz miał do niego sentyment, więc przytargał go pewnego dnia do swojego gabinetu w Pałacu Mostowskich. Fotel, podobnie jak kilka innych sprzętów, odziedziczył po zmarłym ojcu. Matka postanowiła pewnego dnia zrobić generalny remanent w domu. Nawrocki wkurzony nagłą inicjatywą swej rodzicielki zjawił się najszybciej jak tylko mógł, by ocalić z rodzinnych zbiorów to, co cenne. Przywiózł potem do domu kilka kartonów rozmaitych pamiątek, co z kolei Małgorzata przywitała ze złośliwością. Jaś był natomiast wyraźnie podekscytowany tym, że tata pojawił się z atrakcyjnymi i dziwacznymi przedmiotami. Ale fotel, w którym siadywał przez lata ojciec, Nawrocki prędko wywiózł do pracy. Z dzieciństwa pamiętał, jak wygodnie mu było, kiedy przesiadywał w nim pod nieobecność ojca. Teraz miał mu służyć.

Z wczorajszej wizyty w urzędach Nawrocki przyniósł plik notatek. Poprosił też o skopiowanie rozmaitych dokumentów i mimo że atrakcyjna blondynka obsługująca powielacz wyraźnie nie była zachwycona jego zleceniem, konsekwentnie wyegzekwował swoją prośbę.

Teraz był czas na analizę. Nawrocki dobrze wyczuwał, że obraz rzeczywistości ukryty jest zarówno w plotkach i opiniach, jak i w dokumentach, notatkach czy w sprawozdaniach. A ponieważ Stanisław Przybyszewski był urzędnikiem państwowym, to materiałów dotyczących jego działalności powinno być niemało. Toteż mimo że urzędnicy w dawnym biurze denata mieli wrażenie, iż policjant jedynie przewraca dostarczone mu akta, prawda była zupełnie inna. Tego dnia, na samym początku urzędowania, komisarz potrafił wyselekcjonować z własnych zapisków sprawy istotne dla dalszego przebiegu śledztwa, które sam, na własną odpowiedzialność i własne nieszczęście, uaktywnił.

Mieszkanie komisarza Nawrockiego. Wtorek, południe

Jaś był jeszcze za mały na przedszkole. Małgorzata pracowała zazwyczaj popołudniami, więc mogła spędzać początek dnia z synem. Potem przychodziły babcie — matka Małgorzaty i, rzadziej, matka Nawrockiego. Na męża Małgorzata nie miała co liczyć — brał przecież dodatkowe godziny, żeby trochę więcej zarobić.

Tak się więc podzielili. Kontakt ojca z dzieckiem sprowadzał się niemal do symbolicznych gestów. W weekendy, niektóre święta, jeszcze rzadziej jakieś luźniejsze dni. Spacery, igraszki na dywanie w domu, czytanie książek. Od czasu do czasu, kiedy sprzyjała pogoda — wypad na plac zabaw.

A Jaś wolał niekonwencjonalne rozrywki. Zamiast, na przykład, uganiać się za piłką czy pedałować na trójkołowym rowerku, domagał się wyprawy do sklepu Smyk w Sadyba Best Mall, gdzie Nawroccy od czasu do czasu odwiedzali wypożyczalnię DVD. Sklep był przyjazny dzieciom i nikt nie robił rabanu, gdy maluchy dosiadały bujanych koników, rowerków, a nawet czterokołowych, ale napędzanych pedałami, quadów. Atrakcją numero uno tego miejsca była rurowa zjeżdżalnia. Dziecko musiało najpierw wspiąć się dobre cztery metry po plastikowej pochylni. Potem przejść korytarzem zawieszonym tuż pod samym sufitem, by wreszcie zjechać — z krzykiem czy piskiem — wprost do basenu pełnego plastikowych, miękkich kulek amortyzujących upadek. Jaś uwielbiał to miejsce i gdy tylko mógł, wyciągał rodziców „na kule".

Dziś był kolejny dzień, w którym Małgorzata musiała łagodnie, lecz stanowczo odmówić Jasiowi wyprawy na zjeżdżalnię. Jak zwykle w typowy dzień roboczy, Irek wstał po szóstej, pokręcił się cicho po domu, wypił kawę i wyszedł. Małgorzata z Jasiem spali do dziesiątej. Zazwyczaj synek budził ich w środku nocy, przyzywał i domagał się, żeby go zanieść do ich pokoju, gdzie zasypiał wygodnie między rodzicami. Irek przyzwyczaił się z czasem do tych nocnych ekscesów i starał się nie czynić hałasu, gdy sam wstawał do pracy.

Właśnie kiedy starała się wytłumaczyć Jasiowi, że ze względu na samochód nigdzie nie mogą pojechać, co najwyżej pójść na spacer nad osiedlowe jeziorko (Jaś kwitował monotonny monolog mamy jednostajnym buczeniem), zadzwonił telefon.

— Słucham! — z irytacją odezwała się Małgorzata, podnosząc słuchawkę.

— ...

— Słucham! Halo! Halo! — Jaś buczał coraz głoś-
niej. — No kto tam?

Cisza. A właściwie tylko miarowy oddech po drugiej stronie.

— Haloooo?! Nie mam czasu na zabawy. O co
chodzi?

Szczęk odkładanej słuchawki.

Małgorzata wzruszyła ramionami. Jaś płakał już
na dobre.

Barczysty mężczyzna ubrany w czarną skórę wyszedł energicznie z budki telefonicznej. Zrobił pierwszy krok. Rozpoczął działanie według pieczołowicie
przemyślanego planu, nad którego ułożeniem spędził
ranne godziny.

Komenda Stołeczna Policji. Wtorek, południe

Komisarz przeczytał wszystkie notatki, które sporządził wczoraj w dawnym biurze Przybyszewskiego.
Zamierzał właśnie przejrzeć materiały z osobistych
teczek ofiary, gdy do jego pokoju wpadł z impetem
Mirek Zomowiec.

— Szefie! No nie spodziewa się szef, co mi się
przydarzyło! — zawołał od progu, kiedy tylko otworzył drzwi bez pukania.

— Mirek, do cholery! Jestem zajęty, właśnie...

— To zajmie tylko chwilkę! Naprawdę!

Nawrocki, zrezygnowany, machnął przyzwalająco
ręką.

— Dobra, mów.

Mirek zwalił się na krzesło, nabrał powietrza w płuca i zaczął trajkotać jak karabin maszynowy.

— Byłem w Łbiskach. Siedziałem tam pół dnia. No, rzeczywiście nie wygląda na to, żeby to któryś z ich podopiecznych miał cokolwiek wspólnego z zabójstwem Przybyszewskiego. Oczywiście — tu zastrzegł się gorliwie — zostawiłem swoje namiary i poprosiłem stanowczo, acz grzecznie — skinął uniżenie głową w stronę rozmówcy — by jeszcze wszystko sprawdzili...

— No i co?

— I nic. Będziemy czekać — odrzekł szybko Mirek. — Ale pewnie, tak jak pan mówił, to ślepy tor. Aleeee — przeciągnął zachęcająco.

— Hmm?

— Ale — kontynuował nieśpiesznie — miałem przygodę po drodze. Jadę Puławską, jest niemal noc, pusto, więc depnąłem w rurę. Szef nawet nie zdaje sobie sprawy, jakiego kopa mają te nowe ople na cywilnych numerach...

— Mirek!

— Już, już! Pędzę, fajnie jest, a tu patrzę na poboczu jakaś bójka czy co? Dwie wypasione bryki, kilku gości naparza jednego leżącego. To ja na hamulec, ale nie jestem frajer — wywołuję dyżurnego, skoro obok jest nasza szkółka, nie? I dawaj, wyskakuję z giwerą, frajerzy od razu rączki do góry. Chyba wiedzieli, że nie ma przebacz. Myk, myk i już leżą. Ja za bransoletki...

— Mirek, rany boskie, po co mi to opowiadasz?

— Szefie, to tylko przygryweczka, sorry. Zaraz przyjechali nasi, zajęli się wszystkim, a ja szybko do protokołu — i już mnie nie było. Niby zwykła rzecz, nie? Ale to nie koniec — zawiesił dramatycznie głos na chwilę. — Śpię ja sobie spokojnie dziś rano — a tu telefon! Kto dzwoni? Facet, którego bili!!! Tak jest!!! I dziękuje, szef sobie wyobraża? No i daje jakiś numer telefonu, mówi, że w razie czego, to on może się odwdzięczyć i tak dalej. Kazał mówić na siebie „Kolec". No to ja przed przyjściem tutaj dawaj do komputera, sprawdziłem — i proszę! „Kolec" — to domniemana ksywa bandziora z Mokotowa. Napady, prochy, wymuszenia. Żadnych dowodów, nawet fotografii czy portretu nie ma, ale wstępne postępowanie jest. Aż mnie przytkało. No i jak? — skończył na wydechu.

— No i chyba masz dłużnika — odrzekł flegmatycznie Nawrocki. Myślami krążył wciąż gdzie indziej.

Zapanowało milczenie. Mirek utracił werwę, a komisarzowi nie chciało się podtrzymywać konwersacji. Wreszcie Mirek nie wytrzymał.

— No, a co z naszą sprawą? Znalazł szef coś? — zapytał z nadzieją w głosie.

— Może tak, może nie — leniwie odrzekł Nawrocki.

— Widzę, że szef cosik niedzisiejszy, czyli pewnie jest jakaś zagwozdka.

— O czym ty mówisz, Mirek?

— No, że coś tam szefa trapi, nie?

— Trapi? A żebyś wiedział, że tak! Doskonale to ująłeś. Tak, właśnie tak! Trapi! — Nawrocki rozkręcał się.

— Powie mi szef coś?

— Dobra, powiem, powiem. Choć mam niewiele — westchnął komisarz.

Najpierw opowiedział o swojej wizycie w dawnym miejscu pracy Przybyszewskiego. Przegląd oficjalnych dokumentów niczego nie przyniósł. Zwykła biurokratyczna rutyna. Z lektury materiałów wynikało, że Przybyszewski był sumiennym i uczciwym urzędnikiem, ale to przecież już wiedzieli.

— Ale ma jeszcze szef coś ekstra, nie? — z nadzieją w głosie zapytał starszy sierżant sztabowy.

— A niby co? Mam to wypisane na czole czy jak? Choć to wszystko dość dziwne... — zawiesił głos. — Wyobraź sobie, że Przybyszewski był historykiem amatorem. To chyba było jego hobby, zresztą trochę związane z pracą. Przypomniałem sobie, że ktoś z rodziny zeznał, że był varsavianistą...

— Kim?

— Zajmował się historią miasta. Zbierał rozmaite pamiątki, informacje o dawnej Warszawie, kolekcjonował stare albumy, zdjęcia, te rzeczy. Poza tym szperał w archiwach. Zapewne różne decyzje architektoniczne, które musiał zatwierdzać czy konsultować, naprowadzały go na rozmaite smaczki z historii miasta.

— A skąd my to wiemy? — spytał z głupia frant Mirek.

— My — podkreślił znów ironicznie Nawrocki — wiemy to stąd, że w swych papierach trzymał osobną teczkę, właściwie skoroszyt z rozmaitymi notatkami, kserografiami, odbitkami. Znajdowała się w dokumentacji sprawy, tylko nikt nie był łaskaw się nią zająć. Chłopcy z Piaseczna podczas wizyty w dawnej pracy Przybyszewskiego wzięli ją pewnie tak, na wszelki wypadek. Wiesz, jak to jest — zabiera się różne rzeczy, które wyglądają dziwnie lub sprawiają wrażenie istotnych. Ale potem nikt się nią nie zajmował, zostały na niej zabezpieczenia zrobione ręką właściciela. I to mnie zaintrygowało. Po co ktoś pieczętuje zwykłą papierową teczkę, leżącą na co dzień w szufladzie biurka? Więc sobie otworzyłem, a tam — cała fura materiałów. To nie były sprawy służbowe, tylko ewidentnie prywatne. Zapewne niektóre z nich przydawały mu się w pracy, ale generalnie...

— Ogólnie? — wyszczerzył się Mirek.

— Co? A tak! Ogólnie! Więc ogólnie ten zbiór to wyraźnie ślad jakichś jego własnych pasji.

— I szef myśli, że to istotne? Znaczy dla nas, dla tej sprawy? A w ogóle, to co tam jest, w tej teczce? No i dlaczego, jeśli gość miał takiego prywatnego hopla, nie zabrał tego całego majdanu ze sobą do domu, jak odchodził na emeryturę?

— Zaraz, nie wszystko naraz! Dlaczego nie zabrał tego do domu? To dobre pytanie i szczerze mówiąc, nie umiem powiedzieć czemu...

— Szef coś czuje?

— A żebyś wiedział. — Nawrocki uśmiechnął się szczerze. — Coś mi mówi, że ten skoroszyt znaczy więcej, niż nam się wydaje. A co tam dokładnie jest w środku, jeszcze nie wiem. Nie zdążyłem przeczytać. Dopiero się za to zabierałem, jak przyszedłeś.

Zadzwonił telefon komórkowy komisarza. Nawrocki zerknął na wyświetlacz.

— Żona... — powiedział półgłosem, jakby był podsłuchiwany.

— To ja tymczasem spadam — odrzekł Mirek, energicznie wstając. — W razie czego, jestem na dyżurce. Albo w okolicach.

Nawrocki machnął ręką i odebrał telefon.

Małgorzata była wyraźnie zdenerwowana. Mówiła wciąż o głuchych telefonach, które nękają ją od południa. Nawrocki zaczął ją uspokajać. Zaproponował żonie, by najlepiej wyłączyła telefon z gniazdka. Mają przecież komórki, w razie czego. Kiedy odłożył słuchawkę, był jednak rozdrażniony. Zbyt wiele rzeczy naraz zajmowało mu umysł. Coś tu nie pasowało, coś ewidentnie domagało się wyjaśnienia.

Centrum miasta. Wtorek, późne godziny popołudniowe

Bolek był zadowolony. Uruchomiona przez niego maszyneria już działała.

Kiedy po wnikliwym namyśle podjął decyzję, jak postępować, poinformował przede wszystkim Szefa. Nie mógł się z nim bezpośrednio skontaktować, więc zostawił precyzyjną informację jednemu z najbardziej zaufanych ochroniarzy. Był spokojny, że dotrze nie zniekształcona do właściwych uszu. Potem aktywizował współpracowników. Podał dokładne wytyczne, kazał meldować się co cztery godziny, a sam ruszył w miasto.

Musiał zobaczyć się przede wszystkim z Frankiem, jednym z zaprzyjaźnionych ludzi od Kolca. To był zwykły żołnierz, jednak na tyle ambitny, by brać forsę z dwóch źródeł naraz. Kolec płacił mu za rutynowe ściąganie haraczy, Bolek za wszystko inne ekstra. Mieli się spotkać o piętnastej w Banja Luce — knajpie na rogu Puławskiej i Odyńca, naprzeciwko parku Dreszera. Dawniej był to słynny pub Heineken, słynny, bo w początkach lat dziewięćdziesiątych pierwszy w ogóle pub w zachodnim stylu, jaki pojawił się w Warszawie. Teraz była to zwykła knajpa, udająca miejsce o podwyższonym standardzie. Żadnych gości poza rezerwacją, chyba że w mało przyjemnym, ciemnym i słabo obsługiwanym wnętrzu. Ale Bolek miał swój stolik, za który płacił szefom restauracji stałą miesięczną dolę. Lubił tu załatwiać te interesy, które wymagały osobistych spotkań. Bo miejsce było świetne. Niby przy ruchliwej ulicy w centrum, ale jakby odosobnione, skryte w cieniu drzew — gdyż Banja Luka, prowadzona przez emigrantów z Bałkanów, zajmowała miejsce dawnego skweru.

Franek przybył punktualnie i nie zdziwił się zupełnie, kiedy usłyszał, o co chodzi.

— Mogę to zdobyć, ale nie za darmo — przeszedł od razu do rzeczy.

— Ile? — Bolek był równie konkretny. Cevapcicci stygło mu tymczasem na talerzu, ale nie dbał o to.

— Jakieś pięćset. To najmniej. Chcesz jeden magazynek czy dwa?

— Dwa.

— To może być dodatkowa stówa. Git?

— Git! Na kiedy, bo zależy mi na czasie?

— Jutro po południu najszybciej. Dopiero rano mogę spotkać się z dostawcą. On nie uznaje kontaktów telefonicznych, więc muszę osobiście.

— Nieważne! Mnie interesuje, kiedy konkretnie możesz dostarczyć klamkę.

— No mówię, jutro po południu. Ma być konkretna czy wszystko jedno?

— Nie chcę żadnego złomu! Żadnych zardzewiałych kawałków z czasów wojny. Ma być sprawna, nie używana, nie rejestrowana i bez numerów oczywiście...

Franek zadumał się.

— To może trochę więcej kosztować. Pewnie chciałbyś jakąś berettę albo glocka? — wyszczerzył zęby w grymasie, który od biedy nazwać by się dało uśmiechem.

— Dobra. Ale nie pierdol, zapłacę tyle, ile ustalono.

— Jasne, chciałem tylko powiedzieć, że dostawca może nieco podwyższyć marżę, znając twoje warunki. A ja też chciałbym zarobić...

— Pięćset i może jakaś mała premia, jeśli się sprawisz jak należy. Stoi?

— Stoi — potwierdził z pewnym wahaniem Franek.

Na osiedlu, gdzie mieszkał komisarz, było w miarę cicho. Trwała polska sjesta, czas oglądania telewizyjnych seriali i poobiednich spacerów z dziećmi.

Nawrocki wysłał Małgorzatę z Jasiem do pobliskiego parku Arkadia, wymawiając się przemęczeniem i koniecznością przejrzenia akt. Jak to było między nimi umówione, niczego nie opowiadał.

W prywatnych zapiskach Przybyszewskiego, do których zasiadł, nalewając sobie uprzednio solidną bombę wina, panował jeden wielki bałagan. Pierwsze, co należało uczynić, to wprowadzić jakąś regułę przy ich sortowaniu. Nawrocki, westchnąwszy, bo nie lubił zbędnego wysiłku fizycznego, rozłożył się na dywanie w dużym pokoju i zaczął rozkładać wszystko, co znalazł w teczce na kupki.

Najpierw wyselekcjonował fotografie, kserokopie warszawskich widoczków, jakieś reprinty. Potem wycinane z prasy artykuły. Dalej — kopie różnych urzędowych pism, okólników, zarządzeń. Na końcu — prywatne notatki Przybyszewskiego. Kiedy pobieżnie przejrzał wszystko, zapalił — korzystając z nieobecności najbliższych — fajkę.

Ogarnęło go zniechęcenie. Taki chaos, tyle papierów, a on zupełnie nie wie, czego szukać. Ale czy było inne wyjście? Tylko tu, tylko w tej teczce mogły się znajdować jakieś podpowiedzi. Nigdzie indziej — a przecież popracowali z Mirkiem solidnie — ich nie było. Chyba żeby założyć, że morderstwo Przybyszewskiego było czyjąś pomyłką albo czynem wariata. Tego Nawrocki nie brał jednak poważnie pod uwagę. Zwłoki przecież pieczołowicie przewieziono i ukryto w innym miejscu, niż popełniona została zbrodnia. W Lesie Pęcherskim, gdzie Przybyszewskiego zabito, niedaleko szlaku turystycznego, którym chodziło przecież sporo osób, z pewnością odkryto by je szybko. W ruinach dawnej fabryczki wód gazowanych w Zalesiu Górnym mogły pozostać nie zauważone. Gdyby nie szczęśliwy zbieg okoliczności, trochę fartu — gnijące ciało Przybyszewskiego, z dnia na dzień coraz bardziej anonimowe, mogło leżeć bardzo, bardzo długo. A więc ktoś brał to wszystko pod uwagę i zaplanował swoje ruchy. Nie było tu przypadku, raczej dbałość o wyniki. Bo przecież, nawet odnalezione, zwłoki Przybyszewskiego były tylko problemem dla podwarszawskiej komendy w Piasecznie. I nie ma co się dziwić, że sprawa poszła w pierwszym rzucie do umorzenia. Gdyby nie pojawił się Nawrocki, gdyby nie zainteresował go ten przypadek, zamknęłyby się nad nią archiwa, gdzie spoczywałaby spokojnie przez długie lata. A komuś bardzo na tej ciszy zależało. Skoro więc żadnego haka z Mirkiem nie znaleźli, coś jednak musi być w tych papierzyskach. Logiczne.

„I moja ostatnia szansa" — pomyślał komisarz. A zaraz potem postanowił: „Przejrzę to raz i jeszcze raz, i jeszcze. Jeżeli i tu niczego nie znajdę, dam sobie spokój. Wycofam sprawę, napiszę raporcik — bo o czym tu w końcu pisać — i oddam ad acta, przyznając rację kolegom z Piaseczna".

Małgorzata z Jasiem zastali go siedzącego w kucki na dywanie zasłanym stosami papierów. Nawrocki odłożył fajkę, otworzył drzwi balkonowe, by przewietrzyć mieszkanie, i zaczął zabawę z synem. Pewien czas temu przeczytał w jakiejś gazecie, że statystycznie ojcowie zajmują się swoimi dziećmi około ośmiu minut dziennie, i solennie postanowił sobie, że on tę statystykę będzie zawyżać.

A po kąpieli, kiedy Małgorzata ułożyła się obok Jasia, by przeczytać mu coś przed snem — zawsze stosowali ten rytuał — wrócił na dywan.

Z początku przeleciał wzrokiem to, co leżało na kupce oficjalnych dokumentów. Były to głównie wnioski o ekspertyzy, same ekspertyzy, decyzje administracyjne dotyczące planowanych inwestycji, prośby z urzędu do archeologów o przebadanie konkretnych miejsc, gdzie za chwilę ma ruszyć budowa. Nawrocki wynotował skrzętnie wszystkie projekty inwestycji, które pojawiły się w papierach. Wiedział, że sam, w tej chwili, akurat niczego nie wymyśli. Postanowił, że następnego dnia pójdzie do tych z gospodarczego i tych od korupcji na konsultację. Istniała szansa, że jedna z budów, których ślad Przybyszewski pozostawił w swej prywatnej teczce, śmierdziała na tyle brzydko, że dowie się czegoś od kolegów. Prawdopodobieństwo niewielkie, niemniej musiał to sprawdzić. Choćby po to, by uspokoić gliniarskie sumienie.

Potem przejrzał fotografie, reprinty dagerotypów, plany sytuacyjne. Niemal wszystkie dotyczyły Warszawy przedwojennej, a niektóre nawet czasów carskich. Nie były opisane, więc niczego nie mógł z nich wyczytać. Domyślał się, że to materiały pomocnicze, towarzyszące innym, które znajdowały się w teczce. W tej chwili nie miały żadnego znaczenia. Trzeba będzie do nich wrócić przy kolejnej lekturze pozostałych notatek i papierów. Odłożył więc na bok i tę kupkę.

A kiedy miał przejrzeć plik osobistych notatek Przybyszewskiego, pisanych ręcznie, piórem wiecznym — do pokoju weszła Małgorzata.

Nawrocki przerwał pracę. Wcześniej już postanowił, że poradzi się żony, tylko nie bardzo wiedział, jak o to poprosić. Mimo niepisanej umowy, by nie przynosić spraw zawodowych do domu, czuł, że musi poprosić ją o radę. Była w tym momencie jego ostatnią deską ratunku. Małgorzata pracowała w sekretariacie redakcji jednego z warszawskich wydawnictw naukowych. Lata spędzone na tropieniu błędów autorskich, wykrywaniu nielogiczności i wszystkich innych usterek rozmaitych artykułów, zanim te pojawią się oficjalnie w druku, wyrobiły w niej czujność, którą Nawrocki od czasu do czasu wykorzystywał. I nigdy się nie zawiódł na jej uważnym oku i umiejętności kojarzenia faktów.

Małgorzata wybawiła go z kłopotu.

— No pokaż, co tam masz. Przecież widzę, że masz problem — dodała szybko w odpowiedzi na nieco zdziwione spojrzenie męża.

Nawrocki westchnął z wyraźnym poczuciem ulgi. Poszedł do kuchni, nalał sobie kolejną szklanicę wina, a dla Małgorzaty nastawił wodę na herbatę. Niegdyś przyniósłby pewnie kieliszek dla niej, ale żona po miesiącach ciąży i karmienia właściwie stała się abstynentką.

Potem zaczął opowiadać. Gadał niemal godzinę, o wszystkim, co do tej pory udało im się z Mirkiem ustalić. Mówił też o swoich niepokojach, zastrzeżeniach, wątpliwościach. Małgorzata pilnie słuchała, od czasu do czasu tylko zadając szczegółowe pytania. A potem przystąpiła do akcji.

— Zobacz — Małgorzata, klęcząc na dywanie, przewracała papier za papierem. — Nie jest tak źle. Już trochę to uporządkowałeś.

— Akurat! — Irek wciąż nie mógł pozbyć się pesymistycznego nastroju. — Tylko pogrupowałem tematycznie. Ale jak to ugryźć?

— No dobrze, przejrzyjmy to teraz razem, tak?

— Tak.

— Więc patrz. Naprawdę nie ma tego dużo. Najpierw cały ten plik poświęcony zmianom architektury na Powiślu w okresie tuż powojennym. To są chyba jednak głównie ciekawostki, prawda?

— Być może, trzeba to gruntowniej przeczytać.

— No to przeczytamy.

Nawrocki był w duchu bardzo wdzięczny żonie za owo intencjonalne „my". Zyskał sojusznika i współpracownika zarazem.

— Teraz następne — kontynuowała Małgorzata. — Dalej jest historia kamienicy przy Nowogrodzkiej osiem. Potem zapiski o placu Trzech Krzyży. Fura notatek o dawnym układzie ulic na dzisiejszym placu Defilad. O! Są adnotacje o procesach spadkowych wszczętych w sprawie tych terenów...

— To akurat chyba zbieżność z tym, czym zajmował się jego urząd — wymruczał Nawrocki, w skupieniu podążający za tokiem myśli Małgorzaty. — Czytałem gdzieś o rozmaitych chryjach związanych z dziedziczeniem; wywłaszczaniem za wczesnego PRL-u i o dzisiejszych kłopotach spadkobierców. A to są akurat atrakcyjne działki, nie ma się co dziwić, że wokół nich trwa przepychanka... Wiesz co, odłóżmy tę kupkę na bok. Trzeba na to popatrzeć w pierwszej kolejności.

— Co my tu jeszcze mamy? — Małgorzata nie odrywała wzroku od przeglądanych papierów i słuchała męża jakby mimochodem. — „Stowarzyszenie sztyletników"? „Podczas Powstania Styczniowego Rząd Narodowy zatwierdził działalność tej organizacji i wyznaczył jej zadania. Decyzja nie zapadła jednogłośnie, ale zdecydował upór Traugutta, który twierdził, że taka organizacja jest potrzebna. Kierownictwo i rekrutację wziął na siebie Michał Czajkowski, zaufany dyktatora, który uprzednio przekonał do idei ścisłe przywództwo powstania"... Co to jest?

— Nie wiem, odłóż, trzeba się będzie temu przyjrzeć bliżej.

— Niby czemu?

— Niczego o tym nie wiem. A jak nie wiem, to jestem zaniepokojony — odrzekł Nawrocki.

— Okay. Teraz jakaś polemika historyczna w kwestii „Gołębnika" przy Puławskiej na Mokotowie... Co to jest ten „Gołębnik"?

Nawrocki machnął ręką. — Sprawdziłem już. To jeden z tych niby zameczków, taka wieżyczka stylizowana na gotyk, niemal na wylocie Madalińskiego, wiesz, przy kawiarni Niespodzianka. No, ten z zegarem, wygrywający kurantami *Marsz Mokotowa*.

— Aha! Już wiem. Dobra, to nic dla nas... O! to jest niezłe, posłuchaj: „Zastąpienie nazwy «Dworzec Południowy», utrwalonej w świadomości starszego pokolenia, nijaką i nic nie znaczącą nazwą «Aleja Wilanowska» wydaje się całkiem nieuzasadnione. Dawna nazwa ma uzasadnienie historyczne — to tu przez długie lata funkcjonował dworzec wąskotorowej kolejki do Piaseczna i dalej do Grójca i okolic. Nazwy tej używała powszechnie miejscowa ludność"... Wyobrażasz sobie, takiego sformułowania użył: „miejscowa ludność"! ..."jeszcze w początkach lat osiemdziesiątych XX wieku. Jej zachowanie byłoby znakiem szacunku dla historii miasta i szacunku dla mieszkańców metropolii. Nadanie skrzyżowaniu nijakiej nazwy, nie mówiąc już o nazwie stacji metra w tym rejonie, to ewidentne lekceważenie tradycji, przyzwyczajeń, dobrego samopoczucia obywateli". — Przerwała czytanie. — No, miał ten twój Przybyszewski temperament, nie ma co! I chyba naprawdę był pasjonatem.

— Był, był, kto mu tego odmawia...? — wymruczał Nawrocki skupiony nad kartkami papieru.

— Dobra, tamto to chyba jakiś prawdziwy michałek, odkładamy. Jedźmy dalej... Co my tu jeszcze mamy? — Małgorzata zajęła się następnym plikiem. — O, jest też coś o estetyzmie warszawskich mostów. Szkoda czasu, to jakieś pierdoły. Tak, teraz o remontach ulic i kłopotach z archeologami... Znowu archeolodzy. Czy archeolodzy mogliby zabić?

— Nie wiem, ale odłóż, to też może być ważne...

Siedzieli jeszcze jakiś czas. Małgorzata odczytywała tematy, które pojawiały się w uprzednio wyselekcjonowanych przez Nawrockiego kupkach notatek, a on kwitował jej diagnozy zaledwie monosylabami. Ale jakoś im szło. Kiedy skończyli, sterta papierów do ponownego przejrzenia była kilka razy mniejsza niż ta, na którą odłożyli rzeczy, ich zdaniem, drugorzędne. I wtedy Małgorzata wyraźnie się ożywiła.

— Słuchaj! Mówiłeś, że on był z zamiłowania varsavianistą, tak?

— No tak. Podobno nawet zamęczał rodzinę rozmaitymi opowieściami przy obiedzie czy kolacji. Jego matka zeznała, że czytywał z zamiłowaniem stołeczny dodatek do „Wyborczej", a zwłaszcza cykl artykułów jednego z dziennikarzy, nie pamiętam w tej chwili, jak się nazywa, pod tytułem „Warszawa nieodbudowana". Zajrzałem do gazety i to są teksty o przeszłości, o czasach przedwojennych, a nawet dziewiętnastowiecznych. W każdym razie o historii miasta, o starej architekturze. — Aha! — przypomniał sobie Nawrocki. — Przybyszewski żywo na nie reagował. Podobno dzwonił do redakcji, pisywał maile prostujące rozmaite nieścisłości czy niedopowiedzenia i w każdym razie strasznie się tym interesował.

— No właśnie — z zapałem przytaknęła Małgorzata. — Zobacz, skoro on tyle sam ustalił, to czemu o tym nie pisał? A może pisał, może coś opublikował z tych odkryć?

Nawrockiemu zapaliło się nagle światełko w głowie. Poczuł się jak Pomysłowy Dobromir.

— Kurczę! Masz rację. Sprawdzę to w „Gazecie", no i w ogóle w prasie. Nie! — dodał po chwili — wyślę z tym Mirka, bo muszę coś jutro zrobić w komendzie.

— Ale jest już późno, Irek, może rano...

— Jutro będzie futro, Mirek i tak pewnie bawi się gdzieś na mieście.

— Publikował czy nie, jakie to ma znaczenie dla twojej sprawy? Ja sobie tylko tak głośno pomyślałam...

— Nie rozumiesz, dziewczyno? Jeśli on niczego nie publikował, trzymał jedynie w tych zapiskach, to znaczy, że ktoś miał do nich dostęp. Ktoś, kto znalazł tutaj ważną, zagrażającą mu informację. Cholera! — Nawrocki wstał nagle i zaczął nerwowo przechadzać się po pokoju. — A to już byłoby coś. Tylko co ten nieszczęśnik Przybyszewski znalazł?

Pub na Starówce. Wtorek, wieczór

Mirek był kawalerem i choć od jakiegoś już czasu związany był z Dorotą — o której komisarz wiele wiedział z opowieści, ale której nigdy nie spotkał — prowadził wciąż burzliwe życie samotnika w wielkim mieście. Wkręcił się, głównie za sprawą Doroty, kumplującej się z dziewczynami gości z lepszych sfer, do ekipy balangowiczów z kompletnie innej bajki niż on sam. Ale przy drinkach nie było przecież ważne, z kim się pije i gdzie. Był więc gościem w kręgach, o których Nawrocki mógłby jedynie pomarzyć. Drugorzędni, ale jednak rozpoznawalni aktorzy, jacyś podrzędni dziennikarze, drugoplanowe gwiazdki telewizyjne. Czasami wśród tej zgrai pojawiała się postać dużego formatu: człowiek z pierwszych stron gazet, z okienka telewizyjnego w czasie prime time'u, z modnych magazynów ilustrowanych zajmujących się newsami i plotkami z wysokich sfer. Mirek — nieoczytany, towarzysko nieokrzesany i na ogół nie zorientowany w tym, co na czasie i na topie w danym sezonie — radził sobie w tym towarzystwie. Sprzyjało mu zapewne to, że człowiek prosty, acz o żywym umyśle i z poczuciem humoru, zawsze mógł w polskich elitach liczyć na uwagę, bo przecież tak zwana inteligencja — a także to, co z niej pozostało lub co się z niej wylęgło w ostatnich latach — zawsze czuła miętę do tych z dołu, byleby tylko byli jakoś zabawni i intrygujący.

Telefon Nawrockiego zastał go w samym środku zabawy w Przezroczystej. Ale Mirek przyzwyczaił się już do metod pracy swego szefa. Kiwnął więc głową w stronę rozbawionego towarzystwa, uspokoił gestem Dorotę i wyszedł w te pędy z lokalu na ulicę, by porozmawiać swobodniej. Co też nie było łatwe, bo przed knajpą kłębił się tłum ze szklankami w rękach — rozwydrzony, głośny. Do tego jeszcze ta bębniąca muzyka, która łomotała w fasady okolicznych budynków.

— Słucham, komisarzu.

— Cześć, Mirek. Mam nadzieję, że nie przeszkadzam zbytnio? — rozległ się w telefonie głos Nawrockiego.

— No, tego, jestem z kolegami na imprezie. Trochę tu głośno, prawda?

— Nic nie szkodzi. Możesz rozmawiać?

— Niby tak, tylko... Jak by tu powiedzieć... Jestem trochę nieświeży. Szef rozumie?

— Mirek! — usłyszał w słuchawce głos Nawrockiego. — Przykro mi, że cię męczę, kiedy imprezujesz, ale mam dla ciebie ważną sprawę na jutro.

— Nie szkodzi, szefie. Impreza imprezą, ale jestem gotów — odpowiedział, lekko przeciągając sylaby, bo alkohol dawał jednak znać o sobie.

— Na pewno? Łapiesz wszystko?

— Łapię. Proszę nadawać. I nie przejmować się tymi hałasami — z wyreżyserowaną pewnością w głosie upewnił przełożonego.

— Dobra — Nawrocki kontynuował. — Chciałbym, żebyś jutro przeszedł się po stołecznych bibliotekach.

— Że co? Ja? Po bibliotekach? — nie mógł uwierzyć.

— Tak, ty! Ja mam inne sprawy. To naprawdę ważne, uwierz mi.

— I co mam niby sprawdzić? Poczytać trochę literatury czy obszukać bibliotekarki?

— Chyba jednak nie jesteś za trzeźwy. Zapamiętasz co mówię czy nie? — głos Nawrockiego brzmiał stanowczo.

— Wal, szefie.

— No myślę! — skwitował komisarz. — Jutro, jak tylko otrzeźwiejesz, przejdź przez warszawskie czytelnie. Rozumiesz? Narodowa przy Alejach Niepodległości, potem na Koszykowej — tylko pamiętaj, że to nie na samej Koszykowej przy Halach, tylko w bok od placu Konstytucji, tam gdzie w tysiąc dziewięćset osiemdziesiątym pierwszym mieściła się warszawska Solidarność. Nie będę po nazwisku wymieniał, kto ją pacyfikował w grudniu. — Nawrocki nie mógł sobie odmówić drobnej złośliwości.

— Ja akurat, szefie, stacjonowałem na Pradze i pilnowałem mostu Syreny — odpowiedział bez mrugnięcia okiem.

— Mniejsza z tym — odrzekł Nawrocki. — Potem jeszcze zahacz o BUW.

— O co?

— Bibliotekę Uniwersytetu Warszawskiego na Dobrej, róg Lipowej. To nowy gmach, bardzo nowoczesny, skomputeryzowany. Więc uważaj, żebyś się nie pogubił. Jasne?

Mirek pomału trzeźwiał.

— Biblioteka? Biblioteka na Dobrej...? A czego mam szukać?

— Sprawdź wszędzie, to bardzo ważne, czy mają tam jakieś publikacje Przybyszewskiego, okay? Sprawdź, czy cokolwiek publikował. Jeśli tak — to spisz i przynieś do mnie, na komendę. — Tu Nawrocki użył znienawidzonej przez siebie konstrukcji zdaniowej, byle tylko Mirek zrozumiał.

— Kapuję, szefie. Narodowa, Stołeczna i BUW. Mam szukać Przybyszewskiego, tak?

— Tylko uwiń się sprawnie. Wiele od tego zależy.

— To wszystko?

— Wszystko. Baw się dobrze. Tylko nie przesadź. Chciałbym jutro z tobą pogadać. I nie za późno — zastrzegł komisarz.

— Nie ma sprawy — odrzekł Mirek. Po czym wyłączył komórkę i wrócił do lekko znudzonej Doroty, by wziąć ją w tany.

Centrum Warszawy. Wtorek, noc

Bolek był zadowolony. Telefony do Nawrockiej z pewnością zrobiły swoje. Trzeba kuć żelazo, póki gorące. Już jego w tym głowa.

Szef się na razie nie odzywał, a i Bolek postanowił go nie niepokoić. Robi swoje, za to mu w końcu płacą. Jak się coś wykluje, to da znać. Na razie sza.

Wydzwonił jeszcze Franka i upewnił się, czy jutrzejsze spotkanie ma sens. Franek potwierdził, więc wszystko szło zaplanowanym rytmem. Bolek co prawda wątpił, by miało dojść do najgorszego, ale gdyby — będzie przygotowany. Czytał w końcu Machiavellego podczas nie ukończonych studiów, więc dobrze sobie zapamiętał nauki tego cynika. Liczy się skuteczność. A sumienie? A cóż to w końcu jest? Jakieś wyrzuty mięczaka. Wątpliwości? Tylko słabeusz wątpi we własne siły.

Zjadł sałatkę z kurczakiem i popił sokiem pomarańczowym. Nabyte w Alkoholach Świata wytrawne wino reńskie miało poczekać na finał rozgrywki. Bolek zawsze kwitował zakończenie sprawy toastem i dobrym dominikańskim cygarem San Pedro's, kupowanym niezmiennie w La Habana Tabakiera w Best Mallu na Sadybie. Wolał popularne sklepy od ekskluzywnych lokali, gdzie mógłby być, choćby i przez przypadek, zapamiętany. A ponieważ w Best Mallu był rzadkim klientem, a ekspedientki, wyraźnie ledwo przyuczone do zawodu, ciągle się tam zmieniały, czuł się bezpieczny.

Tytoń mu nie smakował, ale podziwiał maniery Szefa. Naśladował, co mu imponowało. Lubił się budzić z poczuciem wyższości nad innymi.

Komenda Stołeczna Policji. Środa, przed południem

Był to jeden z tych mozolnych poranków, których Nawrocki nie lubił najbardziej. Już jak wstawał, wiedział, że wszystko będzie go denerwować. Spóźnione tramwaje — podobno była jakaś awaria trakcji w śródmieściu — i niesamowity tłok. Oczywiście żadnych miejsc siedzących, poirytowani podróżni. Stojąc na przystanku, przez chwilę rozważał możliwość szybkiego marszu ulicą Niemcewicza ku stacji metra, ale niemal też od razu zrezygnował. Jechał potem kolebiącym się na nierównościach torowiska tramwajem, przeklinając w duchu zepsuty samochód. Ludzie przepychali się, wiercili, a pod sufitem wagonu unosił się zgniły zapach potu zmieszanego z wonią tanich dezodorantów.

Kiedy wysiadł na Bankowym, już był podminowany. A w robocie czekał na niego raport, którego opracowanie wciąż odkładał. W swoim zagrzybionym pokoju, zwanym szumnie gabinetem, zaparzył natychmiast kawę, a potem usiadł przy komputerze, z jękiem, jakby miał odrabiać pańszczyznę. Bo to była w istocie pańszczyzna.

Pisał trochę, wciąż przerywał, robił sobie kolejną kawę albo zarządzał chwilę odpoczynku, choć doprawdy niczym się nie zmęczył. Zapalał fajkę, grzebał w cybuchu, zapalał znów, odchodził od biurka na krótki spacer, siadał do klawiatury, coś tam pobębnił i znów się zrywał. Nieusatysfakcjonowany, niespokojny.

Mimo to posuwał się drobnymi kroczkami naprzód. Aż wreszcie uznał, że nic lepszego nie stworzy. Zadzwonił więc do sekretarki naczelnika, zapowiedział, że prześle mailem zaległe materiały i, siląc się na grzeczny ton, poprosił, by wydrukowano jego dzieło bezpośrednio w sekretariacie, a potem złożono na biurku przełożonego.

— A podpis, panie komisarzu? — pani Zosia, sekretarka naczelnika, była służbistką i miłośniczką regulaminów.

— Podpis?

— No tak. Musi pan własnoręcznie podpisać materiał. Inaczej naczelnik tego nie przyjmie. Dobrze pan o tym wie.

— Tak, tak... — kombinował gorączkowo Nawrocki. — A nie mogłaby pani tego wydrukować, a potem machnąć jakiś zawijas w moim imieniu? Jestem teraz trochę zajęty i chciałbym...

— Absolutnie! Nie ma mowy! — głos pani Zosi był stanowczy.

— No tak, tak... Czyli muszę się do pani pofatygować? — resztka nadziei przebijała prosząco w słowach komisarza.

— Bezapelacyjnie! Wydruk będzie gotowy za kilka minut. Może pan do mnie przyjść w każdej chwili.

Czyli dupa. Trzeba się ruszyć. A Nawrocki tak bardzo chciał się odprężyć w swoich czterech ścianach i wrócić do tego, co tak naprawdę zaprzątało mu umysł.

„A może to i lepiej — zastanowił się po chwili. — I tak w końcu muszę pójść do gospodarki i tych buców z wydziału antykorupcyjnego".

Notatki Przybyszewskiego niemal paliły służbowy neseser komisarza. W przeciwieństwie do swych kolegów, którzy nosili do pracy modne plecaczki czy skórzane teczki albo zgrabne torby na laptopy, Nawrocki przychodził do pracy ze staroświeckim neseserem, pamiętającym dobrze dawną epokę kartek na mięso i opancerzonych skotów na ulicach polskich miast. Małgorzata wielokrotnie zwracała mu uwagę, że czas zmienić to obrzydlistwo na coś bardziej współczesnego, że wygląda z nim jak palant, jak urzędnik ze schyłkowego PRL-u, ale Nawrocki przyzwyczajał się do rzeczy i niełatwo było go przekonać.

W wydziale zajmującym się przestępstwami gospodarczymi miał kilku kumpli, więc tu akurat nie przewidywał kłopotów. Gorzej było z tymi od korupcji. To była nowa sekcja, rządzili w niej młodziakowie ledwie po trzydziestce, ze świeżego naboru. Tu znów z nikim specjalnie się nie kolegował, a wciąż krążyły plotki, że sekcje te zostaną niebawem zlikwidowane i włączone do właśnie powstającego Centralnego Biura Antykorupcyjnego. Chłopaki chodzili więc naładowani energią i patrzyli z góry na wszystkich.

Nawrocki także czuł prąd zmian. Słyszał, że w nowym układzie miano nawet odsunąć na bok Generała. A to by oznaczało, że wkrótce straci to nieformalne oparcie, które gwarantował mu ten legendarny glina.

Powlókł się korytarzem, dzierżąc w ręku wyjęte z neseseru zapiski. W gospodarczym, jak przewidywał, nie było kłopotów. Poszedł od razu do Jurka, któremu niegdyś, korzystając ze swych znajomości, ułatwił kontakt z bliźniaczą sekcją w Nowym Scotland Yardzie. Skończyło się to ostatecznie zatrzymaniem biznesowej szychy, umoczonej — jak wyszło na jaw — w przemyt narkotyków, o czym nawet pisały wszystkie najważniejsze gazety w kraju. Był to spory sukces, tym większy, że snobistyczni, przekonani o swym mistrzostwie Brytyjczycy niechętnie szli na pozarutynową współpracę z policjami państw dawnego bloku sowieckiego.

Jurek o nic zbędnego nie pytał, tylko przyjął zlecenie Nawrockiego i od razu uznał, że uda mu się to zrobić najwcześniej na wieczór, ze względu na inne ważne tego dnia sprawy.

W antykorupcji było gorzej. Ten, który z nim gadał, na początku wydzwonił swojego przełożonego, który przyszedł po kilku minutach. Obaj byli młodzi, Nawrocki uznał, że ledwo po studiach. Strasznie podejrzliwi, wypytywali go w nieskończoność, aż wreszcie, zniecierpliwiony, wybuchnął, że nie życzy sobie wewnętrznego śledztwa i całej tej atmosfery. Przyszedł po koleżeńską pomoc, a jak nie, to nie — poradzi sobie inaczej. Nie omieszkał z sarkazmem zaznaczyć, że w czasach stanu wojennego był represjonowany za kolportaż nielegalnych wydawnictw i nie po to narażał się wtedy, by teraz być w ten sposób traktowany. Wtedy nieco spuścili z tonu i w końcu obiecali, że zobaczą, co da się zrobić. Mimo to Nawrocki wyszedł od nich z poczuciem niesmaku.

— A chuj z nimi! — wymsknęło mu się tuż za drzwiami. Byleby tylko coś ustalili. Najbardziej bał się, że oleją to, o co ich prosił, a zajmą się nim samym. Nic w końcu nie znajdą, był pewien, ale szkoda wysiłku i czasu.

Pełen mrocznych myśli poczłapał do sekretariatu naczelnika, podpisał u pani Zosi wydrukowany raport, pogadał przez chwilkę z dziewczynami, by nie czuły się urażone, i uwolniony wreszcie od nieprzyjemnych obowiązków, pogalopował do siebie.

Pod drzwiami czekał Mirek. Dla Nawrockiego w tej chwili był jak wybawienie. Coś w końcu przynosił, nawet jeśli byłyby to tylko pesymistyczne wieści.

Mirek był podekscytowany.

— Ten Przybyszewski, szefie, publikował, a jakże! Ale co mnie to kosztowało zachodu!

— Mów! — warknął krótko, kiedy tylko znaleźli się wewnątrz mrocznego pokoju i usiedli.

— O Jezu! Cożem się nachodził! A ile katalogów musiałem przejrzeć! Trochę tego mają skomputeryzowane, ale reszta jest tylko w fiszkach. — Mirek bezproblemowo przyswoił właściwą nomenklaturę.

— Daruj sobie wspomnienia z frontu. W tej chwili interesują mnie tylko wyniki. Jestem wykończony. Więc dawaj i oszczędź sobie kontekstów.

Mirek, wyraźnie rozczarowany, rozłożył notatki na biurku Nawrockiego. Chciał w zwykły ludzki sposób, podzielić się z komisarzem wynikami swojej pracy, ale wyglądało na to, że szef nie podzielał jego chęci.

— No więc ten Przybyszewski — zaczął mozolnie — pisywał do gazet. Tu mam wykaz artykułów. W „Wyborczej" drukował pod pseudonimem. Ten redaktor, z którym rozmawiałem...

— Byłeś w gazetach? — rzucił szybko Nawrocki.

— No byłem, ale tylko w dwóch. Musiałem, eee, tego, zweryfikować...

— Błąd, Mirek, błąd! Cholera, kurwa mać. Będą nas teraz męczyć...

— Nie mogłem inaczej, szefie, słowo! No mówię, tego, że on pisał pod pseudonimem. I tak te panienki z biblioteki mi pomogły, ale żeby wszystko ustalić jak należy, musiałem pójść...

— Jasne. Masz rację — zmitygował się Nawrocki. — I?

— A co tu mówić, szefie. Mam wszystko wynotowane i tyle — Mirek, wyraźnie zmęczony, podsunął Nawrockiemu swoje zapiski, uczynione wyjątkowo, jak na niego, eleganckim pismem.

Komisarz wziął ołówek, wyciągnął z szuflady szarą teczkę, na której widać było jakieś zacieki i liszaje, i w milczeniu zaczął coś zaznaczać — to na własnych, to na Mirkowych materiałach.

Pomocnik Nawrockiego siedział tymczasem jak na szpilkach, ale powstrzymał się od mówienia.

Minęło trochę czasu. Mirkowi wydawało się, że to cała wieczność.

Wreszcie Nawrocki rzucił ołówek na biurko i wyraźnie rozluźniony odchylił się w fotelu.

— I co? — Mirek nie mógł się powstrzymać.

— Jest dobrze, jest dobrze... — komisarz wyraźnie odzyskał humor.

Centrum Warszawy. Środa, wczesne popołudnie

Franek zadzwonił rano, prosząc o zmianę miejsca spotkania na Galerię Mokotów. Bolek przystał na to niechętnie, a potem przyszedł kwadrans przed umówioną godziną, jak to miał w zwyczaju. Poprzechadzał się trochę po labiryncie Galerii Mokotów, poprzyglądał ludziom. Kiedy usiadł nad kubkiem kawy w Coffee Heaven na parterze, tuż przy fontannie wystrzeliwującej malownicze potoki wody w geometrycznych konfiguracjach, był pewien, że nikt za nim nie chodzi. Miał nadzieję, że Franek przedsięweźmie podobne środki ostrożności. Ale był spokojny. W końcu Franek ryzykował więcej — był dostawcą. Poza tym ufał mu. To znaczy ufał w jego instynkt samozachowawczy, najważniejszego stróża osobistego bezpieczeństwa.

Franek zjawił się punktualnie i przyniósł, co trzeba. Beretta, dwa magazynki, przebity numer seryjny broni. Zapewnił, że gnat jest czysty. Nie pochodził, jak podkreślił, z okradzionych — a to zdarzało się notorycznie — magazynów policyjnych, tylko z przemytu. Broń całkowicie kryta. A o to wszak chodziło Bolkowi. Zapłacił więc, ile się należało, i dorzucił jeszcze dwie stówy, bo Franek jęczał, że zlecenie było niekonwencjonalne, że dostawca zażądał więcej niż przy tego typu transakcjach. Bolek machnął na te jęki ręką. Niech ma.

Teraz był kompletnie wyposażony. Wyszedłszy z Galerii, zerknął na zegarek. Była czternasta z minutami. Żeby zastać Nawrockiego w domu i żeby telefon odniósł właściwy skutek, należało zaczekać jeszcze kilka godzin. Na wszelki wypadek zadzwonił do Szefa i złożył krótkie sprawozdanie Albinowi, jednemu z asystentów. Był to typowy inteligencki wymoczek po uniwersyteckim prawie, oślizgły i miękki, ale pewnie użyteczny, skoro Szef trzymał go przy boku. Bolek, nie wdając się w zbędną dyskusję, w krótkich słowach zreferował — bez szczegółów — swoje zamierzenia. Poprosił też, by nie dzwoniono do niego aż do wieczora. Zapewnił, że sam się odezwie.

Potem poszedł na zakupy. Pokręcił się jakiś czas po supermarkecie Albert na parterze, ładując do wózka głównie warzywa i owoce. A także butelkę klasycznego chianti — tego z czerwonym konikiem na etykietce — bo czasem wieczorem lubił wypić dwa lub trzy kieliszki dobrego wina. Resztę zazwyczaj wylewał. Wino, nawet przechowane w lodówce, traciło następnego dnia na smaku, a tylko alkoholicy, w mniemaniu Bolka, piją do końca. Bolek alkoholikiem nie był. Pić nie musiał, nigdy go to nie ciągnęło, na przekór deterministycznym teoriom głoszącym, że to głównie środowisko, w którym dorastamy, kształtuje nas na całe życie. To była po prostu jedna z wielu drobnych przyjemności, na które sobie pozwalał jako na rekompensatę za codzienną dyscyplinę.

Kiedy wsiadł do samochodu, było ledwie po piętnastej. Mnóstwo czasu i nic szczególnego do zrobienia. Po chwili namysłu sięgnął do schowka, gdzie trzymał ulotki agencji towarzyskich. Przeglądał przez chwilę plik kolorowych papierków wielkości wizytówek, wreszcie wybrał jedną i ruszył z kopyta swym podrasowanym oplem tigrą, o którym powiadają, że to samochód dla kobiet. Ale nie ten, nie ten. Bolek dołożył wielu starań, by jego wóz różnił się od standardowych modeli. Przeróbki uczyniły z auta prawdziwy odrzutowiec i przedmiot niekłamanej dumy właściciela. Za nic więc miał złośliwe komentarze, jakie dotarły do jego uszu — a jakże — że bawi się w Pana Samochodzika. A ponieważ czytał w młodości powieści Nienackiego i je cenił, docinki te poczytywał sobie za rodzaj komplementu.

Był w dobrym nastroju. Sprawy szły we właściwym kierunku, nieprzewidzianych trudności na horyzoncie nie było widać, a tam, dokąd się właśnie udawał, czekała już na niego zamówiona przez telefon brunetka. Był w końcu znanym i hojnym klientem.

Mieszkanie Nawrockiego. Środa, późny wieczór

Tym razem Nawrockiego czekało w domu piekło. Jaś był rozdrażniony i wcale nie chciał spać, mimo że było już dość późno. Najpierw wzdragał się przed kąpielą, choć zazwyczaj leciał do wanny jak na skrzydłach. Potem długo marudził w łóżku. Nawrocki słyszał zirytowany głos żony i histeryczne pochlipywania syna. Takie napięcia rodzinne zdarzały się rzadko, Jaś był w końcu dość grzecznym dzieckiem. Nawrocki wiedział, że w takich wypadkach nie należy interweniować, bo synka tylko to nakręcało, wiedział też, że tego wieczoru pożytku z Małgorzaty nie będzie. Wyjdzie z sypialni Jasia nabuzowana, coś tam odburknie, przyczepi się do czegokolwiek — choćby do nie wyniesionych śmieci albo do bałaganu w kuchni — nawet gdyby go i nie było — po czym pójdzie spać, naburmuszona i zła.

Irytacja Małgorzaty wzmagała jego własną, ale starał się w takich chwilach poskromić kiełkującą agresję.

Tak było i tym razem. Małgorzata wynurzyła się z dziecięcego pokoju niczym chmura gradowa. Ostentacyjnie głośno nalała sobie w kuchni szklankę wody gazowanej i nie omieszkała przy okazji powiedzieć kilku słów o pijaństwie męża (siedział nad napoczętą butelką wina) i o nieporządku w domu, który ona — i tak urobiona po pachy — musi wciąż sprzątać.

Nawrocki milczał, trzymając nerwy na wodzy.

Kiedy Małgorzata, dokładnie tak jak przewidywał, poszła do łóżka ledwie kilka chwil po uśpieniu Jasia, wrócił do roboty.

Niezbyt mu szło, musiał się przez dobry kwadrans wyciszyć. Spoglądał obojętnie w telewizor z wyłączoną fonią, gdzie odbywały się właśnie słowne zapasy polityków skaczących sobie do oczu ku uciesze zgromadzonej w studiu publiczności.

Centrum Warszawy. Środa, wczesna noc

Bolek uwielbiał swoje miasto po zmroku. Wieżowce w centrum jaśniały jak wielkie latarnie, cień nocy ukrywał brud i wieloletnie zaniedbania, a ulicą płynął żywy strumień światła jak, nie przymierzając, w wielkich aglomeracjach Europy.

Myślał o Warszawie „moje miasto", bo czuł się przywiązany do tego miejsca. Mimo że wychował się na Pradze, w slamsach na Stalowej, siłą woli i mozolną edukacją — wbrew rodzinnym naciskom — wydobył się na powierzchnię. Ku lepszemu życiu. Chodziło mu przede wszystkim o niezależność finansową. Pieniądze dawały władzę, to jasne, ale dawały też wolność, którą cenił ponad wszystko. Nikogo o nic nie musiał prosić, od nikogo niczego nie żądał. Zarabiał tyle, by żyć po swojemu i nie martwić się o rachunki. Stać go było na kaprysy, o jakich niegdyś marzył, jednak nigdy ich nie realizował. Wystarczała mu świadomość, że mógłby. Praca nie sprawiała mu trudności. Jedni są dobrzy w liczeniu cen w kasie supermarketu, inni w biurze, jeszcze inni w roli przedszkolanek. Bolek był dobry w rozwiązywaniu problemów stających na drodze jego Szefa. Nawet lubił mówić o sobie „Mr. No Problem". Resztą nie zaprzątał sobie głowy, a wszelkie wątpliwości oddalał, przywołując na myśl swoją wegetującą rodzinę, z którą nie czuł już żadnego związku. No i był kibicem Legii, co w jego mniemaniu stanowiło coś na kształt deklaracji lojalności i przynależności jednocześnie. Bo Legii, według Bolka, kibicował każdy prawdziwy warszawiak. To, że klub miał nieco wojskową przeszłość z czasów PRL-u, a konkurencyjna stołeczna Polonia nie była tak uwikłana, nie stanowiło dla Bolka żadnego przedmiotu refleksji. Ozdobił nawet swój ukochany samochód naklejką w biało-zielonych barwach z napisem: „Jedno miasto — jeden klub".

Dziewczyna o niewątpliwie przybranym imieniu Mirabella sprawiła się akuratnie i Bolek wyszedł z agencji w dobrym nastroju, zostawiając suty napiwek. Nigdy nie żałował kurwom ani ich alfonsom, cenił sobie luksus i komfort. A dobry klient zawsze będzie dobrze obsłużony, kiedy przyjdzie ponownie.

Jechał Marszałkowską, w stronę placu Bankowego, słuchając Jethro Tull. To była reminiscencja z młodości. W tamtych czasach siedzieli godzinami wraz z Romkiem, fanatycznym wielbicielem rocka, przy kiepskim magnetofonie szpulowym i do znudzenia słuchali rozmaitych nagrań. A grupa ekscentrycznego flecisty należała do ich ulubionych.

Przy Królewskiej Bolek zwolnił i bardzo grzecznie, zwłaszcza że nieopodal stał na chodniku radiowóz policji, zaparkował. W tej chwili nie chciał mieć żadnych kłopotów.

Udając rozluźnionego, wysiadł z wozu i poszedł w kierunku najbliższej budki telefonicznej. Nie uznawał telefonów komórkowych w pracy, nawet tych w systemie pre-paid. Zawsze jakoś cię w końcu namierzą, mawiał.

Zanim podniósł słuchawkę i dyskretnie przyczepił do niej vocoder, spojrzał jeszcze na stojące w pobliżu policyjne auto. Policjanci siedzący wewnątrz zajadali w najlepsze kupione na rogu kebaby.

Mieszkanie Nawrockiego. Środa, wczesna noc

Komisarz po uszy zagłębiony był w notatkach dotyczących „sztyletników", kiedy nagle zadzwonił stacjonarny telefon. To było dziwne, bo gdyby dzwoniono doń z komendy, z pewnością odezwałaby się komórka. Tej Nawrocki, na wszelki wypadek, nigdy nie wyłączał. Kiedyś ocaliła mu życie. Ale stacjonarny? O tej porze?

— Halo? — wymamrotał niepewnie, ufając, że nie usłyszy głosu teściowej. To, co usłyszał, było jeszcze gorsze.

— Komisarz Ireneusz Nawrocki, jak rozumiem? — po drugiej stronie linii brzmiał chrapliwy bas, zniekształcony przez elektroniczny modulator. Nawrocki do tej pory słyszał podobne dźwięki jedynie w telewizji, w interwencyjnych programach, gdzie wypowiedzi świadków były celowo zniekształcane.

I nagle poczuł ucisk w gardle.

— Wiem, że tam jesteś. Nie musisz odpowiadać — dotarło do jego uszu. Przeszył go wtedy strach. Ten niesamowity, zwierzęcy lęk, który przychodzi, gdy nagle tropiona ofiara zdaje sobie sprawę, że nagonka jest blisko.

— Tak? — wyrzęził, bo tylko na tyle było go stać.

— No witam, witam. Nie stresuj się aż tak bardzo. Sprawa jest prosta. Będę mówił krótko, bo mam mało impulsów na karcie.

— Mów!

— A co tu mówić, królu złoty? — usłyszał greps jak u typowego warszawskiego cwaniaczka. — Sprawa jest prosta, jak powiedziałem. Żona przekazała ci, że miała głuche telefony?

— ....

— Przekazała? — dudniący bas był nieustępliwy.

— Tak.

— No widzisz. Wiemy wszystko. Gdzie mieszkasz, jak żyjesz i tak dalej. À propos, twój samochód wciąż jest niesprawny, tak?

— Tak.

— No właśnie.

— Czego chcesz? — Nawrocki zdobył się na inicjatywę.

— No! Rozumiem, że dotarło i kapujesz. Więc krótko. Słyszysz mnie dobrze?

— Dobrze.

— No to git. Jest tak. Darujesz sobie sprawę, którą się właśnie zająłeś. Wiesz którą, nie? Odłożysz akta i napiszesz dla góry, że nic nie udało ci się dowiedzieć. A potem zajmiesz się grzecznie czymś innym. Łapiesz?

— Chodzi ci o Przybyszewskiego? O te jego prywatne zapiski? — komisarz nie do końca stracił zimną krew.

Cios był celny. Zakamuflowany rozmówca jakby zawahał się przez moment. Chwila ciszy trwała stanowczo za długo. Ale zaraz odzyskał rezon.

— Ty nie udawaj głupszego, niż jesteś, piesku! Wiesz dobrze, o co mi chodzi! Zrób po prostu to, o co cię grzecznie proszę.

— Bo inaczej?

— Krótka piłka: zajmiemy się twoim bachorem. Na imię mu Jaś, prawda? A jeśli ci nie wystarczy, to także twoją niunią, Małgosią. Łapiesz?

— Łapię — odrzekł Nawrocki. Nic innego nie przychodziło mu w tej chwili do głowy.

— No i git. Pamiętaj, ja nie rzucam słów na wiatr. Rozumiemy się?

— Tak. Rozumiemy — odrzekł komisarz. Po drugiej stronie usłyszał nerwowy, przerywany sygnał. Nawrocki zerknął odruchowo na zegarek. Poniżej trzech minut. Na wszelki wypadek — gdyby ktoś namierzał rozmówcę. Nawrocki już wiedział. To był profesjonalista, a wszystko wyglądało bardzo poważnie.

Kiedy odkładał słuchawkę, poczuł zimny dreszcz przechodzący wzdłuż kręgosłupa.

Mieszkanie Nawrockiego. Środa przechodząca z wolna w czwartek

A potem przyszedł atak paniki.

Już przed telefonem Nawrocki był rozdrażniony. Nic z czytanych materiałów nie układało mu się w całość. Jakieś wycinki prasowe o powstaniu styczniowym, przepisywane mozolnie przez Przybyszewskiego, fragmenty historycznych opracowań dotyczących głównie charakteru walk w czasie rewolty, listy nic nie mówiących komisarzowi nazwisk i nazw oddziałów. Wreszcie — cały gruby plik notatek o rozbudowie Warszawy w okresie powstania i tuż po nim. A tam — znów nazwiska: rosyjskich urzędników, niemieckich i polskich inżynierów. Wreszcie: opisy budów, spisy remontów, uwagi na temat zmieniających się koncepcji zagospodarowania przestrzennego miasta i tak dalej, i tak dalej. Okazało się przy tym, że najmniej tu mowy jest o sztyletnikach. Ot, typowo encyklopedyczne informacje. „Tajna organizacja założona z inicjatywy Rządu Narodowego. Jej celem była likwidacja zdrajców i osób współpracujących z caratem, którzy zostali skazani na karę śmierci prawomocnym wyrokiem konspiracyjnych trybunałów". W zapiskach Przybyszewskiego pojawiło się kilkakrotnie nazwisko Michała Czajkowskiego, jako odpowiedzialnego za struktury organizacyjne sztyletników oraz ich działalność. Ale poza tym Przybyszewski, widać, że z niejakim zdziwieniem, wynotował też inne pola działalności tego człowieka: polityka, dziennikarstwo, literatura. Nawrocki w desperacji sięgnął po *Literaturę polską. Przewodnik encyklopedyczny* — wydanie pierwsze z 1984 roku — by sprawdzić tego Czajkowskiego, co z niego za literat. Książkę odziedziczył po ojcu, który skrzętnie zbierał pomoce z rozmaitych dziedzin. Kiedy przyszło do przeglądania jego księgozbioru już po pogrzebie, Małgorzata uznała, że coś takiego jak ta literacka encyklopedia może jej się przydać.

Ale tu czekała komisarza nieprzyjemna niespodzianka. Wyraźnie coś się sypnęło redaktorom, bo dwa biogramy, sąsiadujące ze sobą, pełne były powtórzeń i błędów. Hasła „Michał Czajkowski" w ogóle nie było, powtarzało się natomiast hasło „Antoni Czajkowski". Z tym że pierwszy Antoni „ur. 13.VI.1816 w Krakowie, zm. 9.II.1873 w Petersburgu" — prozaik, poeta — jak przeczytał Nawrocki; a drugi „ur. 13.VI.1816 w Krakowie, zm. 9.II. w Czyńcu (Wołyń), zm. 18.I.1886 w Borkach (Ukraina), działacz polityczny, prozaik". Ten właśnie biogram pasował bardziej do Michała niż do zupełnie nie znanego komisarzowi Antoniego, ale i tak pstrzył się nieścisłościami, urwanymi zdaniami. Przedstawiał zatem zupełnie bezwartościowy materiał. Jezu, co za pech! — zniechęcony Nawrocki machnął solidnym tomem w róg pokoju i już zamierzał się nieco poużalać nad sobą, kiedy do pokoju wpadła obudzona i najwyraźniej rozjuszona Małgorzata.

— Co ty robisz? Na mózg ci walnęło? Chcesz dziecko obudzić?

— Przepraszam, książka mi spadła — mitygował się niezdarnie Nawrocki.

— Nie spadła, tylko ją rzuciłeś! O tej porze porządków ci się zachciało? — Małgorzata stała nad mężem niczym groźna wychowawczyni nad niesfornym uczniem. — Mniej pij po nocach, to będziesz normalniejszy! — wysyczała w końcu, po czym odwróciła się zamaszyście i wyszła.

To już przelało czarę goryczy.

— A pierdolę! — wymruczał do siebie Nawrocki i jakby na złość żonie sięgnął po kieliszek.

Wtedy zadzwonił telefon.

Panika zawsze objawiała się u Nawrockiego drżeniem rąk i napływem potów. W tym stanie było ich jakby dwóch. Pierwszy nie mógł się opanować, poruszał się nerwowo i nie umiał skupić się na niczym konkretnym. Drżały mu mięśnie nóg, przerzucał wzrok z jednej rzeczy na drugą, a co najgorsze — przechodził gonitwę myśli. Ten drugi, ukryty, przyjmował pozycję obserwatora. Tak jakby inna persona wychodziła z ciała komisarza i przyglądała mu się z politowaniem i zainteresowaniem. A najgorsze, że był jednocześnie pierwszym i drugim. I czuł, jakby się rozpadał.

Zawsze powracając wspomnieniami do tych nie-przyjemnych doznań, z niepokojem myślał, że to, co było właśnie jego udziałem, stanowiło dobry począ-tek schizofrenii. I bał się, że pewnego dnia atak się nie zakończy, że panika się nie cofnie, że będzie trwa-ła i trwała, a on już nie wróci do stanu normalności.

Złapał kieliszek i wypił go jednym łapczywym haustem, jakby wlewał w siebie dobroczynne lekar-stwo. Potem padł na fotel i dogorywał. Nalał sobie jeszcze raz i jeszcze. I czekał.

Powoli wracał do siebie. Spanikowany i obserwa-tor, niczym w okularach lornetki czy wizjerze apara-tu fotograficznego, zaczęli zlewać się w jedno, jakby ktoś, manipulując pokrętłami, uzyskiwał wreszcie ostrość widzenia.

Nawrocki nie był bojaźliwy. Zdarzało się już wcześ-niej, że mu grożono, raz nawet dostał ochronę. Dwóch byczków borowików, wypożyczonych Komendzie Stołecznej na specjalną prośbę Generała. Nie miał dobrych wspomnień z tych czasów. Bandziory, na-wet jeśli ich groźby brzmiały poważnie, nigdy dotąd nie poważyli się zamachnąć na komisarza, a ci dwaj okazali się bardziej kulą u nogi niż pomocą.

Ale teraz było inaczej. Był Jaś i to o nim mówił ten odrażający głos w słuchawce. A także o Małgorzacie. Takich gróźb nie rzuca się ot tak. Więc bał się. Po prawdzie to zawsze, gdzieś tam, podświadomie, bał się. O siebie i bliskich. A nawet o niektórych kolegów z pracy.

Ale dziecko, dziecko! To już nie przelewki. Tak właśnie tłumaczył sobie nagły przypływ słabości.

Tliła się w nim jednak iskra niezgody. Zarzewie buntu, trochę zawadiackie, a trochę chuligańskie rozdrażnienie. Wkurzało go, że dał się tak łatwo złapać. „Co ze mnie za glina? Pogrozili, przestraszyli i już walę w gacie?"

Pił dalej wino i siedział rozwalony w fotelu, tępo patrząc na stosy papierów rozłożonych na dywanie. Huśtawka nastrojów nie ustawała. Teraz przyszedł czas na zniechęcenie.

— Kurwa, nigdy sobie z tym bajzlem nie poradzę! A w ogóle, to czym ja się zajmuję, archiwista jestem czy co? — zaczął głośno mówić do siebie.

Kusiło go, by dać sobie spokój. I jak doradzał zniekształcony głos w słuchawce, skierować sprawę do ostatecznego zamknięcia. Ale co innego podpowiadała mu przekora, ta podobno typowo polska cecha. Kiedy coś wydaje się niemożliwe, to ona właśnie napędza do tym większego wysiłku. Wbrew. Przeciw wszystkim. By się postawić.

W czasie studiów prawniczych kazano Nawrockiemu czytać eseje Maxa Webera. Komisarz pamiętał klejące się od złej jakości tuszu kartki wydania drugoobiegowego, jakie kornie przeglądał, lata temu, w czytelni głównej starego BUW-u. Pamiętał ekscytację. Na uczelni zawsze było większe poczucie wolności niż na ulicach w dobie stanu wojennego patrolowanych przez transportery opancerzone i żołnierzy o praśnych, zaróżowionych od zimna twarzach. Na zajęciach dyskutowali więc z zapałem o etyce odpowiedzialności i etyce intencji. Prowadzący, cyniczny doktor Dębski, ironizował chętnie na temat opozycji politycznej i tego — jak się wyrażał — „pożal się Boże" ruchu oporu przeciwko reżimowi generałów. A oni, zapalczywi chłopcy, z których niejeden zajmował się kolportażem nielegalnych wydawnictw, z oburzeniem odpierali jego ataki. „Nie zawsze idzie tylko o skuteczność, czasami trzeba dać świadectwo! Choćby w imię zasad!" — krzyczał na Dębskiego Pawełek, kumpel Nawrockiego z grupy.

I teraz komisarz, w półpijanym widzie, zobaczył szarżujących husarzy, padających pod kulami armat, zobaczył wrześniowych kawalerzystów w ataku na pancerne wozy z wymalowanymi czarnymi krzyżami na burtach. Sam już nie wiedział, czy to nie sceny z historycznych filmów Hoffmanna i Wajdy. Wino mocno już buzowało mu w głowie, zagłuszając głos rozsądku. I wtedy właśnie pojął Nawrocki, że ci straceńczy husarze i ci biedni kawalerzyści są mu bliscy. I pojął wtedy, że jego droga wiedzie szlakiem dawnych, niemal mitycznych, bohaterów. Puszył się i unosił, a alkohol dodawał mu skrzydeł. Aż wycieńczony i zamroczony opadł z jękiem na fotel, by w następnych kilku minutach pogrążyć się w niespokojnej drzemce.

Śniły mu się dramatyczne sceny. Gonił kogoś i jednocześnie przed kimś uciekał. Działo się to w labiryncie. Był ofiarą i prześladującym jednocześnie. W śnie dominował kolor czerwony. Kolor nieszczęścia, przemocy, krwi.

Obudził się zlany potem niemal o brzasku. Bolało go całe ciało. Za oknem powoli wschodziło słońce i Nawrocki patrzył na nie urzeczony, a jednocześnie niezdolny do ruchu.

Po chwili oprzytomniał. Otrząsnął się, jakby wyszedł z kąpieli. Pierwsza myśl wiązała się z zawstydzeniem. Co też sobie przed zaśnięciem myślał, jakże to było popaprane, głupie, łatwe! Ale mimo wszystko pamiętał o postanowieniu, które objawiło mu się kilka godzin temu. I, co gorsza, zamierzał wcielić je w życie.

„Chyba jednak jestem typowym Polakiem — pomyślał cierpko — wieczorem euforia i zdobywamy świat, a rano kac i wstyd".

A potem poszedł popatrzeć na śpiących razem Jasia i Małgorzatę, bo to ich bezpieczeństwo zamierzał narazić na szwank, idąc za podszeptem mrocznej intuicji. To, że zamierzał narazić na szwank także swoją zawodową reputację, miało mniejsze znaczenie.

— Raz kozie śmierć! — wyszeptał i jednocześnie pożałował tych słów, bo to, za czym wciąż tęsknił, wiązało się z poczuciem spokoju, ładu i porządku.

PERIPETEIA

Konstancin-Jeziorna. Czwartek, rano

Bolka zdziwiło nagłe wezwanie do Szefa. Wydzwoniono go bardzo wcześnie, kiedy jeszcze biegał swoją ulubioną trasą: z Wilczej, gdzie mieszkał, Marszałkowską w kierunku placu Konstytucji, Piękną do skrzyżowania Kruczej i Mokotowskiej. Potem Mokotowską do placu Trzech Krzyży. O świcie z działających tu lokali, przede wszystkim ze Szpilki i Szpulki, wyłazili właśnie umęczeni imprezowicze. Dalej biegł naokoło placu, obok dawnego okrąglaka, czyli słynnego szaletu, gdzie spotykały się w dawnych czasach cioty — i już myk w Hożą, pod prąd nielicznych jeszcze samochodów, mijając Skorupki, do domu.

To był fragment Warszawy, miejscami przypominający miasto sprzed wojennej zagłady i późniejszych szaleństw socrealistycznej odbudowy. Bolek wybrał kiedyś tę trasę ze względu na podobieństwo tego kwartału do architektury Paryża, w którym czasowo pomieszkiwał w czasie urlopów z Legii. Chłopaki z oddziału wybierali miasta portowe — z barami, prostytutkami, atmosferą niepokoju. On wolał relaksować się w stolicy, znikać w tłumie, odgrywać turystę.

Nocami, kiedy miasto tętniło hałasem i muzyką, on przechadzał się ulicami, podziwiał fasady mieszczańskich kamienic, jeździł do upojenia metrem, przyglądając się ludziom. Przesiadywał godzinami w parkach, położonych w samym centrum i niemalże na peryferiach, jak choćby Saint-Cloud. Czuł się duchem miejskim, tu był jego dom.

Po wypełnieniu kontraktu wrócił do Polski i zgłosił się do policji, która właśnie prowadziła kolejny nabór. Przezornie ukrył przeszłość w Legii, a w ankiecie personalnej podał, że pracował na budowach. Przyjęli go z otwartymi ramionami — w tym czasie braki kadrowe w służbie były przerażające. A on — wysportowany, opanowany, szybko zaczął awansować, aż wreszcie trafił do antyterrorystów. Właściwie od dawna miał plan, w którym policyjne zajęcie było jedynie epizodem. Użytecznym, bo dającym kontakty, wiedzę o tym, co poufne, i rozeznanie w metodach działania organów kryminalnych. Teraz Bolek czerpał z tej wiedzy pełnymi garściami.

O tej porze w Warszawie ruch kołowy był minimalny i nad ulicami nie unosił się jeszcze smród spalin. Dlatego Bolek tak uważnie przestrzegał godzin joggingu: zawsze przed albo — jeśli z jakichkolwiek powodów ranne bieganie nie było możliwe — zawsze po przelaniu się nawały aut w centrum. W zasadzie stać go było na dom gdzieś na obrzeżach, choćby i w samym Konstancinie, u boku Szefa. Ale nie chciał opuszczać miasta. Jeszcze gdy mieszkał z rodzicami, w najgorszym z możliwych rejonów Pragi, zawsze marzył o przeprowadzce do serca stolicy. Wyobrażał sobie, że wieczorem spogląda przez okno własnego mieszkania i widzi te wszystkie światła, czuje ruch w dole, na ulicach i żyje pełnią życia: wolny, sam decydujący o sobie. Ktoś, nie Nikt.

Więc Bolek nie wyprowadzał się, choć, zwłaszcza gdy zdarzało mu się w środku dnia pracować w domu, czuł, że to miasto się dławi. Denerwował go wieczny gwar obok niedalekiego komisariatu cieszącego się złą sławą, nasilający się szczególnie wieczorami, kiedy radiowozy przywoziły upojonych bezdomnych, rozhisteryzowane kurwy czy kieszonkowców szarpiących się przy wejściu. Szum ulic, piski opon, metaliczne stukoty, gdy nad ranem przyjeżdżały wozy dostawcze do sklepów i knajp, nieuważni śmieciarze i te ich śmierdzące mastodonty, toczące się wolno i majestatycznie, koniecznie w szarych obłokach dymu, przez gardła ulic.

Ale Bolek trwał, bo tak sobie umyślił, i nie zamierzał zmieniać swoich planów. Dostosował się jak zwierzę do swego środowiska i starał się czerpać zadowolenie z życia w wielkim mieście wtedy, kiedy jeszcze uśpione lub dopiero zasypiające pozwalało rozkoszować się swą przestrzenią.

Szef chciał go widzieć natychmiast. Bolek nigdy w takich przypadkach nie dyskutował. Wziął prysznic, siorbnął kawy z ekspresu, który nastawił przed wyjściem na przebieżkę, i zszedł do wozu. O tak wczesnej godzinie jazda do Konstancina nie powinna trwać dłużej niż pół godziny.

Ruszył z piskiem opon. Z Wilczej wjechał w Marszałkowską. Ulica była jednokierunkowa, więc musiał zrobić rundkę przeciwną do tej, którą zrobił, biegając. Skręcił w prawo w Hożą, pomknął ku placowi Trzech Krzyży — ucieszyło go, że jest tu znów — po czym ruszył prościutko alejami ku Belwederowi i Sobieskiego. Na Sobieskiego gliny lubiły ustawiać się z suszarkami radarów, a straż miejska nader chętnie montowała tu swoje fotozabawki, ale na te wszystkie atrakcje było jeszcze stanowczo za wcześnie. Ruch uliczny powoli się wzmagał, lecz Bolek gnał, co koń wyskoczy. Minął Wilanów, z wizgiem opon skręcił w dwupasmówkę wybudowaną niegdyś dla wygody jednego z sekretarzy partii, by mógł elegancko podróżować do Klarysewa, gdzie mieściła się jego rezydencja, a dziś po prostu jeden z wielu rządowych obiektów. Już po kilkunastu minutach wjeżdżał w Piłsudskiego, główną arterię Konstancina. Willa Szefa na Batorego była stąd już o rzut beretem.

Szef, ku zaskoczeniu Bolka, czekał na niego przed bramą. Towarzyszył mu jedynie ochroniarz.

— Chodź, przejdziemy się do tężni — powiedział, jak tylko jego podwładny wysiadł z wozu. — Powdychamy sobie trochę dla zdrowia, co?

— Ale chyba jeszcze zamknięte, Szefie? — zdziwił się Bolek.

— Nie szkodzi, nie szkodzi. Otworzą — odparł Szef i sprężystym krokiem ruszył ku parkowi Zdrojowemu.

Bolek wiedział, że jego pryncypał cierpi na dolegliwości układu oddechowego, poza tym ma kłopoty z krążeniem i dość regularnie zażywa solankowych inhalacji. Ale żeby tak rano?

Szli niemal w milczeniu. Szef coś tam od czasu do czasu bąkał o nowych inwestycjach w uzdrowisku, wskazał ręką na dwie remontowane przedwojenne posiadłości, ale żadnego ważnego tematu nie poruszył.

Przed wejściem do tężni czekał na nich starszy gość z kluczami, który, widząc nadchodzącą trójkę, w te pędy biegł otworzyć.

— Już uruchomione, panie prezesie — giął się w ukłonach, przyjmując od ochroniarza stuzłotowy banknot.

Wewnątrz unosiła się lekka mgiełka, którą tworzyła woda ściekająca po faszynie i rozbijana przez metalowy grzybek. Szef odetchnął głęboko, zrobił kilka wymachów ramion — co wyglądało groteskowo, bo ubrany był, jak zawsze, w gustowny garnitur. Wreszcie siadł na ławce, zapraszając gestem ręki Bolka, żeby ten spoczął obok.

— Wiesz, że jeszcze pamiętam, jak tu niedaleko była stacja kolejki wąskotorowej z Wilanowa? Przyjeżdżałem tu czasem z rodzicami. Nie było nas stać na bilet, żeby wejść do tężni, ale cośmy sobie pospacerowali i pochodzili... Ech... Potem szliśmy do kawiarni Zdrojowej i ojciec czasem, jak był przy forsie, fundował nam lody. Piękne czasy, mówię ci Bolek, piękne czasy!

— Zapewne, Szefie. — Bolek poruszył się niespokojnie.

— A ty zawsze twardo od razu do interesów. No, ale za to cię lubię. Naprawdę, lubię cię, Bolek! — Szef kordialnie poklepał go po udzie.

— Więc co jest grane?

Starszy mężczyzna spoważniał. Odegnał gestem ochroniarza, wyjął wielką chustkę z kieszeni i otarł nią czoło.

— Nie odzywałeś się ostatnio i zacząłem się trochę niepokoić...

— Ale wszystko jest pod...

— Daj mi skończyć! — Szef podniósł lekko głos.

— Przepraszam.

Pryncypał znów odetchnął głęboko kilka razy i kontynuował.

— Widzisz, jestem teraz w trakcie finalizowania dość ważnego kontraktu. Jeśli zostanie tylko dopięty, to usłyszysz o nim we wszystkich wiadomościach na wszystkich kanałach. Dlatego się niepokoję i spać nie mogę. Rozumiesz?

Bolek skinął głową i o nic nie pytał. Już wiedział, co jest grane.

— Muszę mieć pewność, rozumiesz, że nic teraz nie wyskoczy. Ci z Zachodu nie mogą mieć żadnych wątpliwości. Już zupełnie nie na czasie byłaby ta sprawa, którą rozgrzebał ten twój znajomy policjant...

— On nie jest moim znajomym. — Bolek nie wytrzymał.

— Nieważne. Ważniejsze, co masz mi do powiedzenia.

— Nie ma powodów do obaw, Szefie. — Bolek ochoczo podjął temat. — Trzymam rękę na pulsie.

— I co?

— I złożyłem mu propozycję nie do odrzucenia.

— Przyjmie?

— Raczej tak. Chyba żeby mu palma odbiła. Ale chyba nie. Bardzo jest związany z rodziną, to wiemy dobrze.

— A jak mu odbije?

— To wtedy — Bolek wymownie poklepał się po boku, gdzie za pasem trzymał kaburę z bronią. — To wtedy — powtórzył — przetniemy ten wrzód raz na zawsze.

— My?

— Ja to zrobię, Szefie. Osobiście. Jakby co, pójdę na całość, ale i tak będziemy — tu poprawił się — Szef będzie kryty.

Komenda Stołeczna. Czwartek, przed południem

Teraz, po telefonicznej rozmowie z tajemniczym, zniekształconym elektronicznie głosem, Nawrocki był prawie pewien, że Przybyszewski nieszczęśliwie sam sprowokował własną śmierć i że pierwsze z poszlak, śladów czy może nawet dowodów w tej sprawie, które będzie musiał mozolnie zbierać, znajdują się w tej przeklętej teczce zawierającej chaotyczny zestaw tekstów o sztyletnikach i Michale Czajkow-

skim. Tylko one bowiem nie ujrzały światła dzien-
nego. Reszta osobistych materiałów zamordowanego
emeryta albo była publikowana, albo stanowiła część
urzędowych postępowań, które niegdyś toczyły się
lub wciąż toczą w warszawskich władzach samorządowych sprawujących pieczę nad stołeczną architek-
turą. Komuś zależało, by materiały te zostały już na
zawsze w osobistych zapiskach Przybyszewskiego,
gdyż prawdopodobieństwo, że staną się przedmiotem zainteresowania policji, było minimalne. I tu
się tajemniczy sprawca, a może raczej tajemniczy
sprawcy niemal nie mylili. Śledztwo prowadzone
przez terenową jednostkę policji w Piasecznie nigdy nie objęło archiwów Przybyszewskiego. Owszem,
ktoś przyszedł do urzędu, zrobił wywiad środowiskowy, pobieżnie przepytał kilka osób, które denata
znały, sporządził raport i tyle. Przeciwnik stawiał
więc na rutynę i ograne procedury. A to znaczyło,
że ma o nich całkiem niezłe pojęcie. Nawrockiemu
dało to do myślenia. Komisarz nigdy nie miał oporów
przed formułowaniem hipotez tyleż ryzykownych,
co karkołomnych, więc od razu założył, że ma tu do
czynienia z kimś, kto metody działań policji zna od
wewnątrz. Mógł to zatem być albo kolega po fachu,
który pracuje w komendzie, albo policjant, który ze
służby niedawno wystąpił. Nie tylko znał sposoby
działania śledczych, ale też musiał mieć informatora
w urzędzie — lub w kręgach rodziny denata — który
donosił mu o postępach roboty Przybyszewskiego.
Emerytowany urzędnik był hobbystą i z dużą dozą

prawdopodobieństwa można było założyć, że po wycofaniu się z zawodu kontynuował swoje pasje. A z faktu, że teczkę trzymał w pracy, gdzie, jak dowiedział się Nawrocki podczas rozmów z pracownikami biura, wpadał dość często mimo emerytury, wynikało, że dbał o minimalną chociaż dyskrecję.

Po drugie, zabójcy (ale czy jednemu?) szło o to, by powstrzymać Przybyszewskiego przed dalszą pracą nad „Sprawą sztyletników". Z lektury materiałów zawartych w teczce wynikało bowiem, że Przybyszewski znalazł coś, co go zaniepokoiło i zainspirowało jednocześnie, był jednak dopiero na początku drogi. Czegoś szukał, lecz nie rozpoznał rzeczy do końca. A zatem mogło to być morderstwo na wskroś prewencyjne.

Niestety, dla laika, jakim był w tym wypadku komisarz, zawartość teczki stanowiła zagadkę. Tyle się nad tym wszystkim nagłowił, a jednak nie znalazł żadnej nitki, żadnego śladu, którego mógłby się uczepić.

Potrzebował fachowej porady.

Kiedy więc następnego dnia, po nocnym pijaństwie, podczas którego podjął ryzykowną decyzję, że jednak nie odpuści mimo gróźb, postanowił, że zasięgnie języka. I jak na rasowego policjanta przystało, zdecydował, że oprze się na konkretach, czyli w tym przypadku na wzmiankowanej w notatkach Przybyszewskiego osobie Michała Czajkowskiego. W pewnym stopniu ekscytowało go to, że zbrodnia wiązała się z niejasnymi wydarzeniami z przeszłości.

Nawrocki zdawał sobie sprawę, że mógł to być ślepy zaułek. Postanowił, że jeśli na tym szlaku nie znajdzie niczego, co by popchnęło go naprzód — da sobie spokój i zamknie dochodzenie.

Komisarz miał, podobnie jak Przybyszewski, swoje prywatne archiwum, w którym gromadził dokumentację rzeczy nie skończonych, oficjalnie umorzonych, ale jemu osobiście nie dających spokoju.

Na samym wierzchu teczki komisarza leżały papiery dotyczące dwóch morderstw pracowników Biblioteki Uniwersytetu Jagiellońskiego w Krakowie oraz kradzieży z tejże biblioteki bezcennych woluminów. Śledztwo przeniesiono do Warszawy, bo w jednym ze stołecznych antykwariatów wypłynęły dwie z utraconych przez Jagiellonkę książek, jednak utknęło w martwym punkcie. Nawrocki był w nie zaangażowany, ale potem skierowano go do innych spraw. Ostatecznie dochodzenie umorzono z braku widoków na doprowadzenie do konkluzywnego końca, ale komisarz skrzętnie zarchiwizował wszystko, żywiąc nadzieję, że kiedyś jeszcze się tym zajmie*.

Tymczasem, siedząc w fotelu w swoim pokoju w komendzie, sięgnął po notes telefoniczny. Pomysł przyszedł mu do głowy jeszcze wczoraj, co prawda w pijanym widzie, ale przemyślawszy go na trzeźwo,

---

* O przygodach komisarza Nawrockiego związanych ze sprawą kradzieży woluminów z Biblioteki Uniwersytetu Jagiellońskiego czytaj w następnej powieści pod tytułem *Człowiek ostatniej szansy*.

podczas tramwajowej podróży do pracy, uznał, że jest całkiem do rzeczy.

Wystukując numer w aparacie, wciąż myślał, że to, co robi, jest straceńcze, ale nie widział innego wyjścia. W każdym razie nic lepszego nie przychodziło mu do głowy.

Uniwersytet Warszawski, Wydział Filologii. Czwartek, południe

Doktor Tomasz Wroczyński, prodziekan do spraw studenckich, wreszcie mógł trochę odsapnąć. Od samego rana studenci nie dawali mu spokoju. Zaległe zaliczenia, sprawy socjalne, powtórzenia roku, wyrównywanie różnic programowych. Kiedy już przewaliła się fala interesantów, postanowił wreszcie napić się kawy. „Należy mi się" — pomyślał z ulgą, bo z korytarza zniknęła kolejka, a to oznaczało, że do końca dyżuru panować powinien względny spokój. A kiedy wreszcie rozluźniony rozsiadł się w gabinecie, z niechęcią patrząc na stosy urzędowych pism zalegających biurko, i zamieszał kawę kupioną właśnie w automacie, zadzwonił telefon.

Sekretarka niepewnie poinformowała go, że dzwoni jakiś policjant. „Jeszcze tego brakowało" — westchnął w myślach Wroczyński i kazał łączyć.

Przedstawił się komisarz Ireneusz Nawrocki z Komendy Stołecznej. Sumitował się, że telefon otrzymał z sekretariatu dyrektora instytutu, profesora Mikołaja Szarzyńskiego, którego poznał podczas śledztwa w sprawie niedawnego morderstwa na wydziale.

Wroczyński natychmiast przypomniał go sobie, bo zabójstwo profesora Grabowieckiego było gigantyczną aferą.

— Proszę wybaczyć, ale dowiedziałem się, że profesor Szarzyński jest na urlopie naukowym, a ja z nikim od państwa nie mam kontaktu. Chciałbym się skonsultować. To sprawa nie cierpiąca zwłoki — zakończył z naciskiem.

Wroczyński zerknął na zegarek i wyznaczył spotkanie w Klubie Profesorskim, mieszczącym się w Pałacu Kazimierzowskim. Budynek ten znajdował się dwa kroki od siedziby Wydziału Filologii.

— Trafi pan? — upewnił się na koniec rozmowy.

— Bez problemu — odparł komisarz. — Studiowałem tu, jestem absolwentem prawa.

W Klubie Profesorskim większość miejsc przy stolikach zajmowali jak zwykle studenci. Wroczyński usiadł w samym kącie przestronnej sali, ufając, że policjant go znajdzie. Ponieważ obowiązywała samoobsługa, kupił w bufecie kawę i drożdżówkę. Na stoliku przed sobą położył płachtę „Wyborczej", bo tak się umówili, by nie mieć kłopotu z wzajemnym rozpoznaniem. Tak też się stało. Przez moment mężczyźni mierzyli się wzrokiem. Nawrocki, w dżinsach, czerwonej koszuli i zamszowej beżowej kurtce, taksował uważnie swego rozmówcę, ubranego w ciemnogranatowy garnitur i bladoniebieską koszulę, z którą kontrastował malinowy krawat w rocaille'e. Na szyi doktora Wroczyńskiego dyndała modna smycz z przytroczonym pendrivem.

Komisarz także wziął kawę z mlekiem. To miejsce przypomniało mu studenckie czasy. Przychodzili tu całą grupą podczas przerw w zajęciach. Wtedy obecny Klub Profesorski był obskurną jadłodajnią, w której rządził otyły babsztyl pokrzykujący gromko zza lady na klientów. Raz kumpel Nawrockiego wyłowił nawet karalucha z herbaty. Teraźniejszy wygląd lokalu nie miał nic wspólnego z tamtym sprzed lat.

Nawrocki szybko przeszedł do rzeczy.

— Zwróciłem się do was, bo nie znam nikogo bardziej kompetentnego w tym mieście — zaczął kurtuazyjnie komisarz.

— Dziękuję w imieniu kolegów za zaufanie — niemniej kurtuazyjnie odpowiedział prodziekan. — W czym możemy pomóc naszej drogiej policji?

— Nie będę owijał w bawełnę — pospiesznie odrzekł Nawrocki. — Prowadzę pewną, dość skomplikowaną sprawę i kwestią istotną dla niej wydaje się — jakkolwiek dziwnie może to zabrzmieć — osoba Michała Czajkowskiego, o którym wiem, że był znanym dziewiętnastowiecznym literatem. Chciałbym więc pana prosić, panie doktorze — Nawrocki zarejestrował zdziwienie odbijające się na twarzy Wroczyńskiego — o pomoc.

— A czego pan konkretnie oczekuje?

— No... informacji, czego by innego. Wszystkiego o Czajkowskim. Bo my — dodał po chwili — mamy z nim pewne kłopoty...

— Czajkowski? — odparł, uśmiechając się Wroczyński. — Tak. Czytałem co nieco. Znam niektóre z jego książek, na przykład *Hetmana Ukrainy*. Ale nie jestem ekspertem! — zastrzegł się natychmiast. — To ciekawa postać. Ale moja wiedza jest raczej amatorska, wie pan? Tak naprawdę specjalizuję się raczej w dwudziestoleciu, a tu przydałby się ktoś, kto zna od podszewki polski romantyzm... Tak... — zasępił się nagle.

— Mógłby mi pan dziekan wskazać kogoś? — zapytał z nadzieją w głosie Nawrocki.

— Jest kilku specjalistów — odpowiedział Wroczyński. — W Poznaniu, we Wrocławiu. O! Jest profesor Szaniawski w Gdańsku... Ale pan, jak rozumiem, nie ma zbyt wiele czasu i wolałby kogoś stąd. Tak?

— Eee, tak. Stanowczo wolałbym kogoś stąd, z kim mógłbym porozmawiać osobiście — odparł Nawrocki, czując ulgę, że dziekan Wroczyński w lot pojmuje jego intencje.

— Tak. No jest ktoś taki, nawet niedaleko. Ale nie tu. Pan rozumie, tymczasowo urlopowany, jednak procedura definitywnego rozwiązania umowy o pracę została już wszczęta.

— Tak? — zapytał niepewnie komisarz.

— To jest, proszę pana, doktor Klejnocki. Wybitny znawca literatury dziewiętnastowiecznej, uznany badacz. Pan go dobrze zna, nieprawdaż? To pan wsadził go za kratki, czyż nie? — z rozbrajającym uśmiechem doktor Wroczyński zadawał pytania retoryczne.

Nawrocki raptem spochmurniał.

— Doktor Klejnocki przebywa na obserwacji psychiatrycznej. Jest tymczasowo aresztowany i o ile wiem, osadzono go pod Radomiem na ten czas. To nowoczesny zakład, kierujemy tam tego typu przypadki — wyjaśnił ponuro.

— A widzi pan! Czyli niedaleko! W każdym razie znacznie bliżej niż Wrocław czy Gdańsk. No i dojazd wygodniejszy.

— Jest pan pewien, że to najlepszy fachowiec? Mógłby go pan polecić?

— Drogi panie komisarzu — odpowiedział sucho Wroczyński — pańskie pytanie jest pod pewnym względem niestosowne. To, co najprawdopodobniej — bo, jak rozumiem, ostateczną decyzję podejmie sąd — uczynił nasz były kolega — Wroczyński położył nacisk na ostatnie dwa słowa — jest ze wszech miar naganne i domaga się kary. Tym samym wykluczył się na stałe z naszej społeczności. Jak pan zapewne wie, dbamy o standardy naszych pracowników, w tym standardy moralne...

— Wiem, wiem. Nie wątpię — przerwał niecierpliwie Nawrocki. — Ale mnie interesuje tylko jedna rzecz w tym momencie. Czy on r z e c z y w i ś c i e może mi pomóc?

— Merytorycznie? Poza kwestiami, o których wspomniałem? O tak! Smutno mi to przyznać, ale muszę panu polecić doktora Klejnockiego jako godnego zaufania eksperta od literatury dziewiętnastego wieku. Po nieodżałowanej śmierci profesora Grabowieckiego tylko on nam pozostał. A wygląda na to, że i jego bezpowrotnie straciliśmy — westchnął ciężko Wroczyński. — A przy okazji — ożywił się. — Sporo o panu słyszałem.

— Tak?

— Tak! Moją sąsiadką jest psycholog z waszej komendy, pani Tatarczuk. Czasami się spotykamy, głównie wtedy, gdy wyprowadzam psa. Opowiadała mi o panu.

— Mam nadzieję, że tylko pozytywne rzeczy.

— Proszę się nie niepokoić. Miło mi, że mogliśmy przez chwilę porozmawiać. No i liczę, że choć trochę panu pomogłem.

Centrum, ulica Marszałkowska. Czwartek, południe

Mirek padł na wygodną kanapę. Lubił W biegu Cafe, choć obsługa była ślamazarna i wieki trzeba było czekać nawet na zwykłą latte. Kawiarnia, mieszcząca się niemal przy arkadach, zaraz za placem Zbawiciela, nie wyróżniała się niczym specjalnym, ale Mirek przychodził do niej z przyjemnością kiedy tylko mógł. Może dlatego, że jakiś czas temu odbyła się tu niezwykle udana balanga, zorganizowana przez jednego z tych bogatych gości, którego przelotnie poznał na innej imprezie? A może dlatego, że właśnie tutaj powiedział Dorocie, iż chciałby się z nią wreszcie ożenić, a ona wtedy tak szczerze i mocno ucałowała go w usta?

Tego dnia Nawrocki dał mu wolne. A to oznaczało, że musi zgłosić się do dyżurnego po przydział i wziąć udział w jakiejś typowej policyjnej akcji. Jego szef czasem miewał takie okresy. Kiedy musiał coś przemyśleć albo postanawiał zrobić coś samodzielnie, zawsze odsyłał Mirka do normalnej służby. Taka zresztą była umowa. Mirek formalnie siedział w zwykłej dochodzeniówce. Naczelnik jakoś akceptował specjalny status podwładnego i przymykał oczy na to, że Mirek wciąż zasuwa u komisarza. Z przekąsem nazywał to „oddelegowaniem", ale domagał się jednocześnie, by choćby od czasu do czasu wykonał jakąś przyzwoitą — w jego mniemaniu — policyjną robotę.

Dziś więc przydzielono go do ekipy, która zabezpieczała nalot na bazar na Stadionie Dziesięciolecia. Mirek brał kilka razy udział w takiej akcji i wcale nie był zachwycony. Trzeba było wstać ciemną nocą, telepać się na miejsce zbiórki, a potem konwojować tych wszystkich handlarzy — Polaków, Rumunów, Rosjan, Bułgarów, Wietnamczyków — na komendę. Dobrze, że przynajmniej nie musiał brać udziału w przesłuchaniach i spisywaniu protokołów. Tym zajmowali się oficerowie, klnąc zresztą w żywy kamień, bo towarzystwo na ogół nie znało polskiego albo udawało, że nie zna, więc trzeba było ściągać przysięgłych tłumaczy, dyplomatów z ambasad, adwokatów. Cały bazar przenosił się wtedy do Mostowskich, a korytarze komendy wyglądały jak gigantyczna poczekalnia na dworcu kolejowym w egzotycznym kraju dotkniętym klęską żywiołową.

Kiedy więc tylko mógł, Mirek zaraz dawał nogę pod byle jakim pretekstem. Tu się zakręcił, tam zajrzał, by tylko jak najszybciej czmychnąć na miasto. Jechał gdzieś do knajpy, zamawiał kawę i rozkoszował się wolnością.

Gdy wreszcie nieatrakcyjna kelnerka przyniosła mu parujący kubek, wyciągnął z kieszeni złożony i pomięty egzemplarz „Faktu". Przejrzał szybko, ale nic go specjalnie nie zainteresowało. Pokiwał z politowaniem głową nad artykułem ozdobionym domniemanym zdjęciem ducha, które ktoś wykonał komórką na cmentarzu, przyjrzał się dokładniej gołej panience na ostatniej stronie i rzucił gazetę na stolik. Popijał kawę i się nudził.

Wokół panował gwar, wnętrze było pełne ludzi. Zastanawiał się, kto pracuje w tym kraju? Jest południe, wszyscy powinni być w tych swoich pieprzonych biurach, a nie grzać tyłki po lokalach.

Znudzony rozglądał się po knajpie, grzebał łyżeczką w resztkach pianki na dnie kubka, zerkał na zegarek.

Wreszcie, powodowany bezczynnością, w odruchu desperacji sięgnął po komórkę i wystukał numer, który odczytał z niechlujnie zapisanej kartki.

— No co, piesku? Chcesz czegoś ode mnie? — odezwał się znudzony głos po drugiej stronie.

— No... niczego. Tak tylko sprawdzam.

— Sprawdzasz? A co, nie bardzo mi dowierzasz, piesku?

— Wiesz, dziwny jesteś, facet.

— A co tu dziwnego? Chcę oddać dług i być kwita. Dobrze mi to robi na nerwy. Więc co, nie chcesz niczego? Tylko szybko, bo nie mam czasu na pierdoły.

— Nie, nie chcę. Po prostu...

— Słuchaj! Weź się skoncentruj i zadzwoń, jak będziesz coś miał. I nie zawracaj mi dupy, bo się wkurzę.

— Złote rybki nie cofają słowa...

— A idź ty w pizdu, popaprańcu!

— Okay, okay. Już znikam.

Mirek z szelmowskim uśmiechem rzucił komórkę na gazetę. Humor mu się wyraźnie poprawił.

Komenda Stołeczna. Czwartek, wczesne popołudnie

Nawrocki wrócił do pracy w złym nastroju. Z niechęcią spoglądał na teczkę Przybyszewskiego leżącą na biurku. Miał nadzieję, że już nie spotka doktora Klejnockiego, a wyglądało na to, że los spłatał mu figla. Cóż, chyba jednak trzeba się będzie wybrać do tego cholernego Radomia.

Było na tyle wcześnie, żeby zdążyć. Zatelefonował pod zastrzeżony numer, usłyszał głos Generała i szybko przedstawił swoją prośbę. Generał słuchał w milczeniu, a potem bez zbędnych ceregieli się zgodził. Oba pisma, od niego i z sekretariatu ministra spraw wewnętrznych Nawrocki miał odebrać na Rakowieckiej, w siedzibie resortu. Umówili się z Generałem, że komisarz zrobi to po drodze, kiedy tylko ruszy z komendy do Radomia. Generał kazał mu przyjechać nie wcześniej niż za godzinę. Nawrockiemu było to na rękę. Zadzwonił więc do sekretarki naczelnika, poinformował ją, że zaraz przyjdzie i wypisze zlecenie na służbowy samochód, po czym zasiadł nad czystą kartką papieru. Długo rozważał, czy to zrobić, ale w końcu zwyciężyło poczucie obowiązku. Napisał odręcznie krótki meldunek, w którym zwięźle poinformował przełożonego o głuchych telefonach do domu i wreszcie o otwartej groźbie. Kiedyś miał podobną przygodę i wówczas zignorował całą sprawę. A potem tylko miał z tego powodu nieprzyjemności, więc teraz wolał dmuchać na zimne. I tak mu nie przydzielą żadnej ochrony, bo nie ma ludzi. Nie odsuną też od śledztwa, bo niby kto miałby się tym zająć, a poza tym groźby czy nawet szantaż to było coś, z czym niemal wszyscy w komendzie kiedyś się spotkali. Ale niech wiedzą, że nie zbija bąków i że też robi w czymś poważnym.

Zapakował papiery Przybyszewskiego do torby, wziął pismo, obrzucił szybko wzrokiem swój pokój i zamknąwszy pieczołowicie drzwi, poszedł do naczelnika.

Warszawa–Radom–Warszawa. Czwartek, popołudnie i wieczór

Do Radomia pojechał sam. Wolał wziąć służbowy samochód i samotnie telepać się tych kilka godzin po wyboistych mazowieckich drogach, niż być uwiązanym czyimkolwiek towarzystwem. Zresztą gdyby nawet chciał wziąć kierowcę lub jakiegoś partnera, niewielkie miał szanse. Stołeczna policja obstawiała właśnie polityczny mityng, co do którego zachodziło domniemanie, że może przerodzić się w zamieszki. Niedawno wszak doszło w Łodzi do strzelaniny podczas studenckich juwenaliów — puściły nerwy funkcjonariuszom i zawiodły procedury. Zginęli studenci, a policja znowu stała się chłopcem do bicia. Nastąpił więc czas dmuchania na zimne i niemal wszystkich ze służby powołano do działań prewencyjnych. Także tych z korpusu podoficerskiego dochodzeniówki, co oznaczało, że teraz Mirek, mimo iż Nawrocki dał mu wolne, zapewne skwierczy po cywilnemu gdzieś na rogu śródmiejskich ulic, bo go wezwano w nagłym trybie. „Zawsze za późno — pomyślał gorzko komisarz — zawsze za późno. Tak to u nas jest".

Przed wyruszeniem w drogę wydzwonił Małgorzatę. Poinformował ją, że wróci wieczorem, bo ma nie cierpiącą zwłoki sprawę służbową, więc musiał nagle wyjechać z Warszawy, i już był w drodze.

Kiedy dojeżdżał do Piaseczna — wybrał trasę przez Magdalenkę, by uniknąć korków w Raszynie i Jankach — zadzwonił do Mirka, kazał mu przyjść rano następnego dnia i zarezerwować sobie cały dzień na rutynowe obowiązki w macierzystej dochodzeniówce. Mirek nie był zachwycony, ale komisarz przyzwyczaił się już do fochów i dąsów współpracownika. „Rozbestwił się, skubany" — pomyślał tylko i przerwał szybko połączenie, by skoncentrować się na jeździe.

Radomska trasa sprawiła mu sporą niespodziankę. Dawno tędy nie podróżował, bo też i nie miał powodu. Z tym większym więc zdziwieniem zauważył, że ślimacząca się latami budowa obwodnicy wokół Białobrzegów była już ukończona. Teraz grzało się wygodną, szeroką jezdnią przez wielki most — zupełnie nie przypominający tego starego, wąziutkiego, na którym strach było mijać się z tirami — i wypadało już daleko za Białobrzegami. Obwodnica skracała mocno całą trasę, a już jakieś dwadzieścia kilometrów przed samym Radomiem zaczynała się dwupasmówka, najeżona co prawda wideoradarami, ale Nawrocki zupełnie się nimi nie przejmował.

Z Radomia miał jeszcze spory kawałek, zanim zza zakrętu wyłonił się wielki kompleks oświetlony o zmierzchu potężnymi halogenowymi lampami.

Najnowocześniejsze więzienie w kraju. Najgroźniejsi przestępcy. Nawrocki słyszał już nieco o tym przybytku dla elity występnych obywateli, ale wiedział też coś jeszcze, o czym nie pisały gazety ani nie mówiono w telewizyjnych dziennikach. Na najwyższym piętrze ogromnego gmachu siedziały same freaki, najgorsi. Ci z gangów, ale też ci oskarżeni o seryjne zbrodnie. Wsadzano tu również tych, których przestępstwa były na wskroś niepospolite i dziwaczne, w nadziei, że skomplikowany i naszpikowany elektroniką system dozoru nie pozwoli im na ucieczkę.

Naczelnik powitał policjanta w obszernym gabinecie przypominającym bardziej lokum prezesa zagranicznego koncernu niż miejsce urzędowania komendanta zakładu penitencjarnego. Sam też wyglądał bardziej na menedżera niż wysokiego oficera służby więziennej.

Był młody, rozluźniony, krótko ostrzyżony, miał wypielęgnowane dłonie i niemal arystokratyczne maniery. No i był nienagannie ubrany. Garnitur wysokiej jakości, dyskretna biżuteria, złoty zegarek. „Nowe pokolenie", pomyślał Nawrocki, przypominając sobie naczelników więzień, z którymi przyszło mu się do tej pory spotykać. Tamci wyglądali zazwyczaj jak ciecie albo bokserzy na emeryturze.

Młody naczelnik dłuższą chwilę przeglądał w milczeniu papiery wręczone przez komisarza.

— Muszę przyznać, że to dość niezwykła prośba, panie komisarzu — powiedział w końcu, odkładając plik na eleganckie orzechowe biurko.

— Raczej zlecenie, panie naczelniku — odparł twardo Nawrocki. — Sprawa najwyższej wagi i, jak pan widzi, uzyskałem poparcie istotnych osób.

— Widzę, widzę — odrzekł naczelnik z nutką irytacji w głosie.

— A zatem — Nawrocki wszedł mu w słowo — będziemy musieli dokonać pewnych przetasowań. Jeśli zatrzymany zgodzi się na współpracę, a jestem przekonany, że tak będzie, trzeba go przenieść do większej celi, założyć Internet, no i pewnie spełnić jakieś tam jego warunki. Ale — tu dodał z naciskiem — postaram się, żeby nie były wygórowane.

— Pan i pańscy zwierzchnicy myślicie, że ja tu prowadzę czterogwiazdkowy hotel i mogę sobie dowolnie przenosić gościa z apartamentu do apartamentu — wybuchnął naczelnik, najwidoczniej wkurzony zarówno treścią pism, jak i dość obcesowym tonem komisarza. — A ja tu mam najgorszych bandziorów w kraju: świrów, pedofilów, gwałcicieli! Warunki izolacji są bardzo jasno określone, a spełniamy wszystkie wymogi Unii. W końcu to od nich dostaliśmy pieniądze. Nie ma miesiąca, żeby nie przypałętała się jakaś kontrola czy inspekcja. Ja tu muszę mieć wszystko na cacy!

Nawrocki słuchał grzecznie i kiwał głową. To było nieuniknione. Przeczekał litanię narzekań naczelnika, zanim podjął wątek z całą stanowczością.

— Rozumiem. Ale proszę także mnie zrozumieć. Śledztwo jest skomplikowane, mojemu komendantowi bardzo zależy na postępach, uzyskałem też poparcie ministra.

Z naczelnika uszło trochę powietrza.

— To nie będzie takie łatwe — pokiwał głową.

— Bo jeśli inni się dowiedzą o przywilejach, będzie już zupełnie niedobrze.

— Nie muszą się dowiedzieć — Nawrocki uśmiechnął się porozumiewawczo. — Wiem co nieco o pańskiej fortecy. Zanim tu przyjechałem, zasięgnąłem języka. Dysponuje pan zupełnie niezwykłymi, jak na nasze warunki, możliwościami. Chciałbym tylko prosić o współpracę.

— Zobaczymy, co da się zrobić — odparł naczelnik ze źle skrywaną dezaprobatą. A potem poprowadził komisarza na górę. — Musi pan wiedzieć, że panują tu nieco inne zasady niż w większości zakładów. — Nawrocki zauważył, że gospodarz ani razu nie użył słowa „więzienie" czy „areszt". — W większości tego typu placówek — kontynuował naczelnik — więźniowie ścisłego dozoru zajmują cele na niskich piętrach albo wręcz w podziemiach. U nas ci najbardziej pilnowani przebywają na ostatnim piętrze. System zabezpieczeń jest tak zorganizowany, że praktycznie nie mają możliwości ucieczki. Nawet spacerniaki mamy na dachu. Pokryte stalową siatką z góry, rzecz jasna, żeby uniemożliwić ewakuację helikopterem.

— Tak, tak, słyszałem — odparł Nawrocki z uśmiechem. — Podobno nawet jesteście wyposażeni w przenośne zestawy rakiet ziemia–powietrze, a dach jest zaminowany. To prawda?

Naczelnik zatrzymał się, wyraźnie zdenerwowany.

— Pan wybaczy, komisarzu, ale nie mogę o tych sprawach rozmawiać z osobami postronnymi — odpalił, kładąc szczególny nacisk na ostatnie słowa.

— Proszę się nie denerwować, tak tylko zapytałem, z czystej ciekawości — odrzekł Nawrocki. Ale resztę drogi odbyli już w milczeniu.

Szerokimi, aseptycznymi korytarzami, bardziej przypominającymi szpital niż więzienie, doszli do windy. Przed wjazdem na górę naczelnik kazał komisarzowi zdeponować broń u dyżurnego. Sam, jak zauważył Nawrocki, żadnej broni nie nosił. Pewnie, pistolet tylko wypychałby mu ten drogocenny garnitur. Winda była metalowa i przypominała podobne urządzenia z ekskluzywnych hoteli. Naczelnik pomanipulował kluczami w specjalnym zamku i już mknęli ku najwyższemu piętru. A tam, ku zaskoczeniu komisarza, odrzwia do cel były całe przeszklone. Wysoko, niemal u samego sufitu, mieściły się okrągłe otwory wentylacyjne. Poza tym słychać było dyskretny szum klimatyzacji.

— Jak w sanatorium — komisarz nie mógł się powstrzymać od uwagi, ale nie doczekał się reakcji swego przewodnika. Skręcili najpierw w prawo, potem w lewo i szli prosto jasnym korytarzem, mijając od czasu do czasu uzbrojonych strażników. Nawrocki powstrzymywał się, by nie spoglądać do wnętrza przeszklonych cel, choć odczuwał jednocześnie niezdrową ciekawość. Tu w końcu siedzieli najgorsi z najgorszych. Ale naczelnik zawczasu poinstruował go, by zachował w tej materii wstrzemięźliwość. Taki regulamin — usłyszał.

Cela, która ich interesowała, znajdowała się na samym końcu korytarza. Naczelnik fachowym okiem zlustrował jej wnętrze, po czym szybko wycofał się, rzucając ostatnie uwagi.

— Zostawiam panów samych. Komisarzu, proszę nie podchodzić do szyby. W żadnym wypadku nie wolno jej panu dotykać. Może pan spocząć — tu wskazał przygotowane zawczasu składane krzesełko. — A jak pan skończy, proszę nacisnąć ten czarny guzik. A ten czerwony — tylko wtedy, gdyby coś się działo.

Jeszcze raz obrzucił wzrokiem fragment swojego gospodarstwa i nie oglądając się już więcej, odszedł wyprostowany, sprężystym krokiem. Nawrocki został sam na sam z więźniem.

Ten zaś nie należał do kategorii najgroźniejszych. Przeznaczono go do obserwacji psychiatrycznej ze względu na zagmatwane i mocno ekscentryczne motywy domniemanego zbrodniczego czynu. Takich po-

dejrzanych, zgodnie z paragrafem 203 Kpk, umiesz-
czano rutynowo w szpitalach, pod okiem lekarzy. Ale
Klejnocki miał widać dobrych obrońców, a morderstwo, o które był podejrzany, wyglądało na tak absur-
dalne, że skołowany sąd przychylił się do wniosku,
by podejrzanego umieścić na czas konsultacji w eli-
tarnym radomskim więzieniu. Dla jego przypadku
uczyniono więc wyjątek. Był tu aresztantem, nie stałym pensjonariuszem — ale obowiązywał go rygor
taki sam jak innych.

— Ach to pan, panie komisarzu! Jak zdrowie?
— doktor Klejnocki, ubrany w granatowy drelich
z pomarańczową naszywką identyfikacyjną na lewej
piersi i pomarańczowymi lampasami na nogawkach,
podniósł głowę znad książki i spojrzał obojętnym
wzrokiem na Nawrockiego.

— Witam, panie doktorze. U mnie wszystko dobrze, a u pana?

— Świetnie, doprawdy świetnie. Od kiedy tu
przebywam, mam wreszcie czas dla siebie. Sporo
czytam, wie pan? Mogę nawet kontynuować swoje
badania. Dyrekcja, hmm, tego pensjonatu jest bardzo
uczynna i uzyskałem pozwolenie, żeby pracować nad
habilitacją. Mam ją niemal na ukończeniu. Taak. No,
ale nie po to się pan do mnie fatygował, żeby pytać
o kondycję psychosomatyczną albo postępy w pracy
naukowej, *n'est pas*?

— Zgadza się. Mam do pana sprawę — Nawrocki przeszedł do rzeczy, pomijając doktorskie dusery.
— Chciałbym pana prosić o...

— Właściwie to inaczej wyobrażałem sobie nasze tutaj spotkanie — wpadł mu w słowo Klejnocki.

— Powinien pan długo milczeć, a ja powinienem był błysnąć jakąś paranormalną umiejętnością. Na przykład wywąchać — tu teatralnie pociągnął nosem — jakiej wody kolońskiej pan dziś użył.

— Słucham? — wymamrotał Nawrocki.

— No co pan? Nie czytał pan klasyki gatunku? Ja jestem dr Hannibal Lecter, a pan to najwyraźniej agentka Scully — roześmiał się już pełną gębą Klejnocki, zadowolony z dowcipu.

— Pan wybaczy, ale nie mam ani chęci, ani czasu na żarty...

— Ale ja owszem, panie komisarzu. I zdaje się, że będzie pan musiał trochę poznosić moje kaprysy, bo to pan tutaj jest petentem, prawda?

Zaczyna się, pomyślał z niechęcią Nawrocki. Przypomniał sobie dawne rozmowy z doktorem. Zawsze kosztowały go sporo zdrowia. Ale miał rację. Tak, był petentem.

— Więc o co chodzi?

Nawrocki nie odpowiedział od razu. Przez chwilę walczyły w nim niechęć do rozmówcy i ogólne poirytowanie z poczuciem obowiązku. Klejnocki, jakkolwiek odpychający, w tej chwili wydawał się jego jedynym sprzymierzeńcem. Nawet jeśli nie miał tej świadomości.

Postanowił zagrać w otwarte karty. W końcu — co miał do stracenia?

— Przyjechałem z prośbą o poradę. Trochę mnie to kosztowało — dodał pospiesznie, żeby Klejnocki za dużo sobie nie obiecywał.

— Domyślam się. Domniemany kryminalista, a może wręcz prawdziwy wariat jako rzeczoznawca policyjny, to nie jest zbyt często spotykana sytuacja... A wie pan, że wciąż mnie męczą psychiatrzy? Przynoszą jakieś kretyńskie testy, wypytują o dzieciństwo i relacje z rodzicami. Czyżby nasza policja brała przykład z amerykańskich kolegów? — Klejnocki nerwowo przekładał książki na stole. — Ale niech tam. Nudzę się tu, więc pana odwiedziny są mi trochę na rękę. Może się rozerwę?

— Wysłucha mnie pan? — Nawrocki postanowił trzymać emocje na wodzy.

— Wysłucham, wysłucham. Naprawdę jestem ciekaw. Musicie być w niezłej kropce, skoro pofatygował się pan do mnie, a wcześniej uzyskał solidne poparcie. Bo inaczej z pewnością nie daliby panu zobaczyć się ze mną. Pan naczelnik jest dość pryncypialny, przyzna pan?

Komisarz zbył impertynencje naukowca. Tylko sprawa się liczy, nic więcej. Przygotował się na złośliwości i był gotów przełknąć je bez zająknięcia.

— Kontaktowałem się z panem doktorem Wroczyńskim i on polecił mi pana, mimo tej całej niezręcznej sytuacji...

— Nie wątpię. A co u Tomka, tak przy okazji?

— Wszystko po staremu — odrzekł szybko komisarz. Nie miał zamiaru oddawać Klejnockiemu inicjatywy. — Posłucha pan? — zapytał, biorąc głęboki wdech.

— Proszę, proszę. Coś pan spięty, komisarzu. Czyżby kłopoty?

Nawrocki zignorował i tę uwagę. Jeszcze raz odetchnął głęboko i przystąpił do referowania. Nie powiedział o groźbach pod adresem własnej rodziny, pominął też liczne szczegóły dotychczasowego śledztwa. Skupił się na teczce Przybyszewskiego. Już przywołanie nazwiska jego dawnego sąsiada zrobiło na Klejnockim wrażenie. Kiedy Nawrocki skończył, włożył teczkę do metalowego podajnika, przesunął wajchę i patrzył, jak Klejnocki wyjmuje teczkę z metalowej szuflady, jakoś tak delikatnie bierze w ręce i powoli przegląda.

Minęło kilka nieznośnych minut.

— Czajkowski? Powstanie? Sztyletnicy? — mamrotał pod nosem, a Nawrocki zauważył, że w miarę czytania stawał się coraz bardziej zaaferowany. Przerzucał papiery z coraz większym zaangażowaniem, wracał do tekstów z wierzchu teczki, zdejmował i zakładał okulary. Wyglądał na kogoś, kogo lektura wciągnęła. Kiedy wreszcie skończył, spojrzał lekko mętnym wzrokiem na rozmówcę.

— Bałagan w tym wszystkim, komisarzu, oj, prawdziwy bałagan... Więc czego pan ode mnie oczekuje?

Nawrocki odetchnął z ulgą, starając się, by Klejnocki tego nie zauważył. „Chyba połknął haczyk" — pomyślał. I przypomniał sobie swego kumpla, Janka, znanego matematyka wykładającego na amerykańskich uniwersytetach. Janek zawsze powtarzał, że naukowcy mają coś z detektywów. Nie spoczną, póki nie dojdą do sedna. Jego kumpel nazywał to „imperatywem poznania prawdy".

— Powiem szczerze, panie doktorze — zaczął Nawrocki nieco oficjalnym tonem. — Mamy kłopoty z ustaleniem, kim był ten Czajkowski. Oczywiście nie chodzi o informacje na poziomie encyklopedii. Podejrzewamy, że może to mieć fundamentalne znaczenie dla śledztwa. Bo ponad wszelką wątpliwość, to, co znajduje się w materiałach na temat Czajkowskiego, jakoś łączy się z samym zabójstwem. Powiem od razu — przeanalizowaliśmy też inne wątki, ale nie wydają się rozwojowe.

— Czyli, poniekąd, jestem dla pana czymś w rodzaju ostatniej szansy, tak? — Klejnocki był nieustępliwy.

— Tak! — przyznał komisarz. Liczył, że szczerość jest teraz jego atutem.

Naukowiec siedzący za kuloodporną szybą powoli zdjął okulary i przygryzł końcówkę jednego z zauszników. W serce Nawrockiego wstąpiła nadzieja.

— No dobrze, załóżmy, że się zgodzę. Ale jak pan to sobie wyobraża? Jestem odcięty od świata, nawet książki, które zamawiam, przeglądają jacyś cenzorzy, którzy nie mają o nich zielonego pojęcia. Dzień i noc pilnują mnie, inwigilują... Nie będzie łatwo, komisarzu, nie będzie łatwo...

— To co, zgadza się pan? — spytał Nawrocki ze źle skrywaną nadzieją w głosie.

— Pan mnie chyba nie słucha? A jak słucha, to chyba nie rozumie! Jak niby miałbym zrobić rzetelną bibliograficzną kwerendę? Widzi pan — Klejnocki pochylił się ku szybie — robota naukowca, takiego jak ja, jest robotą w bibliotece. To nasz poligon. Bez dostępu do filologicznych informacji nic nie zdobędę. A przecież nie wypuszczą mnie stąd. Żadnej nadziei na przepustkę i tym podobne rzeczy. Obaj to dobrze wiemy.

— Niby tak — Nawrocki był przygotowany na takie wątpliwości. Przemyślał wszystko dokładnie w drodze do Radomia. — Mógłby pan korzystać z Internetu. Dzisiaj, jak to przewidział MacLuhan — tu Nawrocki nie mógł sobie odmówić popisania się pamięcią z uniwersyteckich zajęć — nie ma przecież granic. Nie wydobędę pana stąd, to jasne. I nie mam zamiaru. Ale mogę zagwarantować w miarę nieskrępowany dostęp do sieci. A to chyba pana urządza? Dodatkowo asystę fachowego informatyka. Poza tym będzie mógł pan zamawiać książki, które przywiozą tu, na miejsce. Jak pan widzi, odrobiłem pracę domową.

Klejnocki kiwał się już od dłuższego czasu na krześle niczym stary rabin. Z chęcią pobujałby się na dwóch nogach siedziska, gdyby nie były solidnie przyśrubowane do podłoża. Po chwili milczenia podniósł głowę. Jego twarz była nieprzenikniona.

— Hmm, to ciekawa propozycja, nie powiem. No i jakaś odmiana w tej mojej rutynie. Ale też będę musiał spowolnić prace nad habilitacją, a może nawet je chwilowo zawiesić... No, nie wiem — najwyraźniej postanowił się jeszcze trochę podroczyć.

— Muszę dostać odpowiedź tu i teraz — naciskał Nawrocki. — Czas goni. I — rzucił ryzykownie — widzę, że ta sprawa jednak pana zaintrygowała.

Klejnocki spojrzał na komisarza sponad okularów. To był wystudiowany i teatralny gest, bo doktor, dotknięty krótkowzrocznością, bez szkieł był ślepy jak kret.

— W zasadzie mógłbym pójść na tę współpracę — odrzekł, cedząc słowa. Najwyraźniej już „imperatyw poznania prawdy" zaczął działać. — Ale nie za darmo — dodał szybko.

Komisarz był przygotowany i na taki obrót sprawy.

— Czego pan żąda?

— Od razu żąda! I po co ta obcesowość? Ja tylko chciałbym prosić...

— Więc niech pan prosi!

— A dużo pan może, panie komisarzu?

— Dużo! Niech pan mówi!

— Taaaak — Klejnocki rozciągał moment swojego triumfu do granic wytrzymałości. — No dobrze, po kolei. Najpierw kilka rzeczy dla mnie osobiście ważnych. Chciałbym dostawać tu jakąś porządną prasę, a nie te tabloidy — wymownie wskazał na stół, na którym piętrzył się stos bulwarówek. — Oni prenumerują tylko takie bzdury i prasę sportową. Nie ma co się dziwić, zważywszy na przekrój społeczny tutejszych pensjonariuszy. Więc: „Wyborcza", „Rzeczpospolita", „Newsweek" i „Polityka". To wystarczy. Może być?

— Załatwione — odpowiedział Nawrocki z determinacją w głosie.

— Dalej. Jedzenie. Więcej warzyw i owoców. Strasznie tu tłusto gotują. Można coś z tym zrobić?

— Postaramy się, ale na posiłki z Sheratona niech pan raczej nie liczy!

— To oczywiste, wystarczy tylko trochę więcej dietetyki — zaśmiał się Klejnocki. — No dobrze, rzecz ostatnia. Skoro mam tu usilnie pracować na pana chwałę, to chciałbym móc palić fajkę. Inaczej trudno jest mi się skupić. Praca nad habilitacją bez fajki to była do tej pory katorga, proszę mi wierzyć...

— Ale tu jest system przeciwpożarowy, nie wiem, czy uda mi się...

— To niech pan spróbuje, bardzo pana proszę — odparł z naciskiem Klejnocki.

— Dobrze, spróbuję. Coś jeszcze?

— Teraz już tylko wymagania merytoryczne i, by tak rzec, sprzętowe. Muszę mieć dostęp do książek. Postaram się nie nadużywać cierpliwości, no i możliwości drogiego pana naczelnika. Ale jeśli będę potrzebował książki, to muszę ją dostać bez szemrania. Tak?

— Już mówiłem! Książki będą panu dostarczane.

— I bez cenzury oraz mnożenia przeszkód?

— Bez!

— Jaki pan dzisiaj zgodny, komisarzu. Dobrze. Pocieszę pana — to nie będzie takie znowu konieczne, ale wolę się zabezpieczyć.

— Rozumiem.

— Teraz sprawa najważniejsza, czyli sprzęt. Dobrze pan wymyślił z Internetem. Ale uprzedzam, moje oczekiwania są niebagatelne.

— To znaczy?

— To nie może być byle jaki komputer z waszych magazynów. Muszę mieć stałe łącze...

— To oczywiste....

— ...i naprawdę potężną maszynę. Stać was na to?

— Na co?

— Na to, co określę w oczekiwaniach.

— Niech pan napisze, a ja to pokażę naszym informatykom.

— Świetnie — odparł doktor, po czym usiadł za stołem, poprawił okulary i zaglądając od czasu do czasu do jakichś kolorowych pism, notował coś skrzętnie na kawałku papieru. Zajęło mu to niemal dwadzieścia minut, ale kiedy wręczał Nawrockiemu tekst — znów przez specjalny podajnik wbudowany w szklaną ścianę — wyglądał na zadowolonego.

Komisarz z ciekawością rzucił okiem na kartkę i niczego nie zrozumiał. Przeczytał jeszcze raz i jeszcze, i wciąż był ciemny jak tabaka w rogu.

— „Procesor dwurdzeniowy AMD, ten najwyższy. Do tego dwa giga ramu i 160-gigowy dysk Seagate'a. Karta graficzna ATI RADEON z 256 MB i dwoma wyjściami DVI" — zaczął czytać na głos, ale przerwał, spojrzawszy wymownie na Klejnockiego.

— Zgadza się, proszę dalej — ten odrzekł niewinnie, splatając ręce na brzuchu niczym zadowolone z udanego psikusa dziecko.

— „Płyta główna Asus'a, Deluxe Edition — ze wszystkim. Obudowa tłumiąca bez zasilacza w zestawie. Chcę dobrego — niech będzie TAGWAN 420--watowy. Dwa monitory ciekłokrystaliczne Sony'ego — 19 cali każdy. Bezprzewodowa myszka i klawiatura multimedialna Logitecha". Co to jest? — zapytał Nawrocki przygwożdżony nie znaną mu terminologią.

— Pan tu nie ma projektować rakiet, tylko poszukać kilku informacji w sieci!

— No i właśnie zamierzam to zrobić najlepiej i najszybciej jak można — odparł twardo doktor. — Proszę czytać dalej.

— „Oprogramowanie — wystarczy Windows XP 64 Professional, Office 2003, plus jakiś Firewall".

— Czyli ochrona przed intruzami — dopowiedział Klejnocki, korzystając z pauzy, jaką uczynił komisarz na zaczerpnięcie powietrza.

— „Niech będzie Norton Internet Security 2005. Bez Winampa — sam sobie ściągnę".

— To do słuchania muzyki z mp3. No tak, lubię słuchać muzyki, kiedy pracuję. Brakuje mi trochę tego tutaj — Klejnocki mówił, jakby chodziło o kupno sałaty na targu. — Ale proszę się nie martwić, będę słuchał na słuchawkach, powiedzmy, niech to będzie coś porządnego ze stajni Sony. Wolę japońską robotę od niemieckiej... Czyli głośniki nie będą mi potrzebne — zakończył.

— Czy to już wszystko? — wysapał Nawrocki.

— Nie do końca. Muszę dostać połączenie z Internetem o zmiennym IP. Tak abym w każdym momencie

141

mógł się rozłączyć i połączyć ponownie, otrzymując inny bezpieczny numer IP.

— Po co to panu?

— Bo będę być może buszował w rozmaitych nadzorowanych miejscach. Na przykład, może się okazać, że będę musiał zajrzeć do Biblioteki Kongresu USA. Mają wspaniałe i niemal pełne zbiory. A tam z pewnością węszy Narodowa Agencja Bezpieczeństwa. Słyszał pan o nich?

— Eeee, coś czytałem — odparł niepewnie Nawrocki.

— Mają system ESCHELON. Totalny nasłuch wszystkiego i wszystkich. Jak pan użyje w mailu jakichś kluczowych słów, dajmy na to „grupa", „przelew bez wskazania adresata", „tajemnica" itd., to już pana namierzają. A kto wie, czego będę szukał. I nie chcemy, żeby mnie namierzyli, co? I dowiedzieli się, że w pewnym polskim więzieniu...

— Dobrze, dobrze, rozumiem — westchnął Nawrocki. — Ale, Matko Boska, ile to wszystko kosztuje? I te dwa monitory? Jeden nie wystarczy?

— Cały zestaw, zważywszy priorytet pana sprawy, nie jest znów taki drogi. Dziś jakieś 10, no 11 tysięcy złotych. Ale wasi technicy to zrozumieją. Oni wiedzą, czego mi potrzeba.

— Technicy może tak, ale szefowie? — mruknął Nawrocki.

— Aha! I jeszcze jedna kwestia. Niech pan to sobie dopisze. Chciałbym dostać podgrzewającą podstawkę pod kubek, podłączaną do komputera poprzez USB.

Kawa jest wtedy blisko i jest ciepła. To już kosztuje grosze. — Klejnocki wyraźnie był rozbawiony ignorancją komisarza.

Nawrocki milczał, wciąż patrząc w przekazaną mu przez więźnia kartkę.

— No cóż, nie wiedziałem, że mam do czynienia z takim znawcą komputerów — rzekł w końcu cierpko.

— A widzi pan! Inteligentny człowiek nie nudzi się w żadnych okolicznościach. To właśnie pożytki z przymusowego odosobnienia, jeśli tylko potrafi się wykorzystać okazję. Naczytałem się fachowych magazynów. Mają ich tutaj setki. Podciągnąłem się — beztrosko odparł doktor.

I taki był koniec ich pierwszej rozmowy.

Od strażnika, który go odprowadzał, Nawrocki dowiedział się, że naczelnik już wyszedł. Komisarz napisał więc do niego list, bez ceregieli używając jednej z kartek leżących na przestronnym biurku w gabinecie. Strażnik z początku nie chciał nawet słuchać prośby, by zajrzeli do gabinetu szefa więzienia, ale komisarz pokazał mu pełnomocnictwa.

Odręczny list komisarza do naczelnika był oczywiście tylko wstępem, Nawrocki zdawał sobie sprawę, że w Warszawie będzie musiał jeszcze sporo się nachodzić, by uzyskać oficjalne potwierdzenie swoich rozporządzeń. Ale był zdeterminowany. Poza tym utrze trochę nosa temu bubkowi, naczelnikowi. Powinien znać swoje miejsce. Był w końcu jedynie oberklawiszem i żaden ekskluzywny garnitur ani subtelne maniery nie mogły tego zmienić.

Drogę powrotną do Warszawy pokonał migiem, słuchając ulubionych płyt z ciężką muzyką rockową, które przezornie zabrał ze sobą. Na szczęście służbowy lanos był wyposażony w odtwarzacz CD, choć niezbyt dobrej jakości. W każdym razie porównania z jego własnym samochodem odpoczywającym u mechanika spokojnie wytrzymywał.

Szosa warszawska była już o tej porze w miarę pusta, więc Nawrocki jechał jeszcze szybciej niż poprzednio. Zostawił zgrzane auto na policyjnym parkingu przed Pałacem Mostowskich, zdał kartę wozu i kluczyki u dyżurnego, po czym przesiadł się do jednego z ostatnich tramwajów jadących na południe, ku zajezdni na Woronicza. Po drodze przysnął na chwilę ze zmęczenia. Za kierownicą nigdy nie zasypiał, mógł prowadzić godzinami. Ale po wyjściu z samochodu często zapadał w sen, niespokojny i pełen dynamicznych przywidzeń. Tym razem śnił o wspinaczce w górach. Szczęśliwie obudził się na wysokości skrzyżowania Puławskiej z Malczewskiego. Jakaś grupka podpitych jegomości wysiadała właśnie z wozu i ich śpiewy wytrąciły komisarza z płytkiej drzemki. Wciąż trochę senny wysiadł na przystanku naprzeciw pubu Heineken na Puławskiej i ruszył, powłócząc nieco nogami, do domu.

Jak się spodziewał, Małgorzata i Jaś już spali. Żona zostawiła światło w przedpokoju i włączony telewizor. Pomyślał o jej zapobiegliwości z sympatią. Ale nie mógł też wyzbyć się drobnych wyrzutów sumienia. Przypomniał sobie tajemniczy telefon z groźbami i poczuł znów głęboki niepokój.

Zanim poszedł spać, zajrzał jeszcze do pokoju dziecięcego. Jaś leżał w łóżku, rozłożywszy ramionka, ufnie i spokojnie posapując. Ciszę nocy zakłócało jedynie rzężenie rur kanalizacyjnych.

Centrum Warszawy, Nowy Świat. Czwartek, późny wieczór

Kiedy zadzwoniła komórka, Bolek bawił się w najlepsze na imieninach Zuzi. Wyszedł z Tam-tamu, bo w środku było stanowczo za głośno. Poza tym wolał rozmawiać bez niepotrzebnych świadków. Spojrzał na ekran aparatu, gdzie wyświetliło się imię rozmówcy.

— Mów! Byle szybko. Jestem na imprezie u dziewczyny.

— Posłuchaj — w telefonie zabrzmiał zaaferowany nienaturalny falset. — Twój gościu pojechał dziś do Radomia na widzenie z facetem z uniwerku, który ponoć zaciukał profesorka. Siedzi na obserwacji, czy nie jebnęło mu w dekiel.

— No i co z tego? Streszczaj się!

— To jakiś literat. A twój glina rozmawiał z nim dobrą godzinę i zostawił jakieś materiały. Mój chłopak miał służbę i podpytał nieco frajera. Chodzi o jakieś stare śledztwo, a ten literat się cieszy, że będzie mógł coś poczytać z powstania styczniowego. Kumasz?

— No. To wszystko?

— Wszystko. Przydałem się?

— Przelew pójdzie zwykłą drogą.

145

— Polecam się na przyszłość. Cześć!

Bolek włożył komórkę do kieszeni marynarki i skierował się w stronę lokalu. Rozmawiając, bezwiednie dotarł na Foksal i przeszedł na drugą stronę uliczki.

— Kurwa mać! Nie dał sobie siana, cholerny skurczybyk!

Wkurzony, przyspieszył kroku. Cały dobry humor diabli wzięli. Zanim wszedł ponownie do knajpy, zadzwonił jeszcze pod numer zapisany jako „Witek". Kiedy usłyszał przeciągłe „Halooo?!", burknął krótko:

— Działaj, jak żeśmy się umawiali!

I nie czekając na odpowiedź, przerwał połączenie.

„Żebyś wiedział, jak bardzo tego nie chciałem, sukinsynu!" — pomyślał jeszcze, zanim pchnął drzwi.

KATASTASIS

Białołęka, osiedle mieszkaniowe. Piątek, rano

Oksana Tatarczuk znów była spóźniona. Odprowadziła dzieci do przedszkola i właśnie stała na przystanku w oczekiwaniu na autobus. A ten jak zwykle, gdy ludziom zależy na czasie, nie przyjeżdżał.

Chciała zaraz po przyjściu do komendy umówić się na spotkanie z komisarzem Nawrockim, ale wiedziała, że oficerowie śledczy mają zazwyczaj napięty program dnia, więc spóźniona mogła go już nie zastać. Co prawda komisarz pracował własnym rytmem, jednak i on potrafił zniknąć zaraz na początku dnia.

Oksana jako policyjny psycholog pracowała z kierowanymi odgórnie na leczenie alkoholikami, doraźnie udzielała się też w sztabach kryzysowych, kiedy trzeba było porozmawiać z uczestnikami jakiejś traumatycznej akcji. Okazjonalnie wspierała również negocjatorów, ale nigdy nie dano jej samodzielnej sprawy.

Chodziło o akcent. Oksana była Rosjanką, zamężną z Polakiem, zasiedziałą w kraju i zadomowioną. Miała też za sobą rozmaite elitarne kursy i całkiem przyzwoitą praktykę amerykańską, odbytą wtedy, kiedy z mężem i dziećmi przebywali przez dwa i pół roku w Salt Lake City w stanie Utah. Mimo wszystko w jej polszczyźnie, którą zresztą posługiwała się doskonale — i lepiej niż niejeden z jej podopiecznych policjantów o czysto polskim rodowodzie — słychać było obce nuty. Przełożeni doszli do wniosku, że mogłoby to wpływać na rezultat negocjacji z przestępcami. I mimo że Oksanie trudno było się z tym poglądem pogodzić, musiała się zadowolić licznymi zajęciami pomniejszej rangi, choć nikt nie kwestionował jej profesjonalizmu. Ba! Oficerowie uwielbiali ją, bo była bezpośrednia, a co najważniejsze — umiała znaleźć rozwiązanie w sytuacjach na pozór bez wyjścia.

Do jej zadań należały też rozmaite działania prewencyjne i terapeutyczne. I właśnie z tego rozdzielnika wpłynął do niej raport Nawrockiego o groźbach pod jego własnym i rodziny adresem, przekazany przez sekretariat naczelnika. To była rutynowa sprawa, zawsze — przynajmniej od pewnego czasu, gdy Komenda Stołeczna postanowiła naśladować standardy amerykańskich kolegów — przybierająca właśnie taki obrót.

Stołeczni funkcjonariusze spotykali się z rozmaitymi formami szantażu dość często. Rzecz jasna — nie o wszystkich przypadkach informowali przełożonych, zwłaszcza że wiele z nich to były zwykłe pogróżki. Kiedy jednak policjant decydował się — w jakikolwiek sposób, choćby nieoficjalnie — poinformować o takim wydarzeniu, zawsze wkraczał psycholog. Już sama decyzja oficera bądź innego funkcjonariusza związanego z danym dochodzeniem, by rzecz ujawnić, była wyraźnym sygnałem alarmowym. Bo tylko w rzeczywiście ważnych sprawach decydowali się oni na taki krok. Rolą Oksany wówczas było wysondowanie stanu emocjonalnego policjanta i sformułowanie diagnozy co do ewentualnego zagrożenia, jakie mogłoby w związku z tym zaistnieć. Miała pomagać, ale nikt z jej rozmówców nie lubił tych spotkań. Była tego świadoma i dlatego postępowała nadzwyczaj delikatnie. Jej raporty nader rzadko zawierały wniosek, by indagowaną przez nią osobę odsunąć od śledztwa. Formułowała go jedynie w naprawdę skrajnych sytuacjach i tylko wtedy, gdy była przekonana, że chroni w ten sposób policjanta czy inne osoby uwikłane w sprawę.

Pismo Nawrockiego zaniepokoiło ją szczególnie. Znała komisarza dość dobrze, więc natychmiast zorientowała się, że raport pisany był w dużym wzburzeniu. Chciała więc się z tym wszystkim zapoznać osobiście.

Do pracy dotarła dobrze po dziewiątej. Nikt jej co prawda nie rozliczał drobiazgowo z przyjść i wyjść, ale była na siebie zła. Pech, siła wyższa, złośliwość rzeczy martwych, można by było się usprawiedliwiać. Autobus się spóźnił, Modlińska jak zwykle o tej porze zakorkowana, most Grota-Roweckiego na całej długości zapełniony, a i w samym centrum miasta roiło się od samochodów. Oksana z utęsknieniem czekała na zapowiadaną od lat budowę mostu Północnego, który miał połączyć Białołękę z lewym brzegiem Wisły i rozładować paraliż komunikacyjny w tym rejonie miasta. Niestety, ratusz wciąż odwoływał kolejne przetargi na budowę, motywując decyzje a to uchybieniami formalnymi, a to zawyżonymi cenami kontraktów. Stołeczna prasa kipiała z oburzenia, dziennikarze sięgali po coraz dobitniejsze sformułowania, ludzie klęli na potęgę, stłoczeni w tramwajach, autobusach i samochodach, ale nic się w tej kwestii nie działo. Warszawska plotka głosiła, że nowa konserwatywna władza, wyniesiona na urzędy po ostatnich wyborach samorządowych, boi się jak ognia oskarżeń o korupcję, więc na wszelki wypadek nie robi nic.

W służbowym pokoju, ledwie tylko zrzuciła płaszcz i zmieniła botki na stylowe pantofle na wysokim obcasie, natychmiast zadzwoniła do Nawrockiego. Telefon komisarza nie odpowiadał. Pech! Spróbowała jeszcze przez sekretariaty kolejnych naczelników. Wreszcie dostała potwierdzenie. Komisarz jest, umówił się nawet na spotkanie ze swoim bezpośrednim przełożonym. — Na szczęście — westchnęła, odkładając słuchawkę.

Komenda Stołeczna. Piątek, rano

Nawrocki, popijając kawę, którą właśnie przyrządził sobie w gabinecie, z niechęcią myślał o całej biurokratycznej machinie, jaką będzie musiał uruchomić, by sprzęt zamówiony przez Klejnockiego dotarł do

Radomia w try miga. Wykonał już pierwszy ruch. Zamówił rozmowę u naczelnika, naciskając, że to kwestia nie cierpiąca zwłoki, zadzwonił do informatyków, uprzedzając, że za chwilę wyśle maila z bardzo konkretną specyfikacją sprzętową, i dodał, że to sprawa priorytetowa. Połączył się też z sekretarką Generała i poinformował ją, że musi choćby chwilę z nim porozmawiać.

Pierwsi odezwali się informatycy, bo zapotrzebowanie sprzętowe wydało im się imponujące. Nawrocki cenił u informatyków odklejenie od rzeczywistości, gdyż nikt z tamtej strony nie zapytał go o koszty. Tak naprawdę rajcował ich tylko projekt. — Prawdziwi profesjonaliści — burknął do siebie komisarz, po czym wyjaśnił, że osoba dysponująca sprzętem musi się swobodnie poruszać po Internecie i że ma to kluczowe znaczenie dla właśnie prowadzonej przez niego sprawy. Informatykom najwyraźniej było to bardzo na rękę, bo niemal entuzjastycznie zapewnili go, że jeśli tylko dostaną zielone światło, to całą aparaturę przygotują jeszcze w weekend. „Pies ich...” — pomyślał Nawrocki z nutką sympatii, gdy odkładał słuchawkę. Wydawało mu się, że prawdziwe trudności były dopiero przed nim.

Mylił się. Wszystko, wbrew przewidywaniom, miało pójść gładko.

Potem zadzwonił Generał. Zaznaczył, że wie wiele o śledztwie. I że wspomoże podopiecznego w staraniach materialno-sprzętowych. Usłyszał od Generała, by skupił się na tym, co właśnie robi.

Nawrocki nie zdążył poświęcić się analizie odbytej rozmowy, bo nie minął kwadrans, a dowiedział się, że wzywa go naczelnik.

Był to antypatyczny grubas w wiecznie rozchełstanej koszuli, z widocznymi zaciekami z potu pod pachami. Inspektor Umiastowski dał się wszystkim poznać jako karierowicz, który byłby w stanie wejść w dupę przełożonym bez wazeliny. Kiedyś oficer Służby Bezpieczeństwa, pozytywnie zweryfikowany na początku lat dziewięćdziesiątych, podobno dlatego, że nikomu nie zaszkodził. Nikomu nie zaszkodził, bo nic nie robił — powtarzano na korytarzach komendy. Nie lubiano go, bo dawną strategię kontynuował też w nowych czasach. Koncentrował się na tym, by nic nie można mu było zarzucić. Ale w oczach kierownictwa zyskał akceptację i rządził niepodzielnie pionem dochodzeniowo-śledczym Komendy Stołecznej. Nie krył też niechęci do Nawrockiego, kwestionując przy każdej okazji jego wyjątkową pozycję zawodową, w jego mniemaniu uzyskaną wyłącznie dzięki poparciu góry.

— Słuchajcie no, Nawrocki — naczelnik wciąż posługiwał się milicyjną stylistyką. — Dzwoniono do mnie, by udzielić wam wszelkiego poparcia. Prawdę mówiąc, nie bardzo mi się to podoba. Żądacie kupę pieniędzy, a niby skąd ja mam to wziąć?

— Z rezerwy sprzętowej, panie naczelniku — odpowiedział niewinnie Nawrocki. Wiedział, że poparcie Generała zrobiło swoje.

— Z rezerwy? A ja tu mam, kurwa, tuzin takich wniosków! Myślicie, że jesteście jedyni?

— No skąd, panie naczelniku — komisarz pozwolił sobie na protekcjonalizm. — Ale jestem pierwszy w kolejce, prawda?

— A żeby was chuj potrzaskał — odpalił przełożony.

W sekretariacie czekała na komisarza kolejna wiadomość. Oksana Tatarczuk wzywała go na rozmowę. Nawrocki zrobił dobrą minę do złej gry. Domyślił się, że jego raport o szantażu dotarł do psycholożki i natychmiast pożałował tej chwili słabości.

Ulica Domaniewska, fitness club. Piątek, rano

Tego dnia Bolek postanowił pójść wreszcie na siłownię. Czuł bowiem, że się ostatnio zaniedbał. Miał wykupioną kartę stałego klienta w klubie fitness w gmachu Zeptera na dawnym Służewcu Przemysłowym, który od pewnego czasu był najdynamiczniej rozwijającym się sektorem miasta. Nowe budynki biurowe wyrastały jak grzyby po deszczu, a sąsiedztwo modnej Galerii Mokotów dodawało całemu rejonowi splendoru.

Żeby uniknąć korków, wyjechał z domu po szóstej rano. Aleja Wilanowska, wciąż zwana przez zasiedziałych warszawiaków Dworcem Południowym, świeciła jeszcze pustkami. Bolek wolał tę dawną nazwę: „Dworzec Południowy" od w sumie pretensjonalnej „alei Wilanowskiej". Doczytał się gdzieś, że kiedyś była tu pętla wąskotorowej kolejki do Piaseczna i dalej do Grójca, stąd tradycyjna nazwa placu i ronda. „Dworzec Południowy, Dworzec Południowy" — powtarzał sobie w myślach, skręcając z Puławskiej w Domaniewską. Budynek Zeptera miał ostre kształty, przypominające futurystyczny rondel, co czyniło go kompatybilnym z nazwą firmy. „Dobre założenie, mocny projekt" — myślał Bolek za każdym razem, gdy się tu pojawił.

Siłownia była nowoczesna i aseptyczna, w sam raz dla bezwzględnych, perfekcyjnych w działaniu samurajów biznesu. Bolek czerpał radość z ćwiczenia w towarzystwie podobnych mu — jak sam uważał — ludzi. I on, i oni byli wszak zawodowcami, których działania miały przynosić konkretny efekt. Żadnej ściemy, tylko wynik. Skuteczność — oto walor wolnego rynku, który Bolek cenił ponad wszystko.

Właśnie pocił się przykładnie na bieżni, kiedy zadzwonił Witek.

— Zrobione. Jak chciałeś.

— Na cacy? — zapytał, co oznaczało: czy bez śladów. Zawsze martwił się o, jak sam ich nazywał, „podwykonawców". Zdarzało się czasem, że krewili robotę. Bolek ufał tylko sobie, ale wszystkiego własnoręcznie nie mógł zrobić. Musiał zachowywać umiejętności i własną reputację na ostateczną rozgrywkę.

— Niby dziura w przewodach gazowych. Może być?

— Może. Jeśli nikt niczego nie wykryje.

— Nie ma mowy. Wysłałem najlepszych chłopaków.

— No myślę. Dzięki. Dam znać.

Bolek, zadowolony, skoncentrował się na bieżni. A po chwili namysłu podkręcił skalę na elektronicznym potencjometrze. Pas transmisyjny pod nogami przyspieszył.

Komenda Stołeczna. Piątek, wczesne popołudnie

Rozmowa z psycholożką nie należała do przyjemnych. Z Oksaną byli co prawda w dobrych relacjach, cenili się i chyba trochę lubili, jednak każdy musiał wykonywać swoją pracę. A zadanie Oksany tym razem polegało na tym, by przepytać Nawrockiego, wręcz lekko go przyszpilić. Komisarz nie znosił tych psychologicznych sesji, regulamin był jednak bezwzględny. Złożył raport o szantażu, no to musiał odpowiadać na te wszystkie irytujące pytania.

Nie, nie czuje się zagrożony. Już kilka razy spotkał się z tego typu szantażem, tak to jest. Oczywiście, że niepokoi się o rodzinę, ale też bez przesady. Więcej w tym hucpy niż realnego niebezpieczeństwa. Dlaczego tak myśli? Bo chcą go po prostu przestraszyć — bagatelizował. A jeśli rzeczywiście zdecydują się na coś radykalnego? To jest możliwe, oczywiście, ale nie ma też racjonalnych przesłanek, by tak sądzić. Lecz zawsze jest ten pierwszy raz, prawda? Ktoś wreszcie może się zdecydować, by spełnić groźby. Może to właśnie taka sytuacja? No dobrze, niech będzie. Wyśle żonę z dzieckiem do bliskich przyjaciół, na wszelki wypadek. Wystarczy? Oni akurat mieszkają na działce pod Siemiatyczami, w takiej wiejskiej chałupie, niedawno wyremontowanej. To niemal koniec świata, telefon ma chyba tylko sołtys. Droga dojazdowa pełna dziur, wiosną i jesienią często podtapiana przez regularnie wylewającą rzeczkę. Tam z pewnością nic im nie grozi. Czy im ufa? Całkowicie.

Tak to wyglądało. Oksana drążyła temat, a Nawrocki wił się jak piskorz, by uwolnić się wreszcie od przykrego obowiązku. W końcu, zapisawszy niemal całą kartkę formatu A4, dała mu spokój. Ale zapowiedziała, że prześle notatkę do naczelnika i wystąpi, na wszelki wypadek, o wyznaczenie indywidualnej ochrony. Oboje wiedzieli, że to nierealne.

Konstancin-Jeziorna. Piątek, popołudnie

Szef umówił się z Bolkiem, że ten będzie przesyłał bieżące informacje w wiadomej sprawie mailem. To bezpieczniejsze od komórek, w końcu billingi niejednemu sprawiły w tym kraju kłopot. Szef niedawno nauczył się obsługiwać komputer i szybko docenił zalety Internetu. Zaczął wymagać, by wszyscy, którzy dla niego pracowali, posługiwali się tym kanałem komunikacji. Dlatego sprawdzał wiadomości kilka razy dziennie.

Bolek przesłał krótki list. Pisał, że wszystko jest pod kontrolą i że do N. niebawem dotrze informacja, która powinna dać mu dużo do myślenia. Zapewnił także, że wierzy, iż to powstrzyma N. od dalszych działań, a jeśli nie, to w każdym razie je spowolni.

Komenda Stołeczna. Piątek, popołudnie

W osobistym komputerze, starym rumplu stojącym na biurku, Nawrocki przeczytał wiadomość od informatyków, że dostali zgodę i już zaczęli działać. Odpisał, że chce się dowiedzieć, kiedy Klejnocki otrzyma sprzęt i będzie mógł zacząć pracę. Po czym zapalił dla uspokojenia fajkę. Chciał odreagować wizytę u Oksany.

Kilkanaście minut po tym, gdy rozsiadł się w fotelu, zadzwoniła komórka. To był jego przyjaciel, mechanik samochodowy.

— Irek, słuchaj! Miałem pożar w warsztacie...

— Co się stało? — Nawrocki poderwał się z fotela.

— Instalacja gazowa pierdolnęła. Strażacy właśnie wyjeżdżają...

— Z tobą w porządku, nic ci nie jest?

— Nie, nie. Nikt nie ucierpiał. Robiliśmy akurat samochód na zewnątrz... Marysia była na zakupach, dzieci w szkole. Dzięki Bogu...

— Dom?

— Stoi, stoi... Ale słuchaj! Sfajczył się jeden z motocykli, no i... tego, twój samochód...

Nawrocki zastygł z aparatem przy uchu.

— Halo! Jesteś tam?

— Jestem, jestem — ocknął się komisarz. — Słuchaj! To był na pewno wypadek? Co powiedzieli strażacy?

— No, że instalacja nieszczelna była. Ale to dziwne, bo ja przecież niedawno ją sprawdzałem. Zawsze tak robię przed sezonem grzewczym. Wezwałem nawet tych z gazowni — przyszli od razu i łazili z tym swoim detektorem. No więc...

— Dobra! — przerwał Nawrocki. — Da się coś zrobić z moją furą?

— Eeee... no nie. Kaszana.

— Jesteś pewny, że to wypadek? — powtórzył Nawrocki.

— A niby co?! Przecież mówię, że wszystko sprawdzali niedawno! Szkoda, Irek, sorry.

— Trudno. Przecież i tak mówiłeś, że nic nie da się zrobić...

— Aaaa tam. Wiesz, jak jest. Jęczałem, ale jeszcze bym tego grata reanimował. Już nawet zamówiłem części... Dobrze, że ubezpieczenie miałeś wykupione. Coś ci pewnie zwrócą. Już zadzwoniłem po twoich kolegów, zaraz przyjadą i spiszą protokół. Będziesz miał jak znalazł dla PZU...

— Ubezpieczam się w Warcie — odburknął, myśląc już o czymś innym.

Grunt, że dom nie ucierpiał i wszyscy cali. Wszystko w porządku.

Nawrocki skończył rozmowę i rzucił telefon na biurko.

Nie, nic nie było w porządku. Pożar nie był nieszczęśliwym wypadkiem.

Okolice Krakowskiego Przedmieścia. Sobota, południe

W weekend Nawrocki postanowił zrobić sobie wolne. W niedzielę czekał go jeszcze rodzinny obiad u rodziców żony. Przy podejmowaniu decyzji o spokojnym weekendzie przyświecały mu przede wszystkim dwa cele. Po pierwsze, chciał dać czas szantażystom. Spalenie warsztatu samochodowego oznaczało, że wiadomości o ruchach Nawrockiego docierały do nich na bieżąco. Czyli mieli jakieś wtyki. Nawrocki wykluczył Mirka z tego kręgu. A poza Mirkiem to mógł być każdy. Zapewne informacje przeciekały od osób tylko pośrednio zaangażowanych w sprawę.

Wystarczy, że mieli kogoś w administracji, z dostępem do dokumentacji wyjazdowej rejestru samochodowego albo zwykłego dziennika czynności operacyjnych, lub kogoś w jednym z licznych sekretariatów, przez które przechodziły dokumenty sprawozdawcze. Zdrada jest prostacka i zwyczajna. Jej oblicze to łapówka, na którą połasi się sekretarka, pracownik administracyjny, a nawet funkcjonariusz z problemami finansowymi.

Słowem, postanowił dać sobie spokój. Tymczasowo. W ramach kamuflażu. Była mała szansa, że uwierzą, iż wyhamował ze śledztwem.

Po drugie, musiał wreszcie powiedzieć o wszystkim Małgorzacie. A to już o wiele trudniejsze zadanie.

Ponieważ zapowiadano słoneczną pogodę, postanowili pójść w sobotę z Jasiem na długi spacer. Małgorzata zaproponowała campus uniwersytetu, by przy okazji zobaczyć, co też się zmieniło od czasu, gdy tam studiowała. Nawrocki podjął męską decyzję, że w trakcie spaceru poważnie z nią porozmawia.

Musieli skorzystać z miejskiej komunikacji. A że Jaś uwielbiał jeździć tramwajami i autobusami, więc specjalnie dla niego wybrali okrężną drogę. Najpierw trzydziestką szóstką ze skrzyżowania Puławskiej z Żywnego, a od zbiegu Marszałkowskiej ze Świętokrzyską, autobusem ku Krakowskiemu Przedmieściu przy wylocie Nowego Światu. Stamtąd było już dosłownie kilka kroków do bramy uniwersytetu. Po drodze Jaś wkładał rozmaite papierki do elektronicznych kasowników, a jego rodzice komentowali zmiany po remoncie Marszałkowskiej na jej głównym odcinku między dawnym kinem Moskwa, dziś monstrualnym budynkiem Silver Screenu, a placem Konstytucji. Pachniało tu świeżością i zachodnioeuropejskimi metropoliami. Równe chodniki, co prawda wyłożone mało elegancką kostką betonową, zjazdy dla niepełnosprawnych przy przejściach dla pieszych, miejsca parkingowe dla aut, drzewka zasadzone na skraju jezdni.

— Ciekawe, ile to przetrwa? — mruknął Nawrocki, spoglądając przez szyby wagonu raz z jednej, raz z drugiej strony. Jaś właśnie mocował się z poręczą, tuż przy parze głównych drzwi wejściowych. Jechali kanciastym, przeszklonym tramwajem, który warszawiacy od razu, kiedy tylko ten model pojawił się na ulicach lata temu, ochrzcili mianem „akwarium".

Małgorzata była większą od męża optymistką.

— Nie zauważyłeś, że ludzie też się zmienili? Już nie ma chuliganerii demolującej przystanki. Może gdzieś na przedmieściach, ale nie w centrum. Pięknieje nam miasto, mimo wszystko! — dorzuciła euforycznie.

— No właśnie, mimo wszystko... — sarkastycznie skwitował Irek, bo widział sporo i umiał dostrzec różnicę pomiędzy Warszawą po miejscowych liftingach a podobnymi miastami z zachodniej części kontynentu. Tam jakość miała trwały charakter, a tu nazbyt często tymczasowy.

Z autobusu wysiedli na rogu Nowego Światu. Rozłożyli spacerowy wózek, nie bez pewnych trudności sadzając w nim Jasia przekupionego lizakiem, i ruszyli ku uniwersytetowi. Nie poszli jednak w stronę głównego wejścia, tylko zaraz za pomnikiem Kopernika i ogromną fasadą gmachu PAN skręcili w Oboźną, w dół, ku bocznej bramie. Ta mieściła się zaraz przy ulicy Przechodniej. Zaskoczyło ich, że tam, gdzie, jak pamiętali, znajdowały się wiecznie zachwaszczone poletka Wydziału Biologii, mieścił się teraz reprezentacyjny gmach, wybudowany niedawno, ale w stylu naśladującym klasycystyczną architekturę reszty budynków campusu.

Jak głosił wyryty na frontonie napis, było to Collegium Iuridicum III, czyli trzeci z budynków Wydziału Prawa. Irek wzruszył się lekko. Za jego studenckich czasów wszyscy musieli się zmieścić w dawnej siedzibie Gmachu Poseminaryjnego, położonego równolegle do Auditorium Maximum. A teraz, proszę! Jego wydziałowi doszły sale w nowym BUW-ie na Dobrej, no i jeszcze ta zgrabna siedziba przyszłych adwokatów, prokuratorów i notariuszy...

Poszli prosto, mijając po prawej właśnie odnawiany budynek polonistyki, potem Pałac Kazimierzowski. Jaś tymczasem wysiadł z wózka i biegał wokół podekscytowany nieznanym miejscem.

— Pamiętasz te głuche telefony? — spytał nagle, niby od niechcenia. A kiedy Małgorzata potwierdziła skinieniem głowy, kontynuował: — Bo to jednak nie przypadek...

— Co? Co mówisz? — Małgorzata otrząsnęła się ze studenckich wspomnień.

— Mówię, że te głuche telefony do nas to nie przypadek. Zadzwonili potem do mnie...

— Kto zadzwonił? — na jej twarzy rysowało się zdziwienie.

— Nie wiem kto, ale wiem, że to poważna sprawa — Nawrocki był zdecydowany powiedzieć wszystko. Niemal wszystko. — Grozili mi. Jednoznacznie. A ten pożar i zniszczenie samochodu to także nie przypadek.

— Co ty mówisz? — Małgorzata nerwowo zaczęła grzebać w torbie z ubraniami Jasia.

— Słuchaj! Ktoś chce mnie zniechęcić do prowadzonego śledztwa, rozumiesz? I nie żartuje. Wszystko, co się do tej pory wydarzyło, ma mnie do tego przekonać. Podjęliśmy decyzję...

— Kto podjął? My?

— Dobra! Ja podjąłem decyzję, że trzeba ciebie z Jasiem wywieźć w bezpieczne miejsce. Jutro wieczorem przyjadą moi koledzy i przewiozą was do Siemiatycz, do Jurków — wydyszał Nawrocki.

Małgorzata zamarła, a potem spojrzała głęboko w oczy męża. Jaś radośnie ganiał gołębie.

— Co się dzieje? Musisz mi to powiedzieć! — wykrzyknęła niemal histerycznie. Jaś zatrzymał się i spojrzał czujnie na rodziców.

— Uspokój się! Nic się nie dzieje. I żeby nic się nadal nie działo, musicie wyjechać. Na wszelki wypadek. Dla mojego i waszego spokoju — nie odważył się powiedzieć, że ze względu na poważne zagrożenie także.

— Grozili ci? — Małgorzata była nieustępliwa.

— To normalne. Zawsze grożą. Liczą, że się złamiemy. Ale musisz to zrobić, proszę cię!

— A co z tobą? Coś ci mogą zrobić... A poza tym, jak to „wyjechać"? A co z moją pracą? Co z przedszkolem Jasia?

— Nic mi nie zrobią, weź na wstrzymanie! Załatwimy ci zwolnienie, druki wypisze nasz lekarz. Nie będzie z tym kłopotu. A w przedszkolu powiemy, że Jaś jest chory. To naturalne. — Nawrocki miał przemyślaną całą kwestię.

— Ale ja się boję, naprawdę. Nigdy tak jeszcze nie było....

— Wiem — Nawrocki przytulił szlochającą już żonę. Jasiek, wyraźnie zaniepokojony, zostawił gołębie i pomału zbliżał się do nich. — To dla bezpieczeństwa — jeszcze raz podkreślił komisarz. — Tylko dla waszego bezpieczeństwa.

Labo, ulica Mazowiecka. Niedziela, późny wieczór

W weekendy, jeśli tylko nie wzywała go praca, Bolek ruszał w miasto. A to oznaczało ekstra imprezę, inną niż te z tygodnia. Zabierał swą dziewczynę w różne modne miejsca. Do studentów i artystów w Aurorze na Dobrej, do Kafefajki na Nowym Świecie. Lubił modne lokale o wyrazistej atmosferze, lekko snobistyczne, z selekcją u bram — z którą zresztą nigdy nie miał kłopotu. Nie wszędzie zresztą przebierano w gościach. Do Aurory mógł wejść każdy, choć nie wszyscy czuli się dobrze wśród głośno dudniącej muzyki. Tu liczyły się luzackie układy, a także towarzystwo, w jakim się obracałeś. Ale przypadkowy przechodzień też mógł liczyć na szybką i kulturalną obsługę, mimo że knajpa wyglądała na mocno abnegacką. Za to właśnie cenił Aurorę. Jeśli miał natomiast ochotę na wyższy standard i bardziej lansowe klimaty, wybierał Tango & Cash w Jerozolimskich, bo tam luz pachniał drogimi wodami toaletowymi, a prym wiodła dobra muzyka dyskotekowa, w sam raz dla kogoś, kto chciał zapomnieć o stresującym tygodniu w pracy.

Natomiast Labo było i modne, i ekscentryczne, i lekko elitarne. Selekcjonerzy dbali o dobór publiczności. Jakiś angielski didżej zapodawał właśnie miksturę disco, postpopu i baunsu. Cokolwiek to zresztą było, Bolkowi wydawało się obojętne. Byle głośno i rytmicznie, byle towarzystwo bawiło się przednio i długo, aż po świt.

Bolek nawet w takich sytuacjach nie zapominał o pracy. Zostawiał dziewczynę na parkiecie, nieświadomą działań swego faceta, i wychodził na zewnątrz, by zadzwonić. Selekcjoner, wielki, ubrany na czarno facet z kilogramem żelu na głowie, za każdym razem uśmiechał się do niego, prezentując olśniewająco białe zęby. Najwyraźniej brał go za biznesmena, który nawet w weekendowy wieczór prowadzi jakieś ważne interesy.

Jednak nie było żadnych nowych informacji. Nawrocki najwyraźniej poświęcił się rodzinie. Czyli — stagnacja, interwał, flauta, dryf. Kolejne telefony nie wnosiły nic nowego. Ale Bolek był czujny. Nawrocki mógł pójść na przeczekanie, a jednocześnie coś tam kombinować. Coś, o czym nikt w komendzie, spośród jego informatorów, nie wiedział. Bolek zdawał sobie sprawę, że to moment przesilenia i że wszystko okaże się na początku tygodnia. Wtedy działania komisarza pokażą, jaką decyzję podjął. Bolek brał pod uwagę, że Nawrocki może nie odpuścić. Ale wciąż się łudził.

Więzienie pod Radomiem. Noc z niedzieli na poniedziałek

Klejnocki wpatrywał się uważnie w ekran komputera. Właśnie wysłał maila do Nawrockiego, informując, że sprzęt dojechał, został ekspresowo zainstalowany, więc może już spokojnie przystąpić do pracy.

Przy okazji kazano mu zebrać cały majdan i przeniesiono w inne miejsce. Naczelnik, wyraźnie zniesmaczony, pozwolił mu na palenie fajki w nowej celi. Zaznaczył przy okazji z przekąsem, że doktor musi mieć wpływowych protektorów, skoro udało im się wpłynąć na zmianę więziennego regulaminu. Klejnocki grzecznie podziękował, puszczając mimo uszu te uwagi. Najważniejsze, że Nawrocki zadziałał, jak obiecał.

Teraz siedział w sieci, testując możliwości maszyny. Wszystko grało na sto dwa.

Z zadowoleniem sięgnął po kubek gorącej kawy. O takiej pracowni na uniwersytecie mógł tylko pomarzyć. Cała sytuacja wydawała mu się zupełnie zwariowana, ale dał słowo, zagłębił się więc ochoczo w labirynt sieci. Będzie siedzieć całą noc, ile się da, ile wytrzyma. I jutro też. A potem znów w nocy, gdy wszyscy zasną, bo w takich warunkach najlepiej mu się pracuje. Na przechadzających się korytarzami strażników w ogóle nie zwracał uwagi.

Odczuwał dziwną radość. Jakby włączył się nagle i niespodziewanie do gry toczonej do tej pory gdzieś obok.

Labo, ulica Mazowiecka. Noc z niedzieli na poniedziałek

Mirek bawił się doskonale. Wytańczył się z Dorotą za wszystkie czasy, a teraz odpoczywał przy barze, sącząc drinka, którego polecił mu spotkany przypadkiem kumpel jako specjalność zakładu. Zabawa rozkręciła się już na dobre. Knajpa była znana z tego, że impreza w niej trwa zawsze do rana, mimo licznych protestów okolicznych mieszkańców. Właściciel klubu dzięki układom w ratuszu był jednak nie do ruszenia. Jak się mieszka w centrum wielkiego miasta, trzeba się w końcu przyzwyczaić do nocnego życia bohemy.

Mirek szalał zatem do woli. Dorota, wespół z koleżankami, które spotkała na parkiecie, właśnie odstawiała swój pokazowy numer: taniec na kolanach, z obłędnym kręceniem włosami. Miała już swoich kibiców, co nie umknęło uwagi jej partnera. Ale zawsze tak było i z czasem Mirek się przyzwyczaił do tego, że Dorota musi oganiać się w lokalach od chwilowych adoratorów.

Tymczasem dostrzegł ubranego na czarno mężczyznę, który wszedł do knajpy jak do siebie. Najwyraźniej skończył rozmowę przez komórkę, bo włożył ją zamaszystym ruchem do prawej kieszeni na piersi i odtrąciwszy tańczącą parę, która nawinęła mu się pod nogi, ruszył w głąb sali. Mirkowi coś nagle zagrało w żyłach, alkohol zrobił swoje. Spojrzał na Dorotę — bawiła się przednio na parkiecie, więc postawiwszy z impetem szklankę na ladzie baru, odwrócił się gwałtownie ku facetowi w czerni. Ten właśnie znikał w tłumie. Mirek pochylił się na barowym stołku, jakby miał ruszyć naprzód. Powstrzymał go głos barmana, lekko siwiejącego Edka, który zęby zjadł na pracy w rozmaitych lokalach.

— Panie Mirku! Spokój! Pan nie chcesz kłopotów, tak? — rzucił z poznańska.

— A co? — odpowiedział już lekko bełkotliwie.

— A to, że nie należy tego gościa szarpać. Uwierz mi pan, wiem, co mówię.

— Aaa, coo pan wie?

— Tyle że będziesz miał kłopoty. Nawet jeśli jesteś gliną. — Barman stał niewzruszony i trzymał rękę na kiju od dystrybutora z piwem. — Dobrze radzę, bez dwóch zdań.

167

— Taki z niego chojrak? Podskoczy mi?

— Pan uważa, panie Mirku. To nie chojrak. Już raz widziałem, jak poradził sobie z dwoma takimi, większymi niż pan. Lepiej dać sobie spokój. Mówią — barman ściszył głos, a Mirek mimowolnie nachylił się do niego — że pracuje dla ważnej szychy. To bandzior, panie Mirku.

— Taaak? A jak się nazywa ten komandos? — Mirek, nabuzowany, wciąż nie dawał za wygraną.

— Mówią na niego Bolek. Tyle wiem — powiedział barman, po czym odszedł nagle do dwóch gości po drugiej stronie lady, którzy już od dłuższego czasu domagali się obsługi.

Nowy tydzień
Mieszkanie Nawrockiego. Wtorek, wieczór

Małgorzata i Jaś wyjechali w niedzielę.

Jak było umówione, przyszło dwóch facetów z wydziału wewnętrznego. Nawrocki nawet jednego znał, przywitali się dość serdecznie. Koledzy komisarza byli opiekuńczy i taktownie milczący. Zabrali walizki, usadzili pasażerów w samochodzie — nie zapomnieli nawet o foteliku dziecięcym dla Jasia — i ruszyli bez zbędnych ceregieli. Nawrocki stał na parkingu, dopóki światła wozu nie zniknęły mu z oczu, gdy ten skręcił w prawo, w Puławską.

Wieczorem się upił. Surfował bezrefleksyjnie po telewizyjnych kanałach i nalewał sobie kolejne porcje wina. Dawno już zrezygnował z innych alkoholi. Po licznych próbach wiedział, że wino przyswaja najlepiej. Kac nie był tak uciążliwy jak po whiskaczu czy piwie. Jakiś czas temu przestał też mieszać. W młodości złopał sporo piwa, a doprawiał się winem, by zasnąć bez problemów. Teraz samo wino starczało aż nadto.

Ale nie dzisiaj. Kiedy skończył butelkę, zatęsknił nagle za ouzo. Lecz wszystkie zapasy, kilka małych butelek przywiezionych mu z Krety przez kumpla, już dawno rozpracował. Trzeba było więc otworzyć nową butelkę pacific coast, taniego chilijskiego cienkusza, którego kupował zazwyczaj w nocnym sklepie Laguna albo na małej stacji benzynowej na rogu Puławskiej i Malczewskiego. Dawało się go pić, a i cena była przystępna. Kiedyś katował się bułgarską sophią, nabywaną w supermarketach, ale teraz było to ponad jego siły. Jakiś czas temu nawet kupił, na próbę, sophię merlot, i też nie dał rady. Wylał niemal całą zawartość do zlewu, co Małgorzata przyjęła z niekłamanym zdziwieniem. Nawrocki alkohol zwykł szanować. Bułgarzy przeszli jednak samych siebie i tej lury zwyczajnie nie dawało się pić. — Chyba gust mi się z wiekiem wysubtelnił — odparł, widząc pytający wzrok żony.

W poniedziałek obudził się spocony, z bólem głowy. Spóźnił się do pracy, ale przecież nikt tak naprawdę go nie kontrolował. Zupełnie nie umiał się pozbierać. Wytrącony z rutyny życia, która wydawała mu się do tej pory obciążeniem, miotał się między łazienką a kuchnią. Dobrze wyćwiczone czynności, zazwyczaj wykonywane niemal automatycznie, teraz przychodziły mu z trudem. A i w robocie nie bardzo mu szło. Pewnie dlatego, że nie bardzo też miał pomysł, co robić. Żadnego planu. Wiedział tylko, że powinien czekać. Może ten zastój zwiedzie tajemniczego przeciwnika od telefonów z pogróżkami? — zadawał sobie retoryczne pytanie.

Przesiadując w służbowym pokoju, raz po raz przeglądał papiery Przybyszewskiego. Pod koniec dnia znał je niemal na pamięć. Ale niczego nowego nie wymyślił.

Mirek wpadł ze słabo maskowaną nadzieją na jakieś zadanie, lecz poirytowany komisarz spławił go z miejsca.

— Czekamy na odzew od Klejnockiego — tak wytłumaczył współpracownikowi bezczynność. Postanowił bowiem, że nie będzie rozmawiał z Mirkiem o problemach z szantażem. Chociaż nie miał też złudzeń, że jakaś plotka pewnie już do niego doszła. Takie rzeczy jak rozmowa z psychologiem i jej przyczyny natychmiast stawały się przedmiotem korytarzowych spekulacji.

Pod koniec dnia dostał wiadomość od Jurka z gospodarczego. Jurek przepraszał, że się spóźnił, ale zapewniał, że robił, co tylko mógł. Przejrzał wykaz spraw prowadzonych przez jego sekcję, pogadał też z kumplami i wyszło na to, że Stanisław Przybyszewski nie figurował w żadnej z prowadzonych spraw. Owszem, były liczne doniesienia, także anonimowe, sugerujące rozmaite przekręty w Biurze Architekta, w nadzorze budowlanym i w służbach miejskich, zajmujących się gruntami oraz pozwoleniami na budowę czy remontami. Pewne dochodzenia były już w toku, inne planowane, a inne miały się wykluć lada moment. Ale nawet tam, gdzie jedynymi informacjami były plotki i niesprawdzalne pomówienia, o nazwisku Przybyszewskiego nie było mowy.

Nawrocki podziękował. Wcześniej dostał informację, że w śledztwach łapówkarskich jego klient nie figurował. A zatem znów ślepy tor, lecz to akurat niezbyt komisarza zmartwiło. Gdyby okazało się inaczej, musiałby się najpewniej zrzec sprawy i oddać ją komu innemu. A już był w nią wciągnięty, więc — mimo chwilowej frustracji — nawet lekko poprawił mu się humor.

W drodze do domu Nawrocki wysiadł z tramwaju przy Lagunie i kupił dwie flaszki pacific coast. Razem trzy dychy. Był koniec miesiąca i na koncie komisarza spoczywały resztki pensji. Środki z karty kredytowej już dawno zużył. Tak było już od lat. Żyli z Małgorzatą od pierwszego do pierwszego, niekiedy ratując się pożyczkami od rodziny i znajomych. Żadnych oszczędności i ciągła troska o to, czy wystarczy. Ale Nawrocki nie umiał zrezygnować z wina, choć wydatki na alkohol stanowiły istotną część ich budżetu domowego. Małgorzata nawet czyniła w tym względzie jakieś aluzje. „Czy to już alkoholizm?" — myślał Irek, siedząc znów przed telewizorem i biernie wpatrując się w ekran. Na TVN 24 leciał właśnie serwis wiadomości, ale komisarz oglądał newsy bez emocji.

Karambol na A4. Mąż zamordował żonę i dziecko, a potem popełnił samobójstwo, wieszając się w łazience. Premier poleciał na szczyt NATO, gdzie ma rozmawiać o zaangażowaniu sojuszu w Afganistanie. Gaz może podrożeć od przyszłego roku. Reforma podatków kuleje.

Miał to w nosie.

— Jedno wielkie gówno! — Nawrocki nalał sobie kolejną szklankę i pomyślał o rodzinie. U nich w porządku, dzwonił już dwa razy na komórkę Małgorzaty. Siemiatycze to istny koniec świata, ale szczęśliwie był tam zasięg, choć słabiutki i rwany. Zainstalowali się, Jurkowie są bardzo mili i wyrozumiali, pogoda niezła. Małgorzata była z Jasiem na długim spacerze nad rzeką. W gospodarstwie obok krowa urodziła cielę. Poród przebiegał z powikłaniami, musiał przyjechać weterynarz, zbiegło się pół wsi. Impreza w remizie strażackiej skończyła się ogólnym mordobiciem. Przyjechała policja i wybuchła lokalna afera, bo aresztowali syna wójta, podobno był bardzo agresywny. Normalne sprawy.

Położył się do łóżka, kiedy już porządnie szumiało mu w głowie. Zanim zasnął, zdążył jeszcze pomyśleć, że początek następnego dnia znów będzie ciężki.

I nie pomylił się. W komendzie zrobił sobie mocną kawę, już trzecią tego poranka. Dwie pierwsze wypił w domu, gdy tylko zwlókł się z barłogu, jaki uczynił nocą z pościeli. I znów obudził się spocony, z trzęsącymi się rękami. Trzeba będzie wreszcie odwiedzić lekarza. Zwlekał z tym, ile mógł. Popijał gorący napój, z niechęcią planował badania i odwiedziny u doktora Wojciechowskiego. Cholesterol, cukier — to są dopiero, kurwa, problemy! Miał znaczną nadwagę i złe wyniki analiz. Doktor Wojciechowski za każdym razem z troską charakteryzował stan jego organizmu, kreśląc apokaliptyczne perspektywy. Zawał, udar, cukrzyca. Piękna przyszłość, nie ma co!

Z rana wpadł jeszcze Mirek z drobną sprawą.

— Szefie! — rzucił od progu. — Dzwonił jakiś zagraniczniak i koniecznie chciał z panem rozmawiać. Sekretarka naczelnika, cała spanikowana, coś tam wydukała po angielsku, mam nadzieję, że zrozumiał. Będzie jeszcze dzwonił.

— A ty nie mogłeś pomóc? — rzucił Nawrocki z niechęcią.

— Ale tam! Szef przecież wie, że u mnie z angielskim nietęgo. Umiem tylko senkju i fakju. A on trajkotał jak nakręcony.

— Dobra, Mirek. Zadzwoni, to pogadam. Teraz daj mi spokój. Chciałbym pomyśleć w samotności.

Sierżant najwyraźniej chciał jeszcze coś powiedzieć, ale ostatecznie darował sobie i poszedł.

Telefon zadzwonił właśnie wtedy, gdy komisarz już przysypiał, kołysząc się lekko w fotelu. Sekretarka naczelnika z wyraźną ulgą przekierowała natychmiast rozmowę. Po drugiej stronie linii Nawrocki usłyszał głos Sørena, inspektora z kopenhaskiej policji municypalnej, z którym zakolegował się w Brukseli podczas narady poświęconej nowym technikom śledczym, jakie zaczął wprowadzać Interpol. Na międzynarodowe zjazdy o refleksyjnym charakterze komendant chętnie delegował Nawrockiego. Raz, że komisarz mówił doskonale po angielsku, dwa, że dał się poznać jako sprawny referent. Søren szukał kontaktu z kimś zaufanym, kto robi w narkotykach. Miał jakąś ważną sprawę, o której nie chciał zbyt wiele mówić. Nawrocki doskonale rozumiał duńskiego kolegę. Sam postąpiłby dokładnie tak samo.

Dał mu więc telefon do Jacka, którego nieźle znał i o którym wiedział, że jest gwiazdą stołecznej brygady antynarkotykowej w CBŚ.

I to by było na tyle. Wtorek minął podobnie jak poniedziałek. Papiery Przybyszewskiego i żadnych nowych pomysłów. Nawrocki czuł się jak urzędnik w magistracie. Rutyna i nuda. Nuda i rutyna. Pod koniec pracy złapał się na tym, że potrafi tylko planować kolejny wieczór w towarzystwie butelki.

U Małgorzaty i Jasia wszystko było w porządku. Zadzwonił, wiedząc, że żona tego oczekuje. Potrzebowała wsparcia i Nawrocki starał się ze wszystkich sił. Kiedy jednak kończył rozmowę, miał wrażenie, że właśnie odwalił pańszczyznę. Ale przecież brakowało mu gwaru i zwykłego harmidru w domu. Nie umiał jednak wykrzesać z siebie entuzjazmu, gdy rozmawiał z Małgorzatą przez telefon. Trochę zapewnień i zaklinań, że ze strony policji sytuacja jest pod kontrolą, a poza tym tylko: dobrze? dobrze! wszystko gra? Tak! I już. Małgorzata była przygaszona i niespokojna. Ale czego się w końcu spodziewać?

Przytargał do domu dwie nowe butelki. Ale zanim je otworzył, odpalił jeszcze komputer, by sprawdzić maile.

Ku swemu zaskoczeniu znalazł w poczcie, obok spamów reklamujących środki wspomagające potencję, wiadomość od doktora Klejnockiego. Naukowiec pisał, że udało mu się ustalić kilka ważnych spraw i że chciałby o tym porozmawiać. Mail był tyleż enigmatyczny, co intrygujący.

Komisarz podjął decyzję natychmiast. Tego w końcu chciał. Oczekiwał na jakiś ruch — którejkolwiek ze stron. Jego prześladowcy milczeli, odezwał się natomiast kłopotliwy, ale — na co po cichu liczył — produktywny sojusznik.

Zadzwonił więc do Mirka i nie przejmując się zupełnie tym, że jego współpracownik jest w środku jakiejś imprezy, polecił mu stawić się z rana w pracy. Zapowiedział, że pojadą do Radomia, by porozmawiać z Klejnockim. Wiedział, że Mirek od dawna marzył, by spotkać się osobiście z naukowcem. I że tęsknił za jakąś akcją.

Miał rację. Mirek był wniebowzięty.

Warszawa—Radom. Środa, przed południem

Ruszyli przed siódmą. Komisarz już wcześniej załatwił służbowe auto. Właściwie to wymusił, by takie czekało na niego w pogotowiu dzień i noc. Szef parku samochodowego, słysząc prośbę kolegi, tylko popukał się w głowę, ale zrobił, co mógł. Zdezelowany i skorodowany polonez to nie było to, co tygrysy lubią najbardziej, ale na bezrybiu i rak ryba.

Kłopoty z taborem były od zawsze. Choć trzeba przyznać, że ostatnimi laty sytuacja zmieniła się na lepsze. Nawrocki pamiętał jeszcze czasy, kiedy zdarzało mu się jeździć rozklekotanymi nyskami czy żukami. Aż bał się sam prowadzić i zawsze brał kierowcę. Potem, już po upadku muru berlińskiego, kupiono od Niemców wartburgi z silnikami golfa. To dopiero były cudaczne pojazdy! Szybko się rozleciały, kompletnie nie sprawdzając się ani w roli nie oznakowanych radiowozów — jeżdżący nimi chłopcy po prostu się wstydzili — ani jako zwyczajne wozy służbowe wydziału kryminalnego.

Teraz dysponowali porządnymi golfami, passatami i lanosami. Było też kilka nowych opli. W głębokiej rezerwie trzymano jednak kilka co sprawniejszych polonezów, choć i tak wyglądały jak wraki.

Jechali więc dość wolno. Nawrocki miał przeczucie, że jeśli tylko trochę poszarżuje, to auto zwyczajnie rozkraczy się gdzieś w polu.

A Mirek wciąż gadał. Był lepszy od radia. Wciąż dopytywał się o Klejnockiego. A jaki jest, czego można się po nim spodziewać, jak on sam ma się zachować. Irek cierpliwie odpowiadał na pytania, ale już gdzieś za Grójcem zaczął żałować, że nie dał współpracownikowi poprowadzić. Może by się trochę przymknął. Spróbował raz i drugi go uciszyć, ale Mirek umiał pomilczeć zaledwie kilka minut. Jak już zaspokoił swoją ciekawość, to zaczął opowiadać o Dorocie, o tym, że planują ślub, ale mają wciąż kłopoty finansowe, więc ciągle przesuwają termin. Że teściowie fajni, ale rodzeństwo Doroty chyba nie jest zadowolone z tego, że siostra ma wyjść za glinę. Że planują wakacje nad morzem. Że pogoda dobra i nieźle się jedzie. Potem przyszedł czas na ploty z pracy. Komisarz słuchał jednym uchem, machinalnie przytakując.

I tak się telepali. Dobrze, że choć droga nie była zatłoczona.

Do aresztu dobrnęli koło dziewiątej.

Tym razem obyło się bez pośrednictwa naczelnika. Na portierni przywitał ich jeden z oficerów, najwidoczniej wprowadzony w sprawę i uprzedzony przez sekretarkę szefa aresztu, z którą komisarz rozmawiał przez komórkę podczas krótkiego postoju na kawę. O nic nie pytał, tylko po zdawkowej wymianie grzeczności poprowadził ich labiryntem korytarzy. Nie pojechali windą — a to znaczyło, że doktora Klejnockiego ulokowano gdzieś na parterze. I rzeczywiście. Więzień zajmował teraz obszerną celę, najwyraźniej niegdyś kilkuosobową.

Na środku znajdowało się wielkie biurko. „Pewnie to, które stało przed wymianą mebli w gabinecie naczelnika" — z sarkazmem pomyślał Nawrocki. A na biurku — komputerowa maszyneria jak z kosmicznego laboratorium. Poza tym całe pliki papierów, jakieś wydruki, książki ułożone jedne na drugich, broszury, cholera wie co jeszcze. Podobny bałagan panował na podłodze. Klejnocki powitał komisarza kordialnie, jakby byli dobrymi znajomymi od lat. Mirkowi tylko skinął głową, domyślając się, że jest jedynie pomocnikiem oficera. „Zawsze sprawiał wrażenie aroganta" — przemknęło przez myśl Nawrockiemu.

Jedna rzecz nie uległa zmianie. Nadal rozmawiali przez szybę. W tej materii naczelnik był niewzruszony i nie pozwolił na zawieszenie regulaminu.

Więzień czuł się w tej przestronnej celi jak w domu. Zasiadł naprzeciwko komisarza z kawą w jednej, a ze sporą ilością papierów w drugiej ręce. W ustach przygryzał fajkę, puszczając od czasu do czasu kłębki dymu. Mirek taktownie usadowił się za szefem i wyciągnął notatnik. Klejnocki, po zdawkowym pozdrowieniu, jakby go nie zauważał.

— Jak się panu podoba moja nowa pracownia, panie komisarzu? — zapytał retorycznie.

— Czy ze wszystkiego jest pan zadowolony? — odwzajemnił się pytaniem Nawrocki.

— A i owszem. Gazety dostaję, jedzenie się poprawiło. No i nikt mi nie zagląda przez ramię, kiedy pracuję. Na marginesie, muszę przyznać, że mój drogi naczelnik to całkiem chytra bestia. Proszę sobie wyobrazić, że przyprowadza tu chyba wszystkie wizytacje i kontrole. Jakieś trzy już tu były. Nasze i zagraniczne. On zna języki obce, wyobraża pan sobie? No, co najmniej angielski i francuski, bo sam słyszałem. I wie pan, co on im opowiada? Że oni mi tu umożliwili pracę naukową, że kończę habilitację, jestem znanym badaczem i takie tam pierdoły...

— No i?

— No i cmokają z zachwytu, kiwają głowami i idą dalej pod wrażeniem jakości naszego przybytku — zaśmiał się doktor. — Robię tu za przedstawiciela potiomkinowskiej wsi.

— A jak tam nasze sprawy? Przyznam, że zaskoczył mnie pan tym mailem. Albo raczej tempem pracy.

— Prawda? — Klejnocki był wyraźnie uradowany. — Musi pan wiedzieć, komisarzu, że nie zasypiałem gruszek w popiele i coś dla pana mam.

— Coś?

— Nawet całkiem sporo. Niech się pan nie obawia, że prosiłem pana o fatygę na próżno. Zaraz pan zobaczy. To znaczy, usłyszy — poprawił się doktor.

— No to proszę, zamieniam się w słuch.

— Ejże, jak to tak? Od razu? Bez gry wstępnej?

— Proszę przejść do rzeczy albo zlikwidujemy panu tę jednoosobową katedrę!

— I po co te groźby? Już dobrze, niech się pan nie obraża.

— Nie obrażam się. Powie mi pan coś wreszcie? — ciężko westchnął.

Klejnocki nie odpowiedział, tylko — odstawiwszy kubek z kawą — zaczął wymownie przeglądać notatki. Nawrocki milczał. Postanowił, że będzie trzymał nerwy na wodzy.

— Oczywiście. Mam dla pana kilka ważnych informacji — odezwał się w końcu doktor, jakby nic nie zaszło.

— No to proszę. — Za plecami Nawrocki usłyszał szelest papieru.

— Rzecz nie jest taka prosta, jakby mogła się wydawać — pokręcił głową doktor. — Będzie się pan musiał uzbroić w cierpliwość, bo mam tu niemały akapit do wygłoszenia.

— Czyli chce pan powiedzieć, wykład?

— No tak, w zasadzie tak. Inaczej będzie pan miał kłopoty z ogarnięciem istoty sprawy — zastrzegł się natychmiast więzień.

— Chyba mnie pan jednak nie docenia.

— Przeciwnie. Doceniam, a jakże. Jak najbardziej. Tylko że to jest naprawdę skomplikowane. Także dla mnie. Naprawdę — powtórzył Klejnocki. Przez moment komisarzowi wydawało się, że jego ekspert sprawia wrażenie dziwnie zdezorientowanego. Dał znak Mirkowi, by włączył dyktafon.

— Hmm. Zatem... Zacznijmy tak: czy czytał pan powieść Juliusza Verne'a *20 000 mil podmorskiej żeglugi*? Proszę nie odpowiadać, to było tylko pytanie retoryczne — powiedział szybko doktor, widząc, że komisarz już otwiera usta. — Przecież wiem, że pan czytał. Dobrze. A pamięta pan mniej więcej, o co w tej powieści szło?

— Pewnie. Jak mógłbym zapomnieć? Ale co to ma... — nie wytrzymał Nawrocki.

— Proszę! — Klejnocki podniósł teatralnie rękę. — Zaraz wszystko będzie jasne. Nie chcę pana przepytywać z treści. Chodzi mi o osobę głównego bohatera.

— Nemo?

— Oczywiście! Pan pamięta, że to hinduski arystokrata, książę Dakkar, który mści się na Brytyjczykach za okupację ojczyzny? Kiedy w tysiąc osiemset pięćdziesiątym siódmym roku wybucha w Indiach bunt sipajów, on staje na czele powstania. Powstanie upada, a Anglicy wymordowują całą rodzinę księcia. Postanawia się więc zemścić. Spienięża cały swój gigantyczny majątek, by wybudować „Nautilusa" w stoczni położonej na odludnej wyspie. To właśnie owa „Tajemnicza wyspa" z kolejnej książki Verne'a. Zresztą, mniejsza z tym. Nemo, a to znaczy po prostu „Nikt" — tu pewnie czytelna aluzja do Odyseusza, który tak właśnie przedstawił się cyklopowi Polifemowi — doktor nie mógł okiełznać własnej erudycji — staje się samotnym mścicielem, który zatapia brytyjskie statki i okręty, biorąc w ten sposób odwet za klęski swego narodu. Można powiedzieć, stosując współczesną frazeologię, że jest międzynarodowym terrorystą. Rozumie pan, takim Osamą bin Ladenem dziewiętnastego wieku. — Klejnocki, wyraźnie zadowolony z siebie, przełożył kartki na biurku.

Nawrocki siedział nieporuszony.

— Tak, historia bardzo wzruszająca, robi wrażenie. Ale — tu znów Klejnocki podniósł rękę w wymownym geście — mało kto wie lub pamięta, że pierwotnym głównym bohaterem tej powieści miał być Polak, który mści się na Rosjanach za klęski kolejnych powstań narodowowyzwoleńczych, a osobliwie powstania styczniowego!

— Słucham? — Nawrocki poruszył się na krześle.

— Tak jest! *20 000 tysięcy mil* ukazało się w roku tysiąc osiemset siedemdziesiątym, ledwie kilka lat po upadku naszej insurekcji. A że powstanie powieści ma związek z polską historią — są na to dowody. Wypada choćby pamiętać o uniwersyteckiej broszurce *Verne i Polacy*, znanego badacza tego okresu, profesora Pawła Dunin-Wąsowicza, skądinąd autorytetu, jeśli idzie o literaturę popularną tego stulecia. Dowodzi on niezbicie, że pierwowzorem Nemo był Polak, ale wskutek interwencji wydawcy, który nie życzył sobie, by książka jątrzyła dobre w owym czasie stosunki francusko-rosyjskie, Verne, mimo wahań i wyraźnej fascynacji Polakami, zdecydował się w końcu przeredagować książkę i głównym bohaterem uczynić Hindusa.

— I co, tak łatwo zrezygnował z pierwotnych zamierzeń? — Nawrocki nie mógł się powstrzymać od wyrażenia wątpliwości.

— Pierre-Jules Hetzel interweniował bardzo skutecznie. Koniunkturalizm polityczny to jedno, ale wydawca miał też w Rosji wielu prenumeratorów, którym zapewne nie w smak byłyby polskie narodowowyzwoleńcze sprawy. Wszelako ten argument, przytaczany tak chętnie przez licznych interpretatorów, jawi się jako zupełnie nonsensowny. Bo w Imperium Brytyjskim książki wydawnictwa były równie popularne. Z pewnością mszczący się na okupantach Hindus nie mógł budzić sympatii u czytelników z Imperium. Tych bardziej konserwatywnych, rzecz jasna, a to znaczy — raczej większości. Czyli jednak jakieś pokrętne polityczne względy wzięły tu górę. Swoją drogą ciekawe, że Verne dał się tak łatwo namówić na zmiany. To tylko świadczy, że pisarz nie był człowiekiem zdolnym do obrony własnych tez i fascynacji. To tak — dla pamięci. Skądinąd wiadomo — przypomina sprawę Dunin-Wąsowicz — że Verne jednak się przeciwko dyktatowi wydawcy zbuntował. Nastąpiło to w tysiąc osiemset siedemdziesiątym siódmym roku, przy okazji publikacji powieści *Hector Servadac*, która opowiada o zjawisku antysemityzmu. Nas tutaj bardziej jednak interesuje geneza powieści o Nemo i jej główny bohater. Bo jeśli to miał być rzeczywiście Polak, trzeba zapytać, czy można mówić tu o konkretnym człowieku?

— Czy to się n a p r a w d ę wiąże z moją sprawą? — komisarz, korzystając z pauzy w wywodzie Klejnockiego, który właśnie nabierał powietrza do płuc, nie omieszkał wtrącić się z własnymi rozterkami. Wizja lunchu oddalała się bowiem coraz bardziej, a brzuch Nawrockiego zaczął już wydawać alarmujące sygnały. Żołądek Mirka musiał również dostroić się do sytuacji, bo komisarz dałby słowo, że usłyszał za sobą przeciągłe burczenie.

— Najzupełniej! — Klejnocki był nieugięty. — Chodzi o to, że Verne miał swój pierwowzór. Dunin-Wąsowicz powiada zresztą wprost, że był nim nie kto inny, tylko... Uwaga, uwaga! Michał Czajkowski!

— Co? — wyrwało się komisarzowi. Znak zapytania za jego plecami rozrósł się do monstrualnych rozmiarów.

— Yes, yes, yes! — Klejnocki triumfował. — Już panu mówię. Ten pana Czajkowski to bardzo barwna

183

postać. Życiorys godny scenariusza filmowego. Prze-
milczę tu jego dokonania literackie, bo te akurat nie są
w kontekście pana zainteresowań istotne, choć może
warto, by pan wiedział, że był całkiem sprawnym literatem, zarabiającym zresztą na swych powieściach
godziwe pieniądze. Ale że miał skłonność do konfa-
bulacji, a zatem dysponował wyobraźnią artystyczną,
jest już bardziej znaczące.

— Czemu? — Nawrocki niepostrzeżenie dla siebie samego dał się wciągnąć w opowiadaną historię.
Gdyby w tej chwili zerknął za siebie, zobaczyłby,
że Mirek cierpi. Sierżant przestał cokolwiek rozu-
mieć. Zdezorientowany skupił się na obserwowaniu
rozmówców.

— Czemu? Bo, proszę pana, skoro ktoś umie wy-
myślać fabuły na użytek literatury, to znaczy, że może
też wymyślić fabułę na użytek rzeczywistości.

— Nie bardzo...

— Już, już, zaraz wszystko wytłumaczę. Otóż
Czajkowski był niewątpliwym patriotą, choć pod koniec życia zdarzyły mu się jakieś rusofilskie epizody.
Ale też znajdują one uzasadnienie. A więc mamy
tego syna szlacheckiego, pochodzącego z bogatej
szlachty wołyńskiej, który brał udział w powstaniu
listopadowym w słynnym pułku Różyckiego. Po klę-
sce znalazł się na krótko w Galicji, skąd wyjechał do
Francji, gdzie związał się z konserwatywnym ugrupo-
waniem politycznym Hôtel Lambert księcia Czarto-
ryskiego. Wiadomo, że reprezentował jego polityczne
interesy w Rzymie, a potem w Stambule. Niektórzy

badacze, jak choćby Emeryk Niewiadomski, twierdzą wręcz, że był tak zwanym agentem wpływu. Wszystko to dzięki licznym koneksjom oraz — podobno — niebywałej energii i sile przekonywania. Ponieważ Rosja interweniowała w jego sprawie u władz tureckich, by uniknąć deportacji, przeszedł w roku tysiąc osiemset pięćdziesiątym na islam i od tej pory znamy go jako Mehmeda Sadyka. Nie był zresztą ani pierwszy, ani ostatni, bo podobnie uczynił również na przykład generał Bem. Znaczna część emigracyjnego środowiska potępiła ów czyn, ale wszystko wskazuje na to, że nawrócenie Czajkowskiego było kamuflażem, bo jego działalność wciąż naznaczona była głębokim patriotyzmem. Świadczy o tym choćby jego zaangażowanie w czasie wojny krymskiej. Turcja, jako przeciwnik Rosji, stała się wtedy naturalnym sojusznikiem sprawy polskiej. W końcu Mickiewicz też w Turcji starał się utworzyć Legion Polski. Takie to powikłane losy i godna podziwu determinacja były udziałem polskich patriotów w tym okresie. W każdym razie Czajkowski uaktywnia się w czasie wojny krymskiej, kiedy tworzy formację wojskową kozaków otomańskich. Pozostaje ich dowódcą aż do roku tysiąc osiemset siedemdziesiątego. Ale w roku tysiąc osiemset sześćdziesiątym szóstym umiera jego ukochana i najprawdopodobniej wspólniczka w działaniu — Ludwika Śniadecka — z którą, wszystko na to wskazuje, wziął potajemny ślub muzułmański. Nawiasem mówiąc, musiała to być niezwyczajna i pewnie też bardzo urodziwa kobieta. Kochał się w niej między innymi Juliusz Słowacki, a ten przecież był wybredny. Fakt, że Ludwika związała się w końcu z Czajkowskim, może tu być całkiem ważną informacją, bo utwierdzającą nas w przekonaniu, że Sadyk Pasza musiał być nietuzinkową postacią... Tak! I tu następuje w życiorysie Czajkowskiego niezrozumiała wolta, którą zwykło się tłumaczyć depresją osobistą i niepowodzeniami politycznymi. Sadyk pomału wycofuje się z działalności polityczno-militarnej w Turcji, wreszcie deklaruje — dość mętne zresztą — sympatie panslawistyczne.

— Jakie?

— Taki pogląd o jedności wszystkich narodów słowiańskich, dość dziwaczny, ale w Rosji popularny do dziś. Mickiewiczowi też, choćby w wykładach paryskich, zdarzało się głosić podobne sympatie. Znawcy mówią, że ich inspiratorem był mistyk Andrzej Towiański, o którym chodzą plotki, że tak naprawdę był agentem Moskwy...

— Trochę się już pogubiłem... — zniecierpliwił się Nawrocki.

— Chwilę cierpliwości. No i Czajkowski zaczyna wygłaszać te enuncjacje panslawistyczne, podkreślając dominującą rolę Rosji. A zatem deklaruje w ten sposób coś w rodzaju lojalności wobec naszego zaborcy.

— Zdradził?

— Ha! — Klejnocki zawiesił dramatycznie głos. — Otóż oficjalna interpretacja mówi, że stracił wiarę w sprawę, o którą walczył przez całe życie. Że poczuł się przegrany i stąd właśnie ta ideowa wolta.

Zamilkł, popił z kubka i pochylił się nad notatkami.

— Rozumiem, że pan ma inny pogląd? — spytał Nawrocki.

— Oczywiście! — doktor ożywił się natychmiast. — Dzięki tej deklaracji Czajkowski mógł wrócić na Ukrainę, do swych rodzinnych włości. Domniemywam, że po pierwsze, chciał być bliżej spraw polskich i jednocześnie wewnątrz carskiego imperium, a po drugie, że tym aktem lojalności wobec rosyjskiego tyrana chciał odwrócić uwagę tajnych służb od swych prawdziwych intencji.

— No dobrze, ale jak to się ma do znajomości Verne'a i Czajkowskiego?

— Tak, tak. Jeśli idzie o Verne'a, to twierdzę — choć opieram się tu na poszlakach — że spotkał Czajkowskiego we Francji i zafascynował się pewnymi projektami, które tenże mu przedstawił. Szło o zemstę na Rosji i o wizję pewnych, z dzisiejszego punktu widzenia — terrorystycznych działań, które Czajkowski planował. Dlatego zainspirowany znajomością z Polakiem, Verne uczynił w pierwszej redakcji swej powieści bohaterem właśnie kogoś, kto mu go przypominał.

— Chyba pan nie twierdzi, że Czajkowski wymyślił tę łódź podwodną i...

— Łódź podwodna i cała opowieść to już jest licentia poetica samego Verne'a. Mnie tu idzie o inspi-

rację, o — by tak rzec — zapłodnienie intelektualne
i ideowe pisarza samym pomysłem.

— Ale...

— Przecież to jasne! — zirytował się Klejnocki.

— Spotkali się w Paryżu i wówczas Czajkowski musiał Verne'owi, do którego z jakichś powodów poczuł zaufanie, przedstawić projekt działań odwetowych wobec naszego zaborcy. A jaką bronią dysponują zniewolone narody albo przegrani wobec znacznie silniejszego przeciwnika? Tylko aktami terroru! Opisał to zresztą Mickiewicz w *Konradzie Wallenrodzie*, którego potem sam potępił, bo mu się odwidziało i przeszedł na pozycje ewangelicznej spolegliwości. Dlatego właśnie Nemo w pierwszej redakcji powieści miał być Polakiem, który mści się za narodowe klęski na carskiej Rosji! To były wtenczas szalenie popularne idee. Wiek dziewiętnasty, a zwłaszcza jego druga połowa, obfituje przecież w przykłady działań terrorystycznych, nieprawdaż? A zresztą nasze czasy również, bo mechanizmy polityczne nie zmieniły się aż tak bardzo. Trzeba dopiero było, żeby pojawił się Nietzsche i ogłosił, że bunt niewolników jest tylko aktem sankcjonującym władzę tyrana. Co oczywiście nie wpłynęło w żaden istotny sposób na bieżącą politykę i rzeczywistość. Trudno w końcu oczekiwać od islamistów spod znaku Al Kaidy, żeby znali Nietzschego i brali sobie jego teorie do serca...

— To bardzo interesujące, panie doktorze, ale chciałbym jednak usłyszeć o związku tej zajmującej historii z moją sprawą — odrzekł podminowany komisarz.

— Otóż jestem przekonany, że Czajkowski swych planów, które w czasie rozmów z Verne'em były dość mgliste, wcale nie porzucił. Będąc w Turcji — to hipoteza — zawiązał organizację terrorystyczną, która miałaby działać na szkodę Rosji. Dywersja, terror indywidualny, działania destabilizacyjne. Nie na skalę lokalną, tylko globalną. Europejską, a może i światową. Bo tylko, jak Mickiewicz pisał w *Księgach narodu i księgach pielgrzymstwa polskiego*, w wojnie powszechnej, wojnie narodów, tliła się szansa na odzyskanie przez nas niepodległości. Jak możni tego świata rzucą się sobie do gardeł, to jest właśnie nasza nadzieja. Gdzie kilku się bije, to stojący z boku, niedoceniony, korzysta. Ten terror miał doprowadzić do ogólnoeuropejskiej konfrontacji militarnej. O tym marzył Czajkowski. Przeznaczył na realizację tego celu cały swój majątek, w czego efekcie potem umarł w nędzy. Gdy zrozumiał, iż nie ma szans na rychłą realizację tych zamierzeń i rozczarował się efektami swych działań, popełnił samobójstwo. Zresztą, może w grę wchodziły też i inne, nie znane nam, względy...

— No dobrze, a to jego nawrócenie na lojalizm wobec Rosji? — Nawrocki podjął rozumowanie naukowca.

— Prosta zmyłka, drogi panie. Rozruszał mechanizm, poświęcił pieniądze i postanowił zmylić ślady, by oddalić ewentualne podejrzenia. Może uznał, że tylko odcięcie się od związków z organizacją pozwoli ją uchronić od inwigilacji carskiej ochrony. A ta, musi pan wiedzieć, uchodziła w tym czasie za najlepszą policję polityczną na świecie. I jeszcze coś panu powiem. To był akt niezwykłej, heroicznej wręcz, odwagi. Prawdziwe poświęcenie...

Zapadła nagła cisza.

— A jak zabił się Czajkowski? — zapytał po chwili komisarz.

— Użył pistoletu, ale umierał niemal dobę, bo strzał nie był śmiertelny. Oficjalna wersja brzmi, że targnął się na własne życie z powodu depresji, starości i nieudanego związku z drugą żoną.

— A pan w to nie wierzy?

— Wciąż jestem w trakcie poszukiwań dowodów. Czekam na rozmaite materiały, jestem też umówiony na kilka internetowych czatów. To trochę potrwa, ale jestem pewien, że będzie pan usatysfakcjonowany moimi ustaleniami.

— Zdaje się, że przez swoją naiwność zafundowałem panu darmowe badania naukowe.

— Bardzo się pan myli, panie komisarzu. Nie powiedziałem jeszcze wszystkiego. A jak powiem, to całkowicie zmieni pan zdanie.

— Pan żartuje!?

— Proszę bardzo — odrzekł obruszony nieco Klejnocki i przełożył papiery. — Służę. Interesującą dla pana, dla mnie mniej, kwestią są fundusze, które Czajkowski zgromadził. Zdaje pan sobie sprawę, że skoro planował działalność na szeroką międzynarodową skalę, to musiał się też liczyć z niebotycznymi, jak na tamte czasy, wydatkami. Powieściowy Nemo Verne'a, przypominam, poświęcił cały swój bajeczny majątek maharadży, by wcielić w życie plan budowy okrętu podwodnego. Podobnie pewnie postąpił Czajkowski.

— To wszystko na wodzie pisane, panie doktorze!

— Wcale nie! Znalazłem ślady licznych transakcji finansowych, które Czajkowski przedsiębrał zarówno będąc jeszcze w Turcji, jak i po swoim powrocie na Ukrainę. Sprzedawał ziemię odziedziczoną po przodkach na Wołyniu, nieruchomości we Lwowie — co najmniej dwie kamienice — a wreszcie nawet rodowe kosztowności. To by też rzucało zupełnie nowe światło na jego pożycie małżeńskie z tą Greczynką, która była taką kutwą! Ale gdyby przyjąć, że nasz bohater rzeczywiście dobrowolnie wyrzekał się niemal wszystkich materialnych luksusów, co małżonce, skazanej w ten sposób na swoistą życiową wegetację, nie mogło się podobać, to nie ma się co dziwić, że robiła mu z tego powodu awantury.

— Wie pan coś więcej na temat tych funduszy?

— Właśnie! Niczego nie mogłem się dokopać. Albo więc zostały zużyte — ale wtedy jakiś ślad by pozostał, albo...

— Albo?

— Albo część z nich została nienaruszona. I na przykład gdzieś ukryta. W oczekiwaniu na lepsze czasy i lepszą koniunkturę polityczną. Tak więc, panie komisarzu, być może w pańskiej sprawie idzie o te dawne kosztowności, zapewne niebagatelne, których miejsce ukrycia stało się dla kogoś jawne i ten ktoś robi teraz wszystko, by położyć łapę na skarbie.

Klejnocki skończył, a Nawrocki nie mógł się pozbyć wrażenia, że całe jego zaangażowanie, ta wyprawa, a wcześniej wszystkie spełnione zachcianki naukowca poszły na marne.

— Dziękuję, panie doktorze. Ale, powiem szczerze, chyba mnie pan pomylił z jakimś swoim kolegą po fachu albo z pisarzem drugorzędnych kryminałów. Chyba nie sądzi pan, że przedstawię przełożonym pańskie mgliste domniemania i zażądam ludzi oraz środków, żeby szukać skarbu? To wszystko wygląda tak, jakby pan pisał powieść, udając Verne'a! Kosztowności? Skarb? Przecież to dziecinada!

Klejnocki zamarł w pomnikowej pozie. W prawej ręce wciąż trzymał jakieś papiery, lewą zaś powoli oparł o stół. Na jego twarzy zagościło źle skrywane wzburzenie.

— Panie komisarzu — odrzekł, powoli cedząc słowa — jestem niezmiernie zdziwiony pana reakcją. Ja dokończę swoją pracę, bo taka była między nami umowa. Zwykłem się wywiązywać z podjętych zobowiązań. Jest pan w błędzie i to pan marnuje mój czas, nie ja pański! Dokończę całą rzecz, proszę na to pozwolić. Wszystko, co ustalę, prześlę panu mailem. W końcu — pacta sunt servanta.

Wypowiedziawszy te słowa, doktor demonstracyjnie odwrócił się do komisarza plecami i zaczął grzebać w stosie książek na biurku. Nawrocki po krótkim zastanowieniu skinął głową Mirkowi — ten natychmiast wyłączył dyktafon — wstał i nie powiedziawszy już nic, ruszył korytarzem. Mirek pobiegł za nim.

I tak zakończyło się drugie spotkanie z doktorem Klejnockim.

Radom. Środa, południe

Komisarz opuścił więzienie, nie kryjąc wzburzenia. Mirek taktownie milczał. Ale gdy wsiadali do samochodu, nie umiał powstrzymać się od komentarza.

— Szef to jednak ma łeb — wysapał, moszcząc się na siedzeniu obok kierowcy.

Nawrocki nic nie odpowiedział.

— Co teraz zrobimy? — spytał Mirek zbity z pantałyku.

— Jak to co? Jedziemy na obiad! — zły nastrój pomału opuszczał komisarza. — Już ledwie żyję z głodu.

— Ja też. Miałem właśnie delikatnie zasugerować...

— Znam tu w Radomiu jedną dobrą knajpę...

Centrum Warszawy. Środa, wczesne popołudnie

Komórka zadzwoniła w najbardziej niesprzyjającym momencie. Bolek bezgłośnie zaklął, przełożył plastikowe torby z zakupami do lewej ręki, a prawą zaczął nerwowo szperać w kieszeni kurtki.

— Taaak? — odezwał się ze źle skrywaną irytacją w głosie.

— To ja. Kojarzysz?

— Jasne! Co jest? — Bolek natychmiast zapomniał o siatkach.

— Słuchaj, znowu przyjechał. Tym razem nie sam, tylko z tym swoim przydupasem. Poszli od razu do tego gościa, co, no wiesz... Gadali z nim sporo. Nie wiem o czym, ale może coś uda się wyciągnąć. Mój chłopak spróbuje tego frajera wypytać wieczorem. Wyszli jakąś godzinę temu. Tyle wiem na teraz.

— Dzięki. Daj znać, jeśli będziesz wiedział coś więcej.

— Dobra! Nara.

Bolek postawił siatki na krawężniku i włożył komórkę do kieszeni. Potem zamknął bagażnik samochodu, kliknął pilotem centralnego zamka i alarmu, po czym na chwilę zastygł bez ruchu. Musiał pomyśleć, choć i tak wiedział, co zrobi. Błyskawiczna rozmowa telefoniczna potwierdziła tylko jego przypuszczenia. Jednak nie odpuścił, sukinsyn jeden! Tylko trochę ściemnił, że się przestraszył i niby dał sobie spokój... Kurwa jego mać! Bolek kopnął zgniecioną puszkę coca-coli. Potoczyła się, grzechocząc, ku bramie domu. No to będzie miał, co sam chciał!

Wybrał w komórce jeden z numerów wklepanych w stały spis. Telefon odebrano od razu.

— To ja. Ruszamy. Róbcie, jak ustaliliśmy. Po wszystkim czekam na wiadomości — wyszczekał obcesowo i rozłączył się, wciskając wściekle klawisz. Potem zebrał siatki z chodnika i ruszył do domu.

„No to zaczęło się na dobre" — pomyślał, ściągając windę.

Siemiatycze. Środa, wczesny wieczór

Małgorzata wyszła z Jasiem na spacer. Trochę ruchu przed snem nie zaszkodzi. Kiedy mały się wyszalał pod koniec dnia, zawsze lepiej spał.

Poszła w stronę lasu, trasą nieźle już sobie znaną. Droga była grząska, bo po ostatnich deszczach woda stała w kałużach. Jaś uwielbiał się w nich taplać. Właził w sam środek i podskakiwał, zachlapując ubranie. Małgorzata już się do tych ekscesów przyzwyczaiła. Obserwując baraszkującego synka, nie zwróciła uwagi na czarne bmw, które pojawiło się nagle przy leśnym dukcie. Wysiadło z niego dwóch postawnych, ubranych w czarne skóry mężczyzn i ruszyło w jej kierunku. Jeden trzymał w ręku mapę. Podeszli do niej i ten wyższy zadał pytanie.

— Dzień dobry pani. Przepraszam bardzo. Szukamy drogi na Olechówkę. Chyba się trochę zgubiliśmy... Może nam pani pomóc?

Małgorzata nie miała najmniejszego pojęcia, gdzie jest Olechówka. Uśmiechnęła się przepraszająco i miała odpowiedzieć, że nie jest z tych stron, kiedy drugi z mężczyzn — zaszedłszy od tyłu — przyłożył jej nagłym ruchem kawałek tkaniny do ust. Poczuła silny uścisk i ostrą, narkotyczną woń. Zakręciło jej się w głowie. Tracąc świadomość, zdążyła jeszcze zobaczyć, jak ten wyższy chwyta Jasia wpół i wysoko unosi.

A potem zapanowała ciemność.

Radom—Warszawa. Środa, wczesny wieczór

Na obwodnicy Białobrzegów coś stuknęło nagle w lewym kole. Nawrocki gwałtownie odpuścił pedał gazu. Ale nie zapobiegło to wypadkowi. Polonez nagle skręcił w lewo i wpadł na przeciwległy pas, cudem omijając nadjeżdżającego z naprzeciwka, przeraźliwie trąbiącego tira, zabujał się na koleinach i runął z impetem do przydrożnego rowu.

Ziemia była grząska, więc przyjęła pojazd głośnym chlupotem i mlaśnięciem. Pasażerami rzuciło do przodu, pasy zatrzymały ich raptownie się naprężając, a spod maski wydobył się obłok dymu.

Po kilku sekundach przyszli do siebie. Nawrocki powoli zdjął ręce z kierownicy i spojrzał na Mirka. Ten, blady i wsparty w nienaturalnej pozie o siedzenie, patrzył z przerażeniem na szefa, który wyglądał jak upiór.

— Kurwa, szefie! Co to było?

Komisarz nie odpowiedział.

— Jezus, Maria! Żyjemy! — gorączkował się tymczasem Mirek.

Nawrocki kilka razy głęboko zaczerpnął powietrza.

— Zamknij się wreszcie! — rzucił w końcu.

Mimo że ich wóz leżał na poboczu, nikt się nie zatrzymał. Większość kierowców zwalniała, by tylko się przypatrzyć. Ale nikogo nie obchodziło, czy pasażerowie auta w ogóle żyją. „Cała Polska — pomyślał rozżalony Nawrocki. — W Szwecji czy w Niemczech nie moglibyśmy się już opędzić od pomocy".

Wreszcie wygramolili się z pojazdu i ubłoceni, wciąż w lekkim szoku, usiedli na skraju rowu, który uratował im życie.

— O żeż kurczę! Ale numer! — Mirek nie przestawał mówić.

— Daj spokój! I zadzwoń po pomoc drogową. Już nie mam siły — odrzekł z rezygnacją Nawrocki.

Sierżant wydzwonił 918 i zgłosił awarię. Tak to określił: „awaria", chociaż powinien był raczej nazwać zdarzenie wypadkiem. Komisarz nie zareagował. Siedział nieruchomo i patrzył na swoje ręce. Wciąż lekko drżały.

Ratownicy potwierdzili zgłoszenie i obiecali dotrzeć w ciągu pół godziny.

Nawrocki, gdy już się uspokoił, postanowił zadzwonić do Małgorzaty. Jej komórka jednak nie odpowiadała. Ponowił próbę i uznał, że jest poza zasięgiem albo zajmuje się Jasiem i nie może odebrać telefonu. Nagrał się na pocztę głosową, nie bez zdenerwowania opisując własną sytuację.

Żółty samochód pomocy drogowej zjawił się przed upływem deklarowanego czasu. Od razu zabrali się do roboty. Nadeszła już szarówka, więc grzebali przy aucie, świecąc sobie latarkami. Starali się je uruchomić, ale im nie wychodziło. Wzięli się za szpadle i odkopali wóz z błota. W końcu dali spokój. Samochód, powiedzieli, po takiej przygodzie wymaga bardziej szczegółowego przeglądu i gruntownej naprawy. Trzeba go ściągnąć do warsztatu i dopieścić. O żadnej prowizorce na miejscu nie ma w ogóle mowy.

Mechanicy zaproponowali, że dowiozą ich do najbliższego zajazdu, „U Stefana", który znajdował się zaraz za miejscem, gdzie nowa obwodnica łączyła się ze starą szosą radomską, tuż przed dawnym zjazdem na most Białobrzeski, a sami zaciągną poloneza do swojego warsztatu. Znajdował się we wsi na warszawskiej trasie. Szczegóły ustalał Nawrocki, bo Mirek — ku zaskoczeniu komisarza — zaczął milczeć.

— To co teraz, szefie? — odezwał się jednak, gdy tylko wysiedli na parkingu przed zajazdem „U Stefana", a wóz ratowniczy z ich polonezem na holu zniknął za zakrętem.

— Co robimy? — Nawrocki wciąż czuł się lekko zdezorientowany. — No, możemy tu zanocować, w tym, pożal się Boże, pensjonacie. Gorzej, jak nam powiedzą, że trzeba jutro złom holować do Warszawy? — głośno myślał.

— To może na razie zgłośmy wypadek do dyżurnego — zaproponował Mirek.

— Słusznie! Zadzwoń. A ja pójdę się troszkę umyć. Tobie też by się to przydało — odrzekł komisarz, przyglądając się Mirkowi.

Willa pod Warszawą. Środa, noc

Małgorzata obudziła się z poczuciem dojmującego lęku. Nie umiała sobie przypomnieć, co się stało, gdzie jest ani co się z nią dzieje. Roztrzęsiona, rozejrzała się po pomieszczeniu. Wyglądało na piwnicę — nie było żadnego okna, ściany betonowe, a pośrodku stało tylko łóżko. Na suficie paliła się zabrudzona i słaba, najwyżej 40-watowa, żarówka. Z ulgą stwierdziła, że Jaś śpi obok niej. To ją uspokoiło. Oddychał równomiernie.

Powoli wracały wspomnienia. Pamiętała spacer i tych dwóch mężczyzn, a także nagłą ciemność. Sięgnęła do kieszeni. Były puste. Ktoś zabrał jej dokumenty, klucze do warszawskiego domu, komórkę. Wstała i chwiejnie podeszła do drzwi. Były zamknięte. Zastukała raz i drugi, ale nie było żadnego odzewu. Na miękkich nogach wróciła do łóżka i położyła się obok synka. Strach ją paraliżował.

Zrozumiała wszystko.

Radom—Warszawa. Środa, noc

— Czyli co? Szef chce wracać?

— Owszem. Złapiemy stopa. Za godzinę czy dwie będziemy na miejscu — Nawrocki podjął decyzję.

Łapanie stopa o zmierzchu nie było rzeczą łatwą. W końcu na przystanku PKS-u, na którym stali, machając frenetycznie rękoma na widok każdego przejeżdżającego auta i TIR-a, zatrzymała się dostawcza renówka. Kierowca okazał się milczącym gburem, ale bez problemu zgodził się dowieźć ich do centrum Warszawy. Ruszyli w narastający mrok.

W trakcie jazdy milczeli. Kierowca najwyraźniej nie miał ochoty na żadne pogawędki, a i pasażerom nie spieszno było rozmawiać. Obaj zapadali w krótkie drzemki, z których wybijali się łatwo, kiedy tylko auto gwałtowniej podskakiwało na wybojach lub kolebało niczym żaglowiec podczas manewrów wyprzedzania. Najważniejsze, że jechali szybko i bez problemów.

Wreszcie, kiedy dojeżdżali do Janek, odezwała się komórka komisarza.

Nawrocki, mimo że wyrwany ze snu, natychmiast odebrał. Głównie słuchał, od czasu do czasu rzucając zdawkowe uwagi. Mirkiem wodziło. Oparł głowę o szybę i wciąż przysypiał. Półprzytomnie rejestrował tylko poszczególne słowa, które wypowiadał szef, ale nic nie układało mu się w całość.

— Coś ważnego? — wymamrotał, wciąż jeszcze lekko zamroczony, kiedy komisarz skończył.

Nawrocki był wyraźnie zaniepokojony.

— Dzwonili z Siemiatycz, z komórki. Małgosia poszła na spacer z Jasiem i do tej pory nie wróciła.

— I co?

— Pytali, co robić. Kazałem na razie siedzieć cicho.

— Ale...

— Co ale? — nerwowo odpowiedział komisarz. — Co niby miałem im powiedzieć?

— A nie powinni zawiadomić lokalnego posterunku? Przecież zawsze...

— Co zawsze, co zawsze?! — rzucił komisarz, wyraźnie wściekły. Gburowaty kierowca nastawił uszu i odruchowo zwolnił. — Nie chcę nikogo informować. To za wcześnie. Nikt nie powinien wiedzieć, jak się sprawy mają.

— Ale...

— Kurwa, Mirek! Daj se siana! Potem ci powiem! Przyjmij na razie do wiadomości, że jestem wkurzony! I to nie na żarty! Wystarczy? — wybuchnął komisarz. Sierżant postanowił milczeć.

Właśnie wtoczyli się na wiadukt. Po prawej stronie dominował niebieski kompleks IKE-i, po lewej wielkie centrum handlowe z kinami i Géantem. Mirek z narzeczoną byli tu raz czy dwa na zakupach, bo podobno, tak twierdziła Dorota, było znacznie taniej niż gdzie indziej. Tylko dojazd fatalny. Mirek nie miał samochodu, więc telepali się darmowym autobusem, który czołgał się pomalutku, uwięziony w korku w Raszynie. Na tej wylotówce korki były zawsze, a Mirek ich nienawidził. A potem jeszcze powrót, z siatami zakupów wrzynającymi się w dłonie. Koszmar.

Samo centrum handlowe robiło jednak wrażenie. Wyglądało jak podobne miejsca na Zachodzie, które Mirek oglądał w filmach. Setki samochodów na parkingach, mimo późnej pory tłumy ludzi w galerii handlowej, światła, gwar, ruch. Jakby miasteczko wystawione na dawnych zaniedbanych polach. Alternatywa dla wielkiego miasta przyczajonego obok jak zmęczone, ale drapieżne zwierzę.

Kiedy stanęli na światłach i wyglądało na to, że przeskoczą je dopiero za trzecią, czwartą zmianą, Mirek zebrał się na odwagę.

— Przepraszam, szefie. — Nawrocki lekko drgnął, jakby wytrącony z intensywnego skupienia. — Muszę zapytać.

— Tak?

— Bo... — Mirek zawahał się po raz ostatni — może warto by jednak pójść z tym wszystkim do kogoś zaufanego w firmie? Mówię, bo myślę, że sami to my niewiele tu zdziałamy, no i — stracił rezon — no i w ogóle...

Nawrocki popatrzył ciężkim wzrokiem.

— A myślisz, że powinienem podnosić larum?

— Że co?

— Alarm, Mirek, alarm! Że trzeba zacząć działać!

— No, nie wiem — niepewnie odrzekł sierżant.

— Ale szef się nie niepokoi? Przecież...

— Niepokoję się jak cholera! Ledwie żyję z niepokoju! Mam nadzieję, że może zabłądzili albo co...

— Komisarz umilkł nagle.

Zapaliło się zielone i podjechali paręnaście metrów. Stanęli i Nawrocki wrócił do przerwanego wątku.

— Ale co my wiemy? Co my tu zdziałamy, z tego miejsca? Z Warszawy? Teraz? Jeśli nawet uruchomimy całą maszynerię, to i tak zaczną poszukiwania jutro rano. Poczekajmy jeszcze, może się odezwą — zakończył. Mirek mógłby przysiąc, że w głosie komisarza nie było najmniejszej wiary w wypowiadane słowa.

Facet wyrzucił ich przy Łopuszańskiej. Trochę nadrobił, bo jechał na giełdę kwiatową na Okęciu, więc i tak będzie musiał zawrócić. Ale chciał, żeby wysiedli tam, gdzie jest już jakaś cywilizacja i można złapać nocny albo chociaż taksówkę. Podziękowali, renówka odjechała i zostali sami przy wielkim ron-

dzie, zazwyczaj zatłoczonym, a teraz niemal spokojnym. Mijały ich jedynie nieliczne samochody.

I wtedy ponownie zadzwoniła komórka komisarza. Nawrocki odebrał, ale nie powiedział ani słowa,
słuchał. Kiedy skończył, twarz miał szarą jak papier
pakowy.

— Mirek! Mają Małgosię i Jasia! Porwali ich!

KATASTROPHE

Róg Alej Jerozolimskich i Łopuszańskiej. Czwartek, brzask

— Nie, Mirek! Absolutnie nie! — Nawrocki odrzucił gwałtownie niedopałek papierosa. Normalnie nie palił, chyba że fajkę, ale teraz nie mógł się oprzeć, kiedy jego towarzysz podróży wyciągnął paczkę i odruchowo go poczęstował. Siedzieli na opustoszałym przystanku. — Nie możemy nic powiedzieć. Nikomu! Morda w kubeł, nie rozumiesz? Skoro tamci wiedzieli, gdzie jest Małgorzata z Jasiem, skoro znają każdy nasz krok, to znaczy, że mają wtykę w komendzie. Albo może nawet kilka wtyk. Od razu się dowiedzieli o Klejnockim, kurwa mać! A tamten gość nie żartuje, poznałem po głosie. Wie, czego chce. Powiedział wyraźnie: „Zostawić sprawę Przybyszewskiego i nic nikomu nie mówić o porwaniu". W tej sytuacji nie zaryzykuję bezpieczeństwa rodziny.

— To znaczy, że co, szefie? Nie poinformujemy dowództwa? — z niedowierzaniem zapytał Mirek.

— Jasne, że nie. Jeszcze czego! Tym na górze najmniej ufam...

— Najwyższym? — Mirek nie wierzył własnym uszom.

— Im także. Oraz ich sekretarkom, kierowcom, asystentom, współpracownikom, doradcom i politycznym kumplom. Przypomnij sobie, Mirek. Nikt się do ciebie nie zwracał z propozycją donoszenia za pieniądze? No powiedz szczerze: nie miałeś takich propozycji? — Nawrocki twardo spojrzał w oczy podwładnego.

Zapadła cisza. Milczeli. Komisarz bez słowa sięgnął po następnego papierosa. Sierżant nie mógł uwierzyć własnym oczom.

— Miałem raz dziwną wizytę — przemógł się Mirek. — Przyszli we dwóch i obiecywali, bardzo mętnie, kasę, może nawet awans, jeśli się sprawdzę.

— Nie zdecydowałeś się?

— Pewnie, że nie! Za kogo szef mnie ma? Popędziłem ich i tyle — żachnął się Mirek.

— No widzisz! Ty popędziłeś, a ilu tego nie zrobiło? — Nawrocki pstryknął w papierosa, strząsając efektownie popiół.

„Kiedyś musiał palić — pomyślał Mirek. — Za dobrze mu to wychodzi".

— Ja nie mam złudzeń. Jak się zarabia niecałe dwa tysiące na rękę i jest szansa dorobić, to zawsze znajdzie się jeden, dwóch, trzech, którzy ulegną. — Komisarz machnął ręką, odrzucając z rezygnacją peta.

— Szef w to wierzy?

— Mirek! Otaczają nas donosiciele, jeszcze żeś tego nie zauważył? Dlatego trzeba być dyskretnym. Inaczej chuj trafi nasze śledztwo, a moja rodzina... — zawahał się komisarz.

Willa pod Warszawą. Czwartek, rano

Jaś obudził się i zaczął płakać. Bolała go głowa. Małgorzatę też. „To przez ten środek usypiający" — pomyślała, tuląc dziecko. Jaś przelewał się jej przez ręce. Dwie tacki z jedzeniem, które anonimowa ręka wsunęła przez szparę w drzwiach, stały nienaruszone pod ścianą. Małgorzata nie mogła jeść, chciało jej się wymiotować. Jaś pewnie też odczuwał nudności, bo odtrącił podsuwane mu przez matkę kanapki z szynką.

Małgorzata tuliła syna i zastanawiała się nad własną sytuacją. To oczywiste, że zostali porwani, ale nie wiedziała przez kogo. Domyślała się, że może chodzić o kogoś, kto groził jej mężowi. Ale z jaką sprawą miało to związek? Nawrocki nigdy za wiele nie mówił o pracy. Ostatnio jednak dał jej do zrozumienia, że bezpieczeństwo całej rodziny zostało wystawione na szwank. Ale o co konkretnie chodziło — tego Małgorzata nie wiedziała.

Była sama z dzieckiem w tym ponurym pomieszczeniu i wyglądało na to, że nieprędko stąd wyjdzie. Wszystko wskazywało na to, że jej męża wcześniej szantażowano, a elementami przetargowymi byli ona sama i Jaś.

Przytuliła mocniej synka i zaczęła się modlić.

Warszawa. Czwartek, rano

Nawrocki wezwał taksówkę. Skorzystał z usług korporacji, w której miał zniżkę na kartę wydaną mu niegdyś przez taksówkarza podczas powrotu z ostrej policyjnej libacji. Pojechali wprost na komendę.

Podczas jazdy obaj zastanawiali się nad dalszym ciągiem wydarzeń. I wciąż milczeli. Nawrocki uporczywie zadawał sobie pytanie: „co robić?", ale wciąż nie znajdował żadnych dobrych pomysłów. A przecież stres zazwyczaj działał na niego mobilizująco. Najlepsze rozwiązania przychodziły mu na myśl właśnie wtedy, gdy inni panikowali.

Nie tym razem. „Może dlatego, że nie mam dystansu?" — myślał, kurczowo trzymając się tej refleksji, choć pogłębiała tylko frustrację i poczucie bezsilności.

Mirek wcale nie był pewien, czy decyzja przełożonego, by nikomu w firmie nic nie mówić, jest słuszna. We dwójkę nie zdziałają wiele, skoro komisarz nie zamierza porzucić śledztwa. „Chyba że ściemnia — zaświtało w głowie Mirkowi, ale szybko oddalił tę myśl. — E, no nie. Każdy tylko nie on! Ale może?" — wątpliwości nie dawały mu spokoju.

Kiedy znaleźli się wreszcie w pokoju komisarza, sierżant zdecydowanie zainicjował rozmowę, przechodząc od razu do rzeczy.

— Szefie, a może zróbmy to jakoś tak, no tego, półformalnie? Dajmy cynk tym, którym szef ufa, rozkręćmy jakąś akcję!

Nawrocki wciąż był sceptyczny.

— A masz tu kogoś zaufanego? Kogoś, komu powierzyłbyś własne życie? Albo lepiej, życie twojej Doroty?

— Nooo...

— Widzisz? Jak przychodzi do prawdziwych wyborów, to zostajemy sami. Jeszcze raz ci tłumaczę:

nie chodzi o to, że kogokolwiek podejrzewam, tylko że jeśli ujawnię porwanie, to ruszy cała maszyna. Rozumiesz? Będą telefony, faksy, ktoś coś głośno powie w jakimś sekretariacie. Inny wygada się kierowcy, archiwiści dostaną jakieś zlecenia, dyżurni polecenia. I tak dalej. Wśród tej zgrai wystarczy jedno drobne, przekupne ucho i tamci będą już wiedzieć.

Komisarz umilkł nagle. Przez chwilę zastanawiał się, a potem podjął wątek.

— Ja wiem, o czym myślisz. Kombinujesz, czy ja przypadkiem i ciebie nie biorę pod uwagę w tych moich podejrzeniach. Tak? — Nawrocki twardo spojrzał na współpracownika.

— Rany! No co szef...

Mirek milczał. Było mu głupio.

— Sorry, szefie! Wydaje mi się jednak, że źle robimy. Sami nie damy rady, tylko tyle chciałem powiedzieć.

Komisarz nie odpowiedział od razu. Siedział sztywno za biurkiem, wpatrzony w okno. Kiedy się w końcu odezwał, jego głos był dziwnie miękki.

— Ja też nie jestem pewien. Ale to była moja pierwsza myśl: wykonać ich polecenia. Wykonać, jednak robić swoje.

— Jak? We dwóch? Udając, że wszystko w porządku?

— Tak! Właśnie tak.

— Przecież...

— Wiem, Mirek. Wiem — wpadł mu w słowo Nawrocki.

Siedział przy telefonie i nerwowo bębnił palcami po stole. Z głośników leciały ciche dźwięki *Koncertów brandenburskich*. Bach działał uspokajająco. Wysłał kolejnego maila do Szefa i streścił mu pokrótce dotychczasowe wydarzenia. Zbliżała się już godzina, o której jego chłopcy powinni zadzwonić i zdać relację. Kiedy telefon wreszcie się odezwał, podniósł natychmiast słuchawkę.

— Jest OK. Żadnych zmian.

— Jak się zachowują?

— Nie chcieli jeść. Wciąż tylko leżą w łóżku.

— Nic więcej? Nie krzyczała? Nic nie mówiła?

— Nic.

„Twarda baba" — pomyślał. Rozłączył się bez pożegnania. A teraz najważniejsze. Zerknął na komórkę — najistotniejsza wiadomość.

W tym momencie komórka podskoczyła w wibracjach. Rozległy się pierwsze takty *Cwału Walkirii*.

— Co tam?

— Nie dzwonił. Mam wiadomość z pierwszej ręki, z centrali. Sprawdzili wykaz połączeń w komputerze.

— Na pewno?

— No kurwa! Jasne, że tak.

— Dobrze. Wiesz, gdzie teraz jest?

— No co ty?! Nie zgłosił się, więc pewnie wciąż w drodze.

— Tyle czasu?

— Może wolno jedzie? Może duży ruch? Albo korki na wjeździe do miasta? Co ja jestem — Pan Bóg Wszechwiedzący?

— W porzo, nie irytuj się. Dzięki. — Bolek odrzucił komórkę niedbałym ruchem. Wyglądało na to, że Nawrocki przyjął ich warunki. Nie skontaktował się z komendą, a powinien był to zrobić zaraz po telefonie Bolka. Takie były procedury. Ale komisarz milczał.

Komenda Stołeczna. Czwartek, południe

Na pożegnanie komisarz powiedział Mirkowi, że musi wpaść do dyżurnego, by powiedzieć o rozkraczonym polonezie i zlecić jego ściągnięcie. Mirek grzecznie przeprosił, mówiąc, że chciałby coś jeszcze załatwić, i taktownie się ulotnił. Nawrockiemu odpowiadało takie rozstanie, więc tylko przytaknął. W sumie komisarz był mu wdzięczny, że, jak na niego przynajmniej, starał się w drodze zachowywać wstrzemięźliwie i oprócz nerwowej porannej rozmowy raczej milczał.

Rozstali się zatem bez żadnych konkretnych ustaleń. Komisarz obiecał, że będzie go informował i że odezwie się natychmiast, jeśli tylko coś się wydarzy. Mirek niby się zgadzał, ale Nawrocki zauważył, że jest wyraźnie rozczarowany takim obrotem spraw.

Potem komisarz zameldował oficjalnie swój powrót i od razu zgłosił chęć zwolnienia się z pracy na resztę dnia. Umotywował ją dramatycznymi przejściami podczas powrotu z Radomia i — nie czekając na formalną zgodę któregokolwiek z szefów — chyłkiem opuścił komendę.

Pustka dopadła go zaraz po wyjściu z pracy. Powinien był coś robić, podjąć działania, ale kompletnie nie miał pomysłu. Z jednej strony czuł podekscytowanie, z drugiej coś mówiło mu, że powinien się chwilowo wstrzymać od jakichkolwiek ruchów. Nie mógł sobie z tym rozdarciem poradzić i wiedział, że zbliża się kryzys. Nosiło go. Wybiegł z budynku, by za chwilę wrócić, uśmiechając się przepraszająco do dyżurnego, który podniósł znad notatek zdziwiony wzrok. Za chwilę znów wyszedł, jakby dając do zrozumienia, że czegoś zapomniał, ale teraz już wszystko jest w porządku.

Postał chwilę na schodach wejściowych, dla uspokojenia, a potem ruszył niepewnie do przystanku tramwajowego. Chciał wrócić do domu, usiąść w fotelu i pomyśleć. Wierzył, że to coś da. Na tyle był jeszcze przytomny, że złożył wcześniej u naczelnika podanie o dzień wolny, tłumacząc się ważnymi okolicznościami rodzinnymi. Przecież nie skłamał.

Teraz, czekając na tramwaj, patrzył bezmyślnie przed siebie. Plac Bankowy jaśniał już światłami, a Błękitny Wieżowiec świecił jak latarnia morska. Ulice były zakorkowane, rozpoczął się czas powrotów z pracy. Dzień, mający się już o tej porze roku ku końcowi, był ładny, choć zimnawy.

Centrum Handlowe Blue City. Czwartek, popołudnie

Mirek umówił się z Dorotą w kafejce, tuż obok fontanny w samym środku centrum handlowego przy Alejach Jerozolimskich. Ruch w galerii był spory, jak zawsze, gdy wszyscy wychodzą z pracy. Nie lubił tej pory, bo nie przepadał za tłumami. Ale narzeczona chciała zrobić zakupy w „Piotrze i Pawle" — luksusowym supermarkecie z egzotycznymi towarami. Przez komórkę powiedziała tylko, że chce kupić ekstra kawę dla koleżanki na imieniny.

Mirkowi pasowało to rozwiązanie. Z komendy wymknął się, zostawiając jedynie pobieżną notatkę z wyprawy do Radomia dla szefa dochodzeniówki. Ten i tak ich nie czytał, ale z pewnością archiwizował. Chciał być kryty na wypadek wewnętrznych kontroli. A szef dochodzeniówki był miłośnikiem porządku, czy też — jak mawiano po korytarzach — „dbał głównie o własną dupę", więc ubezpieczał się na wszystkich frontach. Od Mirka wymagał, by ten zdawał pisemne relacje ze wszystkiego, co robi poza sekcją. Nie interesowały go szczegóły, dlatego Mirek ograniczał się do prostych streszczeń. I to obu stronom wystarczało.

Teraz też tak zrobił i po krótkim namyśle nie wspomniał ani słowem o szantażu. Czuł się zobowiązany wobec Nawrockiego. I bardzo chciał mu pomóc, choć w tej chwili żaden pomysł nie przychodził mu do głowy.

Dorota jak zwykle się spóźniała. Mirek zdążył już przejrzeć egzemplarz darmowej gazety, który ktoś zostawił na stoliku obok, a teraz zaczynał się nudzić.

Ostatnie dni nie dawały mu spokoju. Poznał wreszcie tego osławionego Klejnockiego i, musiał to przyznać, był pod wrażeniem. Odjechany gość, ale chyba szef wie, co robi.

Przede wszystkim interesowała go niewesoła sytuacja Nawrockiego. Bo jak niby sobie to wyobraża — że da radę coś popchnąć w śledztwie, skoro mają jego żonę, dzieciaka i na dodatek niezłe wtyki w firmie? Mirek był przekonany, że za tą nieprzejednaną postawą nie stoi żadna przemyślana idea, tylko intuicja komisarza. Do tej pory ich nie zawodziła, ale kiedyś mógł nastąpić ten pierwszy raz.

Mieszkanie Nawrockiego. Czwartek, popołudnie

Kiedy już nie trzeba było przed nikim udawać, Nawrocki rozkleił się kompletnie. Wszedł do domu, rzucił neseser i reklamówkę z nabytymi po drodze butelkami na stół w dużym pokoju. Nawet się nie rozebrał, tylko zwalił od razu na fotel i ukrył twarz w dłoniach. Po chwili wstrząsnął nim dreszcz.

Płakał.

Centrum Handlowe Blue City. Czwartek, wczesny wieczór

Mirek wkurzył się w końcu nie na żarty. Dorota wciąż nie nadchodziła, jej komórka pozostawała głucha, a czas płynął. Wypił już dwie kawy, dość zresztą drogie, co jeszcze bardziej go rozsierdziło. Osiem złotych za taką filiżaneczkę? Na dwa łyki?! Granda!

Nie miał co z sobą począć. Zaczął bawić się komórką. To odruch, na którym łapał się już nieraz. Posłuchał trochę muzyki, sprawdził pocztę, choć i tak wiedział, że nie ma żadnych nowych wiadomości, zrobił zdjęcie dziecku, które śmiesznie przekrzywione na aluminiowej balustradzie bujało się w takt muzyki wypełniającej centrum handlowe. Wreszcie, zupełnie bezwiednie, zaczął skakać po książce adresowej. Agnieszka? Jaka, kurwa, Agnieszka? — zupełnie nie umiał sobie przypomnieć osoby. Wyświetlony numer telefonu też nic mu nie mówił. Czyżby jakaś znajoma z którejś balangi? Jezu, musiał być wtedy nieźle naprany!

Pstrykał bezmyślnie klawiszami, wpatrując się bez emocji w kolejne imiona, ksywki i nazwiska pojawiające się na ekranie telefonu.

Kolec.

Kto?

Kolec, Kolec... No tak, Matko Boska! Zupełnie zapomniał. Zaraz, zaraz... Mirek nerwowo wstał z fotela i skinął na kelnerkę. Kolec. Czyżby to było jakieś wyjście? Ale... Nie, no — można spróbować, jak już jesteśmy w takiej totalnej dupie... Tak jest, nie ma co... Dawaj go, jak to szło? — zaczął żywiej manipulować przy aparacie i właśnie wtedy stanęła przed nim rozpromieniona Dorota.

— No cześć! — ucałowała go radośnie w policzek. Nie wzbraniał się. — Wybacz, ale nie mogłam się oprzeć. Była wyprzedaż w H&M's. Zobacz, jaką fajną bluzkę kupiłam! I to na przecenie! Nie gniewasz się, prawda? — szczebiotała, wyciągając ciuchy z wielkiej firmowej torby.

— Nie mogłaś zadzwonić? Siedzę tu jak wał...

— Komóra mi się rozładowała. Sorry. Trochę dzisiaj gadałam, wiesz... — Dorota była wyjątkowo przymilna. Wiedziała, że musiał się denerwować.

Mirek skinął tylko głową na zgodę. Myślami był już gdzie indziej. Cała złość nagle mu przeszła.

Mieszkanie Nawrockiego. Czwartek, późny wieczór

To była już druga butelka wina. Nawrocki czuł w głowie miłe szemranie, które normalnie zapowiadało, że czas już powoli myśleć o spaniu. Tym razem pił, by nie myśleć — dla znieczulenia. Świadomie szybko, nie dolewając, jak to miał w zwyczaju, wody gazowanej.

Kiedy poczuł wreszcie błogie otępienie, wstał, chwiejąc się, i poszedł do łazienki. Zatoczył się w przejściu między pokojem a korytarzem, obił o ścianę. Zabełkotał, machnął ręką, jakby z rezygnacją. „Jestem totalnie napruty" — pomyślał.

Nagle zobaczył Małgorzatę z synem gdzieś w jakimś mrocznym pomieszczeniu i odruchowo, z całej siły, walnął pięścią w boazerię. Usłyszał trzask i poczuł ból, na moment przynoszący otrzeźwienie. Chciało mu się krzyczeć i z trudem się opanował.

Stał w drzwiach łazienki, opierając się prawą ręką o ścianę. Poczuł, że się ślini. W pijanym widzie
patrzył obojętny i zaintrygowany jednocześnie, jak
gęsta strużka śliny powoli spływa mu z ust i zaczyna
kapać na chodnik w przedpokoju. Miał miękkie kolana. „O to ci chodziło, kutasie, prawda?" — pomyślał z mściwą, autodestrukcyjną satysfakcją. I wtedy
poczuł, że się zsikał.

Mieszkanie Mirka. Czwartek, późny wieczór

Dorota musiała najpierw pochwalić się zdobyczą. Zakupy mają coś z polowania. Tak się zresztą kiedyś wy-
raził kolega Mirka, spotkany przypadkiem w sklepie.
Przyszliśmy zapolować — powiedział, poklepując
bez żenady swą dziewczynę po tyłku. Dziewczynie
kumpla jednak to nie przeszkadzało, przeciwnie —
zachichotała z wyraźną aprobatą. Rozstali się szybko,
Dorota była zdegustowana.

Musiał więc najpierw wysłuchać jej opowieści,
pozachwycać się zdobyczą, choć tak naprawdę ledwo zerknął na prezentowane ciuchy. Przez chwilę
korciło go, by jednak zapytać o tę kawę, którą za-
mierzała kupić, ale dał temu spokój. Myślał już tylko
o jednym, by poszła wreszcie spać, by miał chwilę
dla siebie. Komórka w kieszeni paliła go jak rozgrzana
żagiew.

A Dorota, jak na złość, miotała się tymczasem po
mieszkaniu jak Żyd po pustym sklepie. Zmyła resztkę

brudnych naczyń, wciąż szczebiocząc o koleżankach i ich rodzinnych problemach. Mirek słuchał jednym uchem, przytomnie tylko wtrącając od czasu do czasu jakieś „aha!", „no!" czy „kurde!"

Potem otwarła szafę i zaczęła rozwieszać nowe fatałaszki. Mirek ukradkiem spojrzał na zegarek. Cholera! Wreszcie poczłapał do kuchni i tam wkurzył się już porządnie. Zostawił na blacie własne zakupy, w tym trzy puszki piwa Wojak. Lubił sobie strzelić przed snem, a piwo jakoś dobrze przyswajał. Nie szło mu w brzuch i nie kształtowało — jak to zwykł mawiać o swoim kałdunie Leszek, kumpel z osiedla — „mięśnia piwnego". Mirek wciąż pozostawał szczupły i nikt mu nie chciał wierzyć, że nie ćwiczy, by zadbać o figurę.

Piwo leżało tam, gdzie je zostawił.

— Już nie mogła schować do lodówki! — wymamrotał pod nosem, ale jednak na tyle głośno, że Dorota usłyszała w drugim pokoju.

— Nie schowałam, bo chciałam porozwieszać wszystko, zanim się pogniecie! — odkrzyknęła.

— Gumowe ucho! — skwitował Mirek z przekąsem.

— Bo w przeciwieństwie do ciebie mam dobry słuch!

— Że co? — odpowiedział, zdekoncentrowany, a gdy wreszcie zrozumiał, nie mógł powstrzymać się od chichotu.

Dorota skończyła wreszcie i poszła do łazienki. Mirek słuchał jej krzątaniny, siedząc przed telewizorem. Wybrał kanał sportowy i ukradkiem zerkał na mecz Werderu z Barceloną, ale nawet nie był w stanie zarejestrować, jaki jest wynik.

Kiedy usłyszał plusk i szum prysznica, rzucił się do komórki. Natychmiast wybrał numer i osłaniając ręką aparat, czekał na odzew. Nie zawiódł się. Kolec odebrał po drugim dzwonku.

— No co jest, piesku? Chcesz wreszcie czegoś konkretnego?

— Żebyś wiedział — ton Mirka był stanowczy.

— Mam sprawę.

— Alleluja! Nareszcie! Bo już myślałem, że będziesz się ze mną woził do usranej śmierci... Wal!

— Słuchaj, jest tak. Będzie krótko. Porwanie. Kobieta i dziecko, kilkuletni chłopiec, chodzi jeszcze do przedszkola. Zadzwonili dziś. To dotyczy jednego z naszych.

— No i...?

— No i, kurwa, nie wiemy, to znaczy ja nie wiem, o co chodzi.

— Dobra, nie pierdol! Dawaj dalej!

— Co dawaj, co dawaj?! Boimy się, że w firmie są wtyki i tamci natychmiast się o tym dowiedzą.

— I słusznie — usłyszał Mirek w słuchawce.

Na moment go zatkało. Kolec bez żenady potwierdził przypuszczenia komisarza.

— No i co, żyjesz tam, koleś?

— Żyję.

— A czego chcesz?

Mirek zebrał się w sobie. Z łazienki wciąż było słychać szumy i pluski. Miał jeszcze trochę czasu.

— Chcę — zaczął i, zawahawszy się przez chwilę, jakby się przełamał. — Chcę... Potrzebuję informacji — poprawił się.

Po drugiej stronie zapadła cisza. „Chyba się nie wycofa? — pomyślał w panice Mirek. Kurwa, cholera jasna, po co ja w ogóle dzwonię?"

— Poproś — usłyszał nagle i nie mógł uwierzyć własnym uszom.

— Co?

— Powiedz „proszę" — powtórzył Kolec.

— Że co?

— Głuchy jesteś czy przymulony? Powiedziałem: „proszę"!

Mirek milczał chwilę, zaskoczony.

— Ja cię, kurwa, nie prosiłem o buzi, jak cię ratowałem, chuju jeden! — wyszczekał wreszcie w słuchawkę.

— No widzisz! — usłyszał śmiech. — A ja cię właśnie proszę o „proszę"!

Mirek spróbował się opanować. W końcu nie chodziło o niego, tylko o Nawrockiego.

— Dobra, wale jeden! Proszę!

— O co prosisz, piesku?

— Proszę — posłusznie odrzekł Mirek, choć nim telepało — proszę, żebyś mi... żebyś nam pomógł.

— O, to już lepiej. Teraz mów.

Mirek nabrał powietrza w płuca, po czym wyrecytował jednym tchem.

— Musimy wiedzieć, kto to zrobił. Konkretnie! I dlaczego. Co jest w tym naszym pierdolonym śledztwie takiego — dał upust narastającej agresji — że trzeba było złapać kobitę i bachora.

— OK. Złota rybka przyjęła — spokojnie odpowiedział Kolec. — Teraz ja mam kilka pytań.

— Mów! — Mirek był zdecydowany na wszystko.

— Jak się nazywa ten twój szef?

— Komisarz Ireneusz Nawrocki.

Kolec nie odpowiedział. Mirek wyczuł, że coś nie jest w porządku.

— Halo! Jesteś tam?

— Jestem.

— Słyszałeś o nim?

— Pewnie — Kolec westchnął. — Złapał moich dwóch kurierów z amfą. Jakieś dwa lata temu...

„No to dupa!" — przemknęło Mirkowi przez myśl. Ale Kolec, ku jego zaskoczeniu, mówił dalej.

— No nic. Było, minęło. Słowo się rzekło, kobyłka u płota. Co to za sprawa?

Mirek szybko zrelacjonował mu, co uważał za stosowne przekazać. Opowiedział także o wyjazdach Nawrockiego do Radomia, Klejnockim, wreszcie o ich ostatniej, wspólnej podróży. Jednocześnie zauważył, że w łazience zaległa cisza. W końcu mówił dobrych kilka minut. Miał już niewiele czasu.

— Powiedz mi coś o rodzinie tego Nawrockiego — dopytywał Kolec.

— A co tu mówić? Żona Małgorzata pracuje w jakimś wydawnictwie naukowym. Syn Jaś, długo się o niego starali. Nawrocki ma na jego punkcie kompletnego fioła. Jeśli go pociągnąć za język na temat synka, od razu się rozkleja...

— Czyli wiedzieli o tym...

— O czym?

— Nic, nic.

Znów obaj zamilkli. Z łazienki doszły Mirka odgłosy zwiastujące nieuchronny koniec ablucji. Czas się kończył.

— Dobra! Wiem, co trzeba — odezwał się Kolec z nagłym wigorem. — Postaram się jak najszybciej...

— Kolec!

— Nie chcę nic słyszeć! Zrobię, co mogę. Najwcześniej jutro. I to raczej później niż wcześniej.

„Kurwa, ale się wpierdoliłem" — westchnął do siebie Kolec, ale tak, żeby rozmówca go słyszał.

Mirek taktownie milczał, chodząc nerwowo po pokoju.

— Umówmy się tak. Zadzwonię. A ty się nie odzywaj, choćby nie wiem co. Jasne?

— Jasne! — odpowiedział ściszonym głosem Mirek. Z łazienki nie dochodziły już żadne odgłosy.

— No to tyle. I żeby było bez wątów! Powiem, co wiem, a ty znikniesz. Ten numer, pod który zadzwoniłeś, nie będzie potem aktywny. I żebyście mnie nie szukali. Zapomnij o mnie. Nic między nami nie było, kapujesz?

— Kapuję.

— No to gites, piesku. Zrobię to, ale nie liczcie na mnie dalej.

— Nie liczymy.

— I tak ma być. Czekaj. Jutro! — Mirek usłyszał, jak jego rozmówca wyłącza aparat.

Mieszkanie Nawrockiego. Piątek, wieczór

Ten dzień okazał się całkowicie stracony. Komisarz zaczął od klina piwem, jak tylko się zbudził we własnych rzygowinach. A potem już poszło. Po wczorajszym nie mógł patrzeć na wino. Zajrzał więc do barku, gdzie trzymał rozmaite alkohole, głównie z myślą o gościach — bo kolorowych, a i czystych wódek, whisky, koniaków, brandy i tym podobnych rzeczy nie pijał. Teraz jednak zdecydowanym ruchem wyjął potężną półtoralitrową butlę kanadyjskiej whisky, którą dostał kiedyś w bożonarodzeniowej paczce od Cliffa z Nowej Szkocji. To było jego osobiste podziękowanie za pomoc w pewnej delikatnej sprawie, w którą uwikłana była, nie ze swej winy zresztą, jedna osoba z rodziny funkcjonariusza z legendarnej Kanadyjskiej Policji Konnej. Tak po prawdzie, to Nawrocki niewiele wtedy zrobił, zadbał jedynie, by odpowiednie dokumenty trafiły na czas, gdzie trzeba. Ale Cliff to zapamiętał.

Nie chciało mu się nawet wychodzić z domu po gazetę. Włączył telewizję i patrzył bezmyślnie. Trochę skakał po kanałach, wreszcie, zniechęcony, zatrzymał się na TVN 24.

Około południa był już nieźle pijany. Zapadł w krótki, acz głęboki sen w fotelu. Nic mu się nie śniło.

Obudził się po niecałych dwóch godzinach, trochę zregenerowany. Wcześniej sam siebie oszukiwał, że bierze wolny dzień, by się zastanowić, bo inaczej nie będzie mógł się skupić. Wrócił do Canadian LTD.

Komenda Stołeczna. Piątek, wieczór

Kolec odezwał się zgodnie z obietnicą. Stacjonarny telefon na biurku zadzwonił, kiedy Mirek lekko przysypiał na nocnym dyżurze. Zastępował kolegę mającego nieustające „problemy rodzinne", które odciągały go od roboty.

Kiedy usłyszał w słuchawce znajomy głos, aż podskoczył, a senność natychmiast minęła.

— Masz coś? — spytał z nadzieją.

— Posłuchaj! I milcz! Nic ci nie powiem ani teraz, ani przez komórkę. Rozumiesz? — Kolec nawijał szybko.

— Tak. Co mam robić?

— Wyjdź z psiarni. Wiem, że masz dyżur, nie było cię trudno namierzyć. Wymyśl coś i wyjdź.

— Dobra.

— Nie przerywaj, kurwa, tylko słuchaj. Za pół godziny w McDonaldzie przy Sezamie. Znajdę cię.

I tyle.

Mirek chwilę siedział bez ruchu. Potem wybiegł z pokoju, nie dbając o drzwi. Naczelnik dochodzeniówki, jeśli tylko się dowie o tym uchybieniu, na pewno nie omieszka go opierdolić. Co innego było teraz ważne.

Wybiegając z komendy, powiedział dyżurnemu, że musi na moment lecieć, bo kobieta zadzwoniła, że zalewa łazienkę. Puścił przy tym wymownie oko do kaprala siedzącego za szybą. Tamten wyszczerzył zęby w porozumiewawczym uśmiechu. Dobra, w razie czego będzie kryty. Kapral ma jego komórkę w spisie, więc zadzwoni, jakby co.

Do Sezamu podjechał tramwajem, który szczęśliwie złapał na Bankowym. Był zresztą zdecydowany nawet przebiec ten odcinek, byleby tylko zdążyć na czas.

W piątkowy wieczór w McDonaldzie był tłum. Głównie młodzież, między jedną a drugą imprezą albo w drodze do kina. Ale też jacyś wygarniturowani gogusie z firm na Big Maku, przed weekendowym bojem po pubach i barach. Mirek stanął w kolejce, kupił kawę i apple pie'a, po czym siadł z boku, przy małym stoliczku, zaraz obok toalety. Zapewne z powodu tego sąsiedztwa to miejsce było wolne.

Więzienie pod Radomiem. Piątek, wieczór

Klejnocki skończył pisać i rozprostował kości, przeciągając się na krześle. Był zadowolony z siebie. Mimo że burzliwie rozstał się z Nawrockim, nie chował długo urazy. Wedle własnego mniemania miał imponujący materiał i zamierzał go kiedyś wykorzystać do własnych celów. Jeśli wszystko pójdzie dobrze, to może dalej liczyć na szczególne traktowanie.

A więzienie na specjalnych zasadach to niemal jak stypendium twórcze. To, co już miał, z pewnością przyda się komisarzowi, a on sam może wykroi z tego habilitację?

Pochylił się więc znów nad komputerem i zaczął czytać maila, który zamierzał wysłać Nawrockiemu:

-----Wiadomość oryginalna-----
Od: Jarosław Klejnocki „mailto:jklej@op.pl"
Do: mailto:ireneusznawrocki@komstol.pol.pl >
Data: 24 pazdziernika 2005 21:07
Temat: Sprawa Czajkowskiego

Szanowny Panie Komisarzu,
jak Pan widzi, wypełniam swoje zobowiązanie w sprawie, którą mi pan zadał niczym jakąś pracę domową. Szczerze mówiąc, byłem wkurzony na Pana po naszej ostatniej rozmowie i nawet przez moment nosiłem się z zamiarem porzucenia pracy nad Czajkowskim. Ale, przyznam się, wciągnęło mnie to do tego stopnia, że postanowiłem zrobić nie tyle Panu przysługę, co sobie przyjemność. Proszę więc nie żywić do mnie urazy za ostre słowa i moje niegrzeczne zachowanie, kiedy widzieliśmy się po raz ostatni. Jak rzekłem, byłem w pierwszej chwili na Pana wściekły, bo nie potrafił Pan docenić wyników moich badań. Ale z całą satysfakcją przesyłam Panu to, co udało mi się od tamtej pory ustalić i — zapewniam — zrobi to na Panu wrażenie. A to już dla mnie wystarczająca satysfakcja. Jeszcze raz więc dziękuję za tę intelektu-

alną przygodę, którą dzięki Panu przeżyłem i — być może — do zobaczenia!

Z uszanowaniem

Jarosław Klejnocki

PS Wszystkie ustalenia przesyłam w osobnym pliku, jako załącznik, na wszelki wypadek — bo te wasze policyjne komputery są pewnie wiekowe i zawodne — w formacie rtf, żeby nie miał Pan kłopotów z otwarciem.

JK

Załącznik do maila — sprawozdanie Klejnockiego

I.

Co do mojej hipotezy dotyczącej ewentualnego spotkania Czajkowskiego i Verne'a, o której rozmawialiśmy. Wiem, że to dla Pana sprawa poboczna, ale wyjaśnijmy rzecz do końca. Wedle wszelkiego prawdopodobieństwa takie spotkanie odbyło się po raz pierwszy jesienią 1849 roku, kilka miesięcy przed ponownym wyjazdem Czajkowskiego z Francji w sprawach politycznych Hôtelu Lambert. Na marginesie dodam, że Czajkowski od 1841 roku przebywał najpierw w Italii, potem w Turcji, jednak w 1849 przyjechał znów na jakiś czas do Francji. Zapewne po instrukcje, no i żeby zdać osobistą relację ze swych poczynań. W każdym razie panowie przypadli sobie najwyraźniej do gustu, bo widzieli się jeszcze co najmniej trzy, może cztery razy. Verne, wówczas zaledwie dwudziestokilkuletni młokos, z pewnością był, jak już Panu wspominałem, zainteresowany postacią Czajkowskiego, owianego wtenczas sławą powstańca listopadowego — nadzwyczaj barwnego przedstawiciela polskiej emigracji. Uzyskałem potwierdzenie tej hipotezy dzięki dostępowi do Biblioteki Kongresu USA, a tam do rękopisu wspomnień Hipolita Przesmyckiego, dobrego znajomego rodziny Czajkowskich (sygnatura VIG01/0909/AMU, dział zeskanowanych materiałów rękopiśmiennych). Przesmycki opisuje między innymi dwa spotkania Czajkowskiego z Verne'em, których sam był świadkiem, a także napomyka o jednym (lub dwóch — tekst jest wieloznaczny), już bez jego udziału.

II.

Nieoceniony Przesmycki pisze bowiem w tych samych wspomnieniach, że Czajkowski, wyraźnie poruszony, opowiadał mu historię o sekcie asasynów. Tu dygresja: postanowiłem zaoszczędzić Panu mozolnych poszukiwań i znalazłem trochę poręcznych informacji na ten temat.

Historia asasynów jest barwna, obfituje w różne wersje, inspirując dziś rozmaitych prozaików od — pożal się Boże — literatury sensacyjno-rozrywkowej. Nie wdając się więc w szczegóły, przedstawię tu Panu główne informacje. Asasyni byli podobno (bo źródła ismailickie ani też inne źródła arabskie tego nie potwierdzają) nizarytami (to właśnie odłam ismailitów), którzy założyli coś na kształt organizacji terrorystycznej, mającej trzymać w szachu cały kalifat Abbasydów (XII–XIII wiek). Świat islamu nie był i nadal nie jest zintegrowany, te nazwy, które przywołałem wyżej, odnoszą się do konkurujących często ze sobą odłamów i odmiennych rytów religijnych w obrębie ogólnej monoteistycznej koncepcji religijnej, jaką przedstawia Koran.

Nazwa sekty wywodzi się podobno od zniekształconego w wymowie, arabskiego określenia haszyszija, co oznaczało „tych, którzy zażywają haszysz". Asasyni mieli każdorazowo zażywać narkotyk, by wprowadzić się w trans przed dokonaniem skrytobójczego morderstwa. Założycielem sekty miał być Hasan -es-Sabbah, który około roku 1090 opanował ze swymi zwolennikami górską twierdzę Alamut koło Kazwinu (w Persji). Twierdza ta pozostała główną kwaterą asasynów aż do roku 1256, kiedy fortecę zdobył — i zniszczył — wódz Mongołów Hulagu. Z Alamutu da'i („misjonarz") Hasan miał kierować działaniami fanatycznych bojowników religijnych (fedainów) na całym terytorium kalifatu Abbasydów, której to dynastii niby służył, ale też prowadził własną politykę. Fedaini byli szpiegami, agentami, wreszcie zabójcami. Hasan miał ich używać raz w interesach państwa, a innym razem znów w niezbyt przejrzystych sprawach samej sekty. W XII wieku w Syrii powstał drugi, niezależny od Alamutu, ośrodek nizarytów (rozbity w 1272 roku przez egipskich Mameluków sułtana Bajbarsa), któremu przewodził inny da'i — Raszid ad-Din as-Sinan, znany w średniowiecznej Europie jako Starzec z Gór (szajch al-dżabal). I to jemu właśnie zawdzięczamy całą legendę, bo syryjscy asasyni działali na styku interesów chrześcijańskiego Królestwa Jerozolimskiego oraz świata muzułmańskiego. Publicity zrobił im nie kto inny, tylko sam Marco Polo, który poświęca asasynom rozdziały XLI–XLIII Księgi pierwszej swego *Opisania świata* (choć akurat ta relacja dzisiaj jest uważana za na poły zmyśloną).

Pisze zatem Przesmycki, że Czajkowski, przeczytawszy francuskie książki na ten temat (ustaliłem, że jedna z nich to Fredericka de Forsythe'a *Les assassins mysterieux de l' Est*, Houllebaec et fils, Paris 1836), o niczym innym, jak właśnie o asasynach nie chciał przez jakiś czas rozmawiać. Było to zresztą mniej więcej wtedy, kiedy poznał Verne'a. Na Czajkowskim podobno największe wrażenie zrobiła opowieść, której głównym bohaterem był sam Saladyn. W roku 1176, po zdobyciu Aleppo, miał wyprawić się w góry Al--Ansarija, by pochwycić owego Starca z Gór, którego działalność psuła mu polityczne szyki. Okolica okazała się niesamowita, ludzie Saladyna mieli przywidzenia i ociągali się w marszu. Samego władcę dręczyły podobno koszmary, aż pewnego razu, po nagłym nocnym przebudzeniu, znalazł w łóżku zatruty sztylet, ciasteczka i kartkę z wierszowanymi pogróżkami. Przerażony poprosił Starca o zawarcie pokoju. I podobno nigdy go nie naruszył! Według Przesmyckiego, Czajkowski czytał tę mało wiarygodną anegdotę Abu Firasa z entuzjazmem, przytaczał chętnie i choć lekko dystansował się od niej, cytując włoskie powiedzonko: *se non è vero è ben trovato**, to jednocześnie wciąż wzdychał, że właśnie tacy wojownicy przydaliby się teraz Polsce najbardziej. Dodam, że z legendą asasynów musiał się Czajkowski spotkać właśnie podczas tureckich wojaży, bo niedobitki ismailitów żyły wówczas — i żyją nadal — w Syrii, Omanie czy Iranie, a to wszak od Turcji niedaleko.

Reasumując ten wątek: Czajkowski, już we Francji, przed kolejnym wyjazdem do Orientu, był zafascynowany działalnością o globalnym terrorystycznym charakterze i niewątpliwie na wpół legendarne historie o asasynach i Starcu z Gór musiały pobudzić dodatkowo jego wyobraźnię. Coś z tych opowieści i fascynacji zapewne przekazał Verne'owi, a ten wykorzystał je najpewniej w historii o Nemo.

Ustalając te fakty, pomyślałem sobie, że moje przypuszczenie, iż Czajkowski postanowił stworzyć terrorystyczną organizację, znajduje coraz więcej potwierdzeń. Wciąż nie dysponowałem żadnymi dowodami, ale wziąłem się tym chętniej do dalszej roboty. Przejrzałem, na wszelki wypadek, dzieła literackie Czajkowskiego, jego korespondencję, memuary, ale niczego nowego nie znalazłem. Aż wreszcie, przez przypadek (Czy zauważył Pan, jak wiele w naszym życiu dzieje się właśnie „przez przypadek"?) natknąłem się podczas poszukiwań na zapiski hr. Józefa Sierakowskiego (znów rękopis, tym razem Bibliotheque

---

* Nawet jeśli nie jest to prawdziwe, to jednak dobrze wymyślone.

Nationale w Paryżu, sygnatura IV-13456/07 w Dziale Pism Odręcznych — *Le secteur de manuscrits*). To zbawienne, że na Zachodzie, zupełnie inaczej niż u nas, takie rzeczy się skanuje i wrzuca do internetowego katalogu. To był ktoś, kogo dzisiaj nazwalibyśmy asystentem, może sekretarzem Czajkowskiego. Sierakowski, trochę anarchista, aż dziw, że związany z Hôtelem Lambert, od którego zresztą odszedł, by potem zginąć podczas nieudanej próby bombowego zamachu na rosyjskiego ambasadora w Paryżu w roku 1879, miał zwyczaj prowadzenia diariusza, w którym zapisywał swe działania. Materiał, który pozostawił, jest skąpy, bo Sierakowski nie opatrywał swych adnotacji komentarzem, ale i tak intrygujący.

Z zapisków Sierakowskiego wyłania się obraz Czajkowskiego jako człowieka niezwykle ustosunkowanego, spotykającego się z mnóstwem dziwacznych i tajemniczych osób z całej Europy i Ameryki. Spotkania te miały zazwyczaj poufny charakter, więc Sierakowski tylko w nieznacznym stopniu bywał dopuszczany do tajemnicy. Stąd jego zapiski raczej są asumptem do dalszych poszukiwań. Zresztą nie sam Sierakowski jest tu istotną postacią, ale pewien student, którego pamiętam sprzed lat. Na podstawie notatek Sierakowskiego napisał pracę magisterską zawierającą tezę, że Czajkowski założył organizację, której celem były rozmaitego rodzaju akcje terrorystyczne w Europie mające zdestabilizować porządek wiedeński. Ten student nazywał się Waldemar Łysek. Sprawa była znana na naszym wydziale dobrych kilkanaście lat temu, bo praca magisterska wywołała skandal i nie została przyjęta. Sprawa ta oparła się nawet o Radę Wydziału. Praca Łyska z pewnością spoczywa w zamkniętym, a znanym Panu z naszych dawnych kontaktów, tzw. archiwum X w pokoju 01. Jeśli dotrze Pan do niej, zapewne pozna Pan całość jego badań. Kontrowersyjność ustaleń tego magisterium dotyczyła w sumie dość marginalnego z naukowego punktu widzenia wniosku autora. Łysek bowiem twierdził, że znalazł dowody, iż domniemana organizacja Czajkowskiego nie tylko stała za zamachami antypaństwowymi, ale też prowadziła działalność kontrwywiadowczą. Efektem miało być sporządzenie listy agentów i współpracowników caratu między innymi wśród szeroko pojętych elit polskiego społeczeństwa. Podobno w jakichś dalszych planach Czajkowski snuł wizję zemsty na zdrajcach. Mówi się, że to właśnie Czajkowski był autorem koncepcji powstania tajnego oddziału wymierzającego sprawiedliwość zdrajcom. Taki oddział w istocie utworzono w czasie powstania styczniowego. Byli to tzw. sztyletnicy, którzy za zgodą lub z rozkazu Rządu Narodowego likwidowali skrytobójczo polskich współpracowników caratu. Przyzna Pan, że idea i metody działania tej organizacji bardzo przypominają asasynów? W tej kwestii wszakże niewiele więcej udało mi się dowiedzieć. Obawiam się, że musi Pan dotrzeć do pracy Łyska. Ostrzegam przy tym, że przez Internet jest to niemożliwe, zawartość archiwum w pokoju 01 na naszym wydziale jest poufna.

Zdradzę Panu, że miałem być recenzentem tej pracy. Napisałem nawet opinię, przyznam, że dość niejednoznaczną. Zaciekawił mnie ten tekst i dlatego pewne fragmenty przepisałem z myślą o posłużeniu się nimi, wykorzystaniu ich — oczywiście z podaniem źródła — także w moich badaniach. Trochę tego odnalazłem w zapiskach, które przywieziono mi z domu. Naczelnik był mocno zirytowany tymi, jak to nazwał, „zachciankami". Ale najważniejsze, że żona je odnalazła, nie było to zresztą takie trudne, i wydała. Oto zatem rzeczone fragmenty pracy Łyska. Jestem pewien, że Pana zaciekawią.

Francja. Cykl zamachów na Napoleona III Bonaparte

— 10.12.1852. Żołnierz stojący na warcie strzelił, ale chybił. Niezwłocznie rozstrzelany. Istnieją istotne domysły, że zamachowiec został zainspirowany przez republikanów, którzy postanowili walczyć za pomocą terroru indywidualnego z ustrojem monarchicznym, po jego restauracji. W papierach pośmiertnych Pierre'a de Beaumarchais, jednego z domniemanych inspiratorów, znajduje się bogata kolekcja listów, które wymieniał z Michałem Czajkowskim. Do myślenia daje fakt, że listy pisane są ezopowym językiem, przypominającym rodzaj szyfru.

— 13.09.1854. To miał być pierwszy zamach przez wysadzenie torów kolejowych na trasie Lille–Paryż. Cesarz wracał z wizyty dyplomatycznej w Belgii i był jednym z pierwszych dostojników i monarchów, którzy korzystali z transportu mechanicznego. Sprawców nie złapano. Ślady wskazują na użycie materiału wybuchowego (tzw. merkuriusza piorunującego) stworzonego na bazie prochu. Bomba miała kształt walca o średnicy 40 centymetrów, ukryto ją w nasypie kolejowym pod torami. Wybuch spowodowano elektrycznie induktorem, kabel miał długość 50 metrów. Wybuch nastąpił za wcześnie, pociąg zdążył się zatrzymać. Do dziś nie wiadomo, kto to zrobił, ale środki finansowe przeznaczone na przygotowania do zamachu musiały być znaczne. Brak śladów wskazuje również na głęboko zakonspirowaną organizację, być może o charakterze międzynarodowym.

— 28.04.1855. Strzelał Giovanni Pianoli (zapewne Korsykanin albo Włoch, szewc). Zamachu dokonano w Lasku Bulońskim. Sprawca chybił, został złapany i ścięty. Udowodnione powiązania z „międzynarodówką republikańską".

— 7.09.1855 w Lasku Saint Cloud strzelał nieznany zamachowiec.

— Dosłownie następnego dnia — 8.09.1855 — w Teatrze Ventadour strzelał Edward Bellamare (też szewc, ale syn nauczyciela). Nie trafił, został złapany i zgilotynowany. Udowodnione podobne powiązania jak w przypadku Pianolego.

— 14.01.1858 — Gmach Opery. Złapano wszystkich uczestników zamachu, członków organizacji duchowo powiązanej z Giuseppe Mazzinim (ideologiem Młodych Włoch). Najprawdopodobniej liderem konspiracji był hrabia Feliks Orsini, a innymi prominentnymi spiskowcami także Charles de Rudio, Joseph André Pierri, Antoine Gomez, Simon François Bernard. Zamach był przygotowywany w Anglii, na Jersey, bo obawiano się infiltracji ze strony policji francuskiej. Na użytek zamachu skonstruowano sześć dwuczęściowych granatów, przygotowano cztery rewolwery oraz cztery sztylety. Policja mimo wszystko czegoś się dowiedziała, reszta informacji — co prawda fragmentarycznych — nadeszła ze strony Anglików. Znano tylko tego, który miał być wykonawcą zamachu (chodziło o Pierriego). Dla identyfikacji posłużono się zdjęciem — to jeden z pierwszych przykładów tej popularnej dziś metody działań operacyjnych. Dosłownie na pięć minut przed przybyciem Napoleona III do Opery rozpoznano zamachowca w tłumie i został on natychmiast aresztowany. Na przesłuchaniu nie przyznał się i nie powiedział nic o towarzyszach, a policja uznała, że działał sam. Ale konspiratorzy byli przygotowani i mieli wariant alternatywny. W wariancie B — zamachu mieli dokonać Orsini i Rudio. Stali na skrzyżowaniu ulic przy Operze. Rossini i Lepetier widzieli aresztowanie kolegi, sygnał dawał Gomez przez uchylenie kapelusza (podobnie jak polska konspiracja w czasie drugiej wojny światowej). Kiedy mijał go trzeci powóz, dał znak, bo pomyślał, że właśnie tam jedzie władca — i tak było rzeczywiście. Najpierw Rudio rzucił granat, a potem Orsini. Nie przewidzieli jednak, że powóz miał wzmocnioną konstrukcję właśnie na taki wypadek (był opancerzony, zwłaszcza od spodu). Nawet zasłony w oknach były stalowe. W powóz wbiło się siedemdziesiąt odłamków, granat Orsiniego mógł zabić, bo odłamki wpadły mimo zasłon do środka, jeden przebił nawet kapelusz władcy, drugi zaś zatrzymał się na jego gęstej brodzie (sic!). Adiutant Napoleona, Rouget, oberwał w szyję, ale raczej nieszkodliwie. Poza tym zginęło osiem osób — w tym sześciu ułanów z eskorty bezpośredniej — a sto pięćdziesiąt osiem osób odniosło rany. Eskorta się spisała, zwłaszcza brygadier Prud'home, który po pierwszych wybuchach nakazał ułanom „przytulić" się do powozu (bo ostatecznie rzucono cztery granaty, ostatni nie rozerwał się, największego spustoszenia dokonał ten trzeci — Orsiniego). Wszystkich uczestników zamachu aresztowano pod zarzutem paricidium — ojcobójstwa (był to prawny relikt jeszcze ze średniowiecznego prawodawstwa). Dwóch zamachowców zostało ściętych — Pierri (choć ostatecznie nic nie zrobił) i Orsini. Rudio i Gomez zostali skazani na dożywotnie galery. Bernard nie brał bezpośredniego udziału w zamachu, ale był konstruktorem ładunków, więc Anglicy deportowali go do Francji. Osadzono go w więzieniu, ale bardzo szybko został (uwaga! — nie wiadomo dlaczego) zwolniony.

Był to jeden z pierwszych zamachów zorganizowany tak precyzyjnie i na taką skalę (stąd powyższy rozbudowany opis). Także jego polityczne tło jest bardzo istotne, gdyż bezpośrednio wiąże się z działalnością Czajkowskiego i jego współpracowników.

Źródeł zamachu należy poszukiwać w ambicji premiera Piemontu Camila Cavoura dążącego do zjednoczenia Włoch. Cavour, nauczony doświadczeniami Wiosny Ludów, wiedział, że Piemont sam sobie nie poradzi z tym zadaniem. Jedyną prawdziwą pomoc mogła zapewnić Francja. Zatem Cavour sondował dyplomatycznie tę opcję, ale Francja odmówiła i jest całkiem możliwe, że Cavour miał wpływ na zawiązanie spisku, gdyż rozwiązanie terrorystyczne było mu bardzo na rękę. Do 1858 roku ministrem spraw zagranicznych Napoleona III był Aleksander-Colonna Walewski, syn pani Walewskiej i Napoleona Bonapartego (być może to on był przeciwny wiązaniu się z Włochami). W końcu 1858 roku Napoleon nagle diametralnie zmienił zdanie i podpisano traktat z Piemontem (w Plombieres), potem zaś wybuchła wojna z Austrią. Wiele wskazuje na to, że najprawdopodobniej Cavour mógł pociągać za sznurki całej tej intrygi. Wiadomo także, że — poprzez kontakty dyplomatyczne oraz towarzyskie z otoczenia premiera — Czajkowski miał kontakt z Cavourem. Niewątpliwie zamachowcy byli specjalnie szkoleni, a w dwóch listach sekretarza Czajkowskiego znajdujemy zawoalowane sugestie, że z kasy domniemanej organizacji jego pryncypała przeznaczono pewną istotną sumę między innymi na podróże trzech byłych powstańców listopadowych, wówczas emigrantów do Anglii. Cel tych podróży nie został nigdy i nigdzie sprecyzowany w znanych nam materiałach.

— 6.06.1867. Zamach Antoniego Berezowskiego w Paryżu. Celem był, według oficjalnych ustaleń policyjnych, przebywający z wizytą we Francji car Aleksander II, ale Berezowski mógł też uśmiercić — niejako przy okazji — także Napoleona. Z dotychczasowych ustaleń wynika, że uzasadnione jest domniemanie, iż prawdziwym celem ataku byli jednak obaj władcy. Sam Berezowski to ciekawa postać. Miał dwadzieścia lat, był powstańcem styczniowym, członkiem tzw. sztyletników, wykonujących wyroki Rządu Narodowego na zdrajcach. W Paryżu trwała akurat wystawa światowa — której otwarcie uświetniał właśnie car Aleksander II. Publiczność francuska była nastawiona niechętnie wobec cara i przed zamachem w Operze wznoszono w jego obecności okrzyki „Niech żyje Polska". Berezowski kupił pistolet i w Lasku Bulońskim strzelił z dziewięciu kroków do cara. Sam został ranny, gdyż załadował za dużo prochu i w jego broni podczas strzału pękła lufa. Niestety, nie trafił, lecz zabił konia koniuszego cesarza. Po tym zdarzeniu Napoleon rzekł do cara: „Niech się wasza cesarska mość nie niepokoi, to na pewno do mnie strzelano i z pewnością zrobili to Włosi, bo wciąż są ze mnie niezadowoleni". Na co car odpowiedział: „Nie, wasza cesarska mość, to niech wasza cesarska mość się nie niepokoi, gdyż to na pewno do mnie strzelali Polacy, bo oni też są wciąż niespokojni". Wiele wskazuje na to, że Berezowski był ściśle powiązany z Czajkowskim, a znów reakcja cara każe domniemywać, iż rosyjska tajna policja musiała wejść w posiadanie jakichś informacji na temat zamachu i car zapewne został o takiej ewentualności (oraz o inspiratorach i wykonawcach) poinformowany.

Berezowski został po zamachu osądzony i — jako więzień polityczny — skazany na galery, a następnie przymusowy pobyt na Nowej Kaledonii (rejon ten spełniał we Francji podobną funkcję jak w carskiej Rosji Syberia). Zmarł w 1916 r.

Klejnocki z satysfakcją stwierdził, że nie musi nanosić żadnych poprawek. Tekst był idealny. Pomanipulował więc myszką i kliknął w końcu klawiszem „wyślij".

Mógł teraz w spokoju dopić kawę i oddać się lekturze gazet z ostatnich dwóch dni. Z przyjemnością na nowo nabił fajkę.

Restauracja McDonald. Piątek, wieczór

Mirek zaczął się niecierpliwić. Wyznaczony termin spotkania minął, kawę wypił, ciastko zjadł, a nic się nie wydarzyło. Czyżby Kolec miał go jednak wystawić do wiatru?

Tłum w lokalu z wolna topniał. Już sporo stolików było pustych. Mirek co rusz rozglądał się wokoło, ale nic nie przykuło jego uwagi.

Kiedy więc z nagła dosiadł się do niego młodzieniec w sportowej kurtce i firmowej czerwono-czarnej bejsbolówce „American Polo Association" nasuniętej na oczy, poruszył się zaskoczony. Mężczyzna był idealnie anonimowy, niczym się nie wyróżniał. Żadnych szczególnych ozdób, ekstrawagancji w ubiorze.

— Kolec?

— Nie, Mahatma Gandhi — mężczyzna położył na blacie tackę z milkshake'em i rozsunął suwak kurtki.

— Nie gap się na mnie! Udawaj, że się mnie nie spodziewałeś.

— To chyba powinniśmy przybić sobie piątkę? — Mirek nie stracił refleksu.

Kolec zawahał się, ale wyciągnął rękę i uścisnęli sobie dłonie. Mirek czuł się nieco dziwnie.

— Posłuchaj, koleś! — Kolec przeszedł od razu do rzeczy. Mówił ściszonym tonem, jakby od niechcenia.

— Nie planowałem tego, ale to bezpieczniejsze niż telefony.

— Rozumiem.

— Gówno! Powinieneś słuchać tego swojego oberpsa, kiedy nawijał o podsłuchach.

— Dobra, dobra.

— Nie „dobra", tylko się skup. Jest tak — Kolec nie tracił czasu. — Weszliście w drogę pewnemu gościowi, który jest ważniakiem. Oficjalnie ma biznes, jest kimś. Rozumiesz? Nie żaden geszefciarz, tylko spory, znany interes. Ale ten facet nie działa na jednym froncie. Z przodu firma, a z tyłu... — zawiesił głos. — To zresztą nieistotne. Ten wasz truposz od architektury — kontynuował — coś tam odkrył, więc go sprzątnęli...

— Co odkrył? — Mirek wpadł mu w słowo.

— A chuj wie! Nie przeszkadzaj mi! Sprzątnęli go goście z miasta, ale za tym wszystkim stoi ten facet. Tak samo zresztą jak za porwaniem. Gość jest poza wszystkim, haków nie ma. Wysoka pozycja na liście najbogatszych Polaków, kontakty z politykami. Za mocny jest! — Kolec wziął spory łyk milkshake'a, a Mirek nie mógł oprzeć się wrażeniu, że maskuje w ten sposób własną irytację. Czyżby coś osobistego? „Zna faceta?" — przemknęło mu przez myśl.

— W każdym razie — Kolec kontynuował — weszliście mu na odcisk. No i uruchomił swego chłopca, żeby was przystopował. A on takie sprawy załatwia szybko i cicho.

Kolec zamilkł i kończył napój. Mirek wiercił się niecierpliwie.

— I to wszystko?

— Tak.

— A jakieś konkrety? Tyle to i my moglibyśmy się domyślić.

— To czemu się nie domyśliliście, frajerzy jedni? Jakbyś nie był w dupie, tobyś nie zadzwonił do mnie.

— Nie pierdol! Wiesz, że chodzi o nazwiska. Znasz je?

Kolec poruszył się niespokojnie na krześle.

— I co ci to da, piesku? Nie podskoczysz.

— Mów!

Kolec nie odpowiedział. Rozejrzał się, siorbnął znów napoju z tekturowego kubka, poprawił czapkę. Podniósł wreszcie wzrok i Mirek zobaczył, że tamten ma błękitne, łagodne oczy.

— Dobrze ci radzę. Daruj sobie tego gościa, skup się na jego żołnierzu. Nie dorwiesz szefa, pomóż swojemu.

— Kto to jest?

Kolec westchnął. A potem wypowiedział nazwisko. Mirkowi nic nie mówiło i gangster zauważył to natychmiast.

— Ale ty jesteś burak! Przecież mówiłem: miejsce w pierwszej piątce na liście najbogatszych Polaków. Nieformalny doradca poprzedniego prezydenta. No co ty, dzienników nie oglądasz, gazet nie czytasz?

— A ten jego, no, człowiek od ciemnej roboty? — Mirek drążył cierpliwie.

— Ten? Dobry jest. Był kiedyś gliną. W prewencji i jeszcze gdzieś tam... Ma w każdym razie wejścia do was, wszyscy to wiedzą.

— Co?

— Wiaderko i szkło! Mówię przecież! Ma wejścia i je czasami udostępnia.

— Korzystałeś z tego, tak?

Kolec machnął lekceważąco ręką.

— Powiesz mi coś o nim?

— A co chcesz wiedzieć?

— No, jak to u nas: adresy, kontakty... Klossa nie oglądałeś?

Kolec bujał się przez chwilę na krześle. Potem pochylił się i popatrzył Mirkowi prosto w oczy.

— Był w Legii Cudzoziemskiej. Przy naborze do policji, po osiemdziesiątym dziewiątym, ukrył ten fakt, a wyście go dokładnie nie sprawdzili. Siedział kilka lat u was. Robił u antyterrorystów, potem gdzie indziej. Na koniec, zresztą na własną prośbę, wylądował w prewencji. Rozpoznawał was po prostu, ciemniaki jedne. Teraz odszedł i działa dla tego, no wiesz... — zawiesił głos.

— Znasz go?

— Trochę. Mocny gość. Nie waha się, kapujesz? Dlatego jest, kim jest i tam, gdzie jest. Dobra, powiem ci. Mówią na niego Bolek, choć nazywa się inaczej. Wszystko jest tutaj — Kolec ukradkiem podsunął Mirkowi zapisany karteluszek, a ten, nie spojrzawszy nawet, natychmiast schował go do kieszeni.

— Dzięki.

— Nie za ma co, frajerze. Kurwa, co z was za policja? Nic nie wiecie. — Kolec odchylił się na krześle.

— Więcej nic nie mam. I niczego już nie będę miał. Cześć! — Wstał nagle, zostawiając Mirka w całkowitym zaskoczeniu. Szybkim krokiem poszedł ku drzwiom, pchnął je i zderzając się z jakimś rozbawionym towarzystwem właśnie wkraczającym do lokalu, zniknął w ciemności wieczoru.

Mirek siedział bez ruchu, zdezorientowany. Wszystko powoli zaczęło układać się w spójną całość. Po chwili wiedział, co robić. Sięgnął do kieszeni, wyjął komórkę i wstukał numer Nawrockiego.

Mieszkanie Nawrockiego. Piątek, późny wieczór

Obudziła go natarczywa melodia komórki. Mrużąc oczy, sięgnął po aparat. Miał kłopot z odnalezieniem właściwego klawisza, wreszcie wcisnął go i wypowiedział chrapliwe „Halooo?!". To był Mirek. Zaczął mówić szybko, bez powitania. Komisarz nie był w stanie zrozumieć, co mówi. Mimo to słuchał, a głowa kiwała mu się na boki. W telewizorze jacyś faceci biegali po scenie, a kobiety wrzucały ich do zainstalowanego w studiu basenu. Teleturniej? Mirek wciąż nawijał. Nawrocki poczuł wielkie zmęczenie. Chciał po prostu spać.

— Mirek, kurwa — zabełkotał. — O co ci chodzi? Daj mi spokój, jestem na urlopie. Mam wolne i jestem nieczynny. Rozumiesz? N-I-E-C-Z-Y-N-N-Y!

A potem się rozłączył.

Osiedle mieszkaniowe w Białołęce. Piątek, późny wieczór

Dzieci na szczęście zasnęły spokojnie. Oksana z ulgą nastawiła wodę na herbatę. Kiedy była sama w domu, jak teraz, bo mąż brał udział w międzynarodowej konferencji w Berlinie, zawsze miała kłopot z położeniem córek spać. Przyzwyczaiły się, że to Piotrek czyta im bajki na dobranoc. Gdy wyjeżdżał, a ostatnio zdarzało mu się to często, kompletnie wariowały.

Myśl o spokojnym końcu dnia zakłócił natrętny dzwonek telefoniczny. Dopiero po chwili Oksana uświadomiła sobie, że to komórka, nie stacjonarny. Teraz? Taki telefon nie mógł zapowiadać niczego innego jak tylko kłopoty.

To był Mirek, wyraźnie wzburzony. Głos mu się łamał.

— Pani Oksano, przepraszam, że o tej porze, ale naprawdę nie mogłem czekać. Chodzi o komisarza!

— Tak? Co się stało? — odpowiedziała ze śpiewną intonacją, której nie umiała się wyzbyć, starając się jednocześnie zachować spokój.

— Przed chwilą rozmawiałem z nim przez telefon. Jest kompletnie uwalony, na granicy przytomności! A jest sprawa, która nie może czekać!

— Niech się pan uspokoi. Jest piątek, przed weekendem. To naturalne.

— Pani nie rozumie! Kobitę z dzieckiem mu porwali i pewnie od wczoraj pije na umór. A ja rozmawiałem z tym Kolcem i dowiedziałem się... Zresztą nie ma czasu do stracenia...

— Porwali? Jaki Kolec? O co chodzi? Nawrocki bagatelizował...

— No to się, kurwa, zmieniło! Przepraszam — Mirek zmitygował się natychmiast. — Chciałem powiedzieć, że wszystko się zmieniło. Byliśmy w Radomiu u tego pojebanego doktora — najmocniej przepraszam raz jeszcze — a jak wracaliśmy, to oni zadzwonili i powiedzieli mu. Komisarz nie wyrobił, wpadliśmy do rowu i...

— Mirek! Uspokój się, do cholery jasnej! Ja nic nie rozumiem. Uspokój się i powiedz wszystko po kolei!

I Mirek opowiedział. Im dłużej mówił, tym bardziej się obawiał, że sprzeniewierza się słowu danemu komisarzowi. Ale Oksana była jedyną osobą, której intuicyjnie ufał. Kiedy skończył, po drugiej stronie linii zapanowała męcząca cisza.

A potem usłyszał stanowczy głos psycholożki.

— Jedź do niego do domu. Poczekaj tam na mnie. Wiesz, gdzie on mieszka?

— Wiem.

— Wyślij mi adres SMS-em. Już! Poczekaj tam, nic nie rób. Ja niedługo dojadę. Czekaj na mnie przed blokiem, najlepiej na ulicy, żebym cię widziała. Rozumiesz?

— Tak.

— To już, ruszaj!

— Ale...

— Bez gadania! Rób, co mówię!

— Dobra, się robi.

Przerwali połączenie niemal jednocześnie. Oksana delikatnie odłożyła telefon na blat kuchennego stołu. Tylko jak się tam dostanie? I co z dziewczynkami? Chwilę stała w kuchni, zupełnie nieruchoma, aż pomyślała o nim. Żeby tylko wszystko wypaliło.

Gdzieś. Piątek, późny wieczór

Bolek zaparkował wóz pod rozłożystym dębem w ogrodzie. Tego wieczoru postanowił skontrolować osobiście sytuację. Z satysfakcją zauważył dwie postacie w cieniu obok domu. Znaczy, że chłopcy naprawdę pilnują, a nie siedzą na dupach przed telewizorem. Jego szkoła!

Drzwi otworzyły się i na powitanie Bolka ruszył barczysty, krótko ostrzyżony mężczyzna w czarnym kombinezonie. Na ramieniu miał zawieszonego kałasznikowa w wersji szturmowej, krótką lufą i stelażową, składaną kolbą. Kiedy się zbliżył, skinął głową.

— Co jest? — Bolek przeszedł od razu do rzeczy.

— W porzo. Spokój.

— A oni?

— Co oni? — mężczyzna bezwiednie wzruszył ramionami. — Też w porzo. Filujemy przez kamerę.

— No i git. Pokaż, jak to wygląda.

Weszli do środka. W małym pokoju z monitorami siedział mężczyzna, który na chwilę oderwawszy wzrok od ekranów, pozdrowił Bolka zdawkowym ruchem głowy. Centralny monitor pokazywał pomieszczenie, w którym stało duże łóżko. Leżała w nim kobieta obejmująca dziecko. Wyglądało na to, że mały płakał.

— A to co? — Bolek wskazał palcem na widoczny w rogu pokoju stół.

— To? — facet w czarnym kombinezonie zbliżył twarz do ekranu. Te! — szturchnął siedzącego — daj zbliżenie!

Na stole widać było talerze z jedzeniem i kubki z piciem. Niemal nienaruszone.

— Nie chcą jeść? — spytał Bolek.

— Wygląda na to, że nie. Chuj z nimi. Słyszałem o takim jednym, co nie żarł przez czterdzieści dni i jakoś przeżył — zarechotał mężczyzna.

Bolek odwrócił się i wyszedł bez słowa.

Osiedle mieszkaniowe na Białołęce. Piątek, początek nocy

Oksana delikatnie zapukała do drzwi sąsiada z trzeciego piętra. Tylko jego znała bliżej z wszystkich mieszkańców. Spotykali się czasami, kiedy wyprowadzał psa. Rozmawiali też kilka razy.

Drzwi otworzyła dziewczyna z mokrymi włosami, ubrana w szlafrok.

— Dobry wieczór. Przepraszam. Ja do pana Tomasza — nieco niepewnie odezwała się Oksana.

— Tato! Do ciebie! — dziewczyna nie okazała zdziwienia i zostawiwszy drzwi otwarte, wycofała się w głąb mieszkania.

Doktor Tomasz Wroczyński pojawił się za chwilę i na moment stanął zaskoczony, widząc sąsiadkę.

— Dobry wieczór. A właściwie, to już później. Przepraszam — Oksana zaczęła się gubić.

Wroczyński opanował szybko zdumienie, zachowując się jak prawdziwy dżentelmen.

— Coś się stało, pani Oksano?

— No tak. Tak. Potrzebuję pomocy — psycholożka odzyskała rezon. — Proszę pana, ja wiem, że to późna pora, że państwo pewnie już śpicie, no i w ogóle...

— A gdzie tam! Piszę właśnie tekst, a rodzina... — doktor Wroczyński nieco teatralnym gestem wskazał wnętrze mieszkania. — Moje panie właśnie się relaksują. Co się stało?

Oksana postanowiła nie owijać w bawełnę.

— Proszę pana! Jestem policjantką, jak pan wie. To znaczy policyjnym psychologiem. Właśnie do mnie zadzwoniono. Jest nagła sprawa, muszę wyjść z domu. A moje dziewczynki — zawahała się — dopiero co zasnęły. Nie mam kogo z nimi zostawić, mąż jest w delegacji. To naprawdę ważna sprawa — podkreśliła zdecydowanym tonem.

Wroczyński stał w przedpokoju, jakby się wahając. Nagle podjął decyzję i odwrócił się gwałtownie.

— Dominika! Chodź tu, proszę! Szybko!

Młoda dziewczyna w szlafroku pojawiła się natychmiast. „Musiała stać za drzwiami i przysłuchiwać się" — pomyślała Oksana.

— Ubierzesz się natychmiast! — Wroczyński zaczął wydawać polecenia. — Ubierz się natychmiast. Pójdziesz z panią Oksaną do jej mieszkania. Tam śpią jej dzieci. Zostaniesz z nimi. Ja muszę wyjść. Pojadę z panią.

— To doprawdy niepotrzebne, poradzę sobie jakoś. Taksówka... — zaczęła Oksana, ale gospodarz przerwał jej bezceremonialnie.

— Nie ma mowy. Proszę. Ja muszę jechać — powtórzył, zwracając się do córki. — Przypilnujesz dziewczyn, tak?

Dominika nie zadawała pytań. Potaknęła, odwróciła się z wdziękiem na pięcie i zniknęła natychmiast w pokoju naprzeciwko korytarza.

— Kochanie! Co się dzieje? — z pokoju telewizyjnego odezwał się lekko rozespany głos. „No tak. Żona!" — skonstatowała w lekkiej panice Oksana.

— Nic, nic, Agatko. Nagła sąsiedzka pomoc.

— Słucham?! O tej porze?

— Dominika ci to wyjaśni! — odpowiedział lekko podniesionym głosem Wroczyński. — Klucze! — dodał jeszcze do Oksany.

— Co? — odrzekła lekko wytrącona z równowagi.

— Klucze do pani mieszkania, pani Oksano. Dla Dominiki — wyjaśnił.

— Oczywiście. Przepraszam. Mam je na górze. Zaraz wracam — odwróciła się i pobiegła do siebie, pokonując po dwa schody naraz. Przydała się policyjna zaprawa i ćwiczenia gimnastyczne pod okiem gburowatego instruktora. Kondycję miała znakomitą.

W domu szybko przebrała się w wygodne ubranie. Założyła spodnie, sweter, gruby, ciepły polar. I miękkie gumowane buty, które kiedyś dostała od antyterrorystów w ramach podziękowania po jednej z akcji. Złapała czarną walizeczkę, zawsze stojącą w przedpokoju. W biegu zerknęła do sypialni dziewcząt. Spały smacznie, na szczęście. Nie zamykając wyjściowych drzwi, zbiegła na dół. Po drodze minęła Dominikę, która, już ubrana w dresopodobny strój, właśnie wdrapywała się na górę. Wręczyła jej klucze, uśmiechając się, jak miała nadzieję, przepraszająco. Dziewczyna odwzajemniła uśmiech.

Doktor Wroczyński już czekał na klatce schodowej.

Budynek przy ulicy Żywnego, Mokotów. Noc z piątku na sobotę

Wroczyński jechał jak wariat. Oksana powiedziała, że w razie czego machnie swoją legitymacją, a ponieważ i tak jest znana stołecznym policjantom, z pewnością nie będą stwarzali żadnych kłopotów. Mknęli więc dobre sto dwadzieścia na godzinę po opustoszałej o tej porze Modlińskiej ku Żeraniowi. „Gdyby tak pusto było tutaj rano!" — rozmarzył się w duchu naukowiec. Ze względu na ogromne korki wstawał zazwyczaj bardzo wcześnie, by być o czasie na uczelni. No i jeździł autobusem. Raz — dla oszczędności, dwa

— autobusy korzystały ze specjalnych pasów ruchu, na które co prawda i tak wjeżdżali nielegalnie kierowcy osobówek, ale mimo wszystko przesuwały się w porannych zatorach szybciej od reszty gigantycznej kawalkady.

Zaraz za monumentalnym cielskiem żerańskiej elektrociepłowni dyszącej w niebo brunatnymi kłębami dymu zjechali na most Grota i popruli ku lewemu brzegowi rzeki. Wroczyński wybrał trasę pozornie dłuższą, ale za to szybszą. Więc z Grota zjazd na Wisłostradę i dalej na południe. Szczęśliwie światła przy skrzyżowaniach włączyły się już automatycznie na czuwanie — ta zmiana dokonywała się z reguły około dwudziestej trzeciej — i błyskały na żółto. W tunelu pod Trasą Świętokrzyską, przy podziemnym przystanku, stał w zatoczce radiowóz, który ruszył zaraz po tym, jak przemknął koło niego stalowy fiat albea.

— Jadą za nami. Na sygnale! — doktor Wroczyński niespokojnie zerknął w lusterko.

— Niech pan się nie zatrzymuje. Biorę to na siebie — Oksana odwróciła się z wysiłkiem na siedzeniu, żeby zobaczyć w tylnej szybie samochód policyjny błyskający zestawem świateł jak latająca dyskoteka.

— Jak pani chce. Mam nadzieję, że nie zabiorą mi prawa jazdy — ponuro odparł kierowca. I docisnął gazu.

Patrol musiał powiadomić innych, bo z wylotu jednej z poprzecznych ulic wyskoczył nagle drugi wóz i teraz już razem gonili uciekającego fiata. Oksana wyjęła komórkę i połączyła się bezpośrednio ze stanowiskiem dowodzenia w komendzie. Sprawnie zrelacjonowała dyżurnemu całą sytuację.

— Niech pan się nie martwi, właśnie załatwiam sprawę — rzuciła w stronę kierowcy, gdy dyżurny łączył się z goniącymi ich wozami. Po chwili znów przyłożyła telefon do ucha, tym razem kwitując wypowiedzi rozmówcy jedynie zdawkowymi potwierdzeniami. — Proszę zwolnić, oni już wiedzą. Wszystko w porządku, dadzą nam eskortę.

Gdy tylko Wroczyński zwolnił, jeden z radiowozów wyprzedził ich lewym pasem. Policjant siedzący obok kierowcy pomachał im ręką przez szybę. Oksana, wychyliwszy się nieco, odwzajemniła pozdrowienie. Niebieska policyjna skoda oktawia zjechała na ich pas, druga zajęła miejsce za nimi i tak mknęli dalej Wisłostradą.

— Czuję się, jakbym był VIP-em. Albo pędził do porodu — doktor nie mógł ukryć podekscytowania.

Minęli po prawej Torwar i stadion Legii, a zaraz dalej skrzyżowanie Wisłostrady z Gagarina — tu światła działały normalnie, więc policjanci wyminęli inne samochody skrajnym prawym pasem i już za chwilę ostro skręcali wzdłuż wiaduktu na Trasie Siekierkowskiej. Potem znów w prawo w Idzikowskiego, przeskok przez Sobieskiego, cały czas na sygnale i pod górę, przy Królikarni, do Puławskiej. Jeszcze raz w prawo, koło Komendy Głównej, moment i już skręcali w Żywnego. Zapiszczały opony, Oksana wyskoczyła z samochodu. Podbiegła do radiowozu i zamieniła kilka słów z wysiadającym z niego policjantem. Ten tylko poklepał ją z wyraźną sympatią po ramieniu. Od ciemnej bryły bloku do radiowozu nadbiegła niewyraźna postać. Wroczyński nie wiedział, co ma robić, w końcu wysiadł, mając nadzieję, że zdąży zapalić papierosa. Wtedy Oksana odwróciła się i zamachała do niego ręką, wyraźnie zapraszając do siebie. Wroczyński zamknął szybko auto i podszedł niepewnie do grupki policjantów. Przywitali się mocnymi uściskami dłoni.

— Zostanie pan? — zaproponowała Oksana.

— Nie, nie. Pójdę. Może się przydam — odpowiedział z wahaniem.

Nawrocki mieszkał na siódmym piętrze. Pojechali we trójkę — Oksana, Mirek, Wroczyński, a mundurowi zostali na dole. W windzie napotkali dwóch Wietnamczyków, którzy wysiedli pospiesznie na czwartym, kłaniając się im przesadnie grzecznie.

Lokal, którego szukali, znajdował się na końcu nieprzyjemnie długiego i ponurego korytarza — przy samych schodach. Obie klatki schodowe mieściły się po dwóch stronach bloku. A cały budynek, wzniesiony w technologii wielkiej płyty, pewnie u schyłku lat sześćdziesiątych, był typowym antypatycznym pudełkiem z betonu. Żadnej finezji, tylko siermiężna funkcjonalność rodem z gomułkowskich czasów.

Wroczyński, wciąż nieco oszołomiony, obserwował sprawne działanie swoich towarzyszy. Oksana stanęła z boku, a Mirek wyjął z wewnętrznej kieszeni wiatrówki skórzane etui, wydobył z niego zestaw metalowych narzędzi i jakby nigdy nic zaczął manipulować przy zamkach.

— Nie wiedziałem, że stosujecie w policji takie procedury — Wroczyński zdobył się na żart.

— Jakie tam procedury! — Mirek odwrócił się i wyszczerzył zęby w uśmiechu. — Ja z Woli jestem, u nas to abecadło.

— Aha! — skwitował doktor i postanowił nie pytać już więcej.

Mirek męczył się chwilę. Drzwi były zamknięte na trzy zamki. Ale po kilku minutach już było po wszystkim.

— Doktor nie puścił, ale drzwi puściły — mruknął pod nosem Wroczyński.

— Słucham? — Mirek chował właśnie wytrychy, wyraźnie dumny ze swego sukcesu.

— Nic, nic. Takie tam literackie skojarzenie.

— Aha — zrewanżował mu się Mirek.

Weszli po kolei — Oksana, Mirek i na końcu Wroczyński. W mieszkaniu paliły się chyba wszystkie światła i panował niesamowity rozgardiasz. Śmierdziało. „Jak w melinie" — przemknęło przez myśl Wroczyńskiemu. Komisarz Nawrocki leżał nieprzytomny w rozbebeszonym łóżku. Ubrany był jedynie w czarne bokserki, ozdobione motywem płonącej czaszki. „Jak jakiś rock'n'rollowiec" — pomyślał Wroczyński, z lekka zdezorientowany. Rozejrzał się wkoło. „Jakie małe mieszkanko! I oni się tu gnieżdżą we trójkę?!" — nie mógł wyjść z podziwu. Mirek z Oksaną stanęli nad śmierdzącym whisky denatem.

— Co robimy? — sierżant był, jak zawsze, konkretny.

— Jak to co? Trzeba go reanimować, skoro pan twierdzi, że to konieczne.

— Absolutnie! Muszę z nim porozmawiać. Nie możemy czekać. Tylko...

— Tylko jak, prawda? — wpadła mu w słowo Oksana. — Ma pan szczęście! Mam tu przypadkiem ze sobą pewną magiczną miksturę. Spróbujemy, może się uda — prychnęła nieco sarkastycznie. — Muszę tylko wszystko przygotować. A tymczasem może któryś z panów zaparzy kawę. Przyda się.

— To może ja? — zaproponował Wroczyński. A widząc przyzwolenie w oczach Mirka, wszedł do kuchni połączonej z dużym pokojem wielkim oknem, które przypominało te w dawnych stołówkach pracowniczych.

Oksana tymczasem otworzyła swoją czarną walizeczkę. Wyjęła z niej fiolkę i strzykawkę. Kiedy Wroczyński zerknął znad szafki, nad którą był pochylony, zobaczył, że psycholożka z dbałością doświadczonej pielęgniarki przygotowuje zastrzyk, a potem fachowym ruchem wbija igłę w ramię komisarza.

— Co to jest? — zainteresował się Mirek.

— To? Naloxon — odpowiedziała Oksana. — Zasadniczo stosowany w zatruciu opiatami. Wie pan, głównie morfiną, ale daje też dobre reakcje na heroinę... Pobocznie, jak się okazało w praktyce klinicznej, działa też w przypadku zatrucia alkoholowego. Choć nie zawsze...

— A skąd w ogóle pani to ma? Przecież to pewnie lek ścisłego zaszeregowania — zainteresował się Mirek.

— Ma pan rację. Właściwie wydaje się go z przepisu lekarza, zresztą w zwykłym trybie — przez aptekę. I właściwie winni go stosować dyplomowani medycy... Tylko że ja pracuję ze szczególną klientelą, nieprawdaż? Pańscy uzależnieni koledzy po fachu — i to coraz częściej nie alkoholicy, tylko regularni narkomani, no i zwykłe ćpuny, których muszę czasem przywracać do życia, jak mnie wezwą pańscy kumple. Niech pan się nie martwi, mam ukończony podstawowy kurs pielęgniarski i niezbędne uprawnienia.

— A lek?

— No cóż. Czasem trzeba trochę obejść prawo, by go bronić. Jest poufny okólnik komendanta. A jak to trafia do mnie, to już moja słodka tajemnica...

— Pomoże tu? — Mirek nie krył wątpliwości, patrząc na nieprzytomnego szefa.

— Mam nadzieję. Ale tylko na jakiś czas, więc będzie się pan musiał spieszyć. Może pół godziny, godzina, może trochę więcej. Któż to wie? Potem alkoholowe oszołomienie stopniowo powróci. Nie wiem, ile wypił, ale wygląda na to, że sporo. Poza tym nie wiemy, jak długo już pije. Pewnie od czasu, kiedy wrócił z pracy i wziął wolne. A wziął wolne właśnie po to, żeby pić. Typowa reakcja obronna. Normalka. Zazwyczaj tak robicie — spojrzała z nagłym wyrzutem na Mirka.

— I pani takie rzeczy trzyma w domu? — Mirek wciąż nie odpuszczał medycznego tematu.

— Muszę. Przecież pan wie, że uzależnienia to moja działka. Nie tylko prowadzę terapie. Czasami muszę odgrywać również rolę siostry miłosierdzia. Zresztą wódka to małe piwo — rzekła z rezygnacją.

— Prawdziwe wyzwanie to narkotyki.

Mirek aż za dobrze wiedział, co Oksana ma na myśli. Niedawno wszak stracił kumpla z dochodzeniówki, który przesadził z balangowym stylem życia. Ecstasy dla relaksu, amfetamina dla pobudzenia. I tak w kółko. A miał ledwo trzydziestkę na karku. Ale w tej chwili nie chciał się nad tym rozwodzić.

— Co teraz robimy? — zapytał.

Oksana westchnęła.

— Jeśli efekt będzie pozytywny, to potrwa moment. Zrobiłam mu iniekcję domięśniową. I raczej nie można powtórzyć. Chyba że w szpitalu. A tego nie chcemy, prawda?

Mirek skinął głową.

— No to niech się pan modli, żeby nie była potrzebna interwencja lekarza i specjalistyczne odtruwanie.

— Komisarz ma podobno mocną głowę — niepewnie skonstatował sierżant.

— No to miejmy nadzieję, że skończy się jedynie na gigantycznym kacu jutro — ucięła Oksana. — To co, jest ta kawa?

Wroczyński niemal podskoczył.

— Tak, tak. Już się parzy. Moment.

— Dobrze. Bo jestem padnięta — odparła z ulgą psycholożka.

Nawrocki tymczasem powoli się wybudzał. Zajęczał, potem poruszył się niczym na zwolnionym filmie. Cała trójka obserwowała go, popijając kawę w milczeniu. Wreszcie komisarz dźwignął się z łóżka, popatrzył lekko nieprzytomnym wzrokiem dokoła i, rozpoznając najwyraźniej obecne w mieszkaniu osoby, tylko skinął głową. To mógł być równie dobrze wyraz zrozumienia, jak zwyczajny odruch. Oksana ruszyła do akcji.

— Poznaje mnie pan, komisarzu? — zadała pytanie, pochylając się nad siedzącym Nawrockim.

— Tak! — odpowiedział nadzwyczaj trzeźwo.

— Jak się pan nazywa? Gdzie jesteśmy?

— No gdzie, gdzie? Przecież wiem...

— Więc niech pan odpowie!

— Nazywam się Ireneusz Nawrocki. Jesteśmy u mnie w domu. Co jeszcze? Mam podać dzisiejszą datę i datę moich urodzin? — odparł z irytacją komisarz.

— W porządku! — I, odwracając się do Mirka, rzuciła. — Pana kolej!

Mirek odstawił szybko kawę i już miał się odezwać, ale Nawrocki przemówił pierwszy.

— Mirek, a wiesz, znów dzwonili do mnie. Mogłem przez chwilę porozmawiać z Małgorzatą.

— Ale wszystko jest okay? — Mirek zachował zimną krew.

— Daj spokój! Cholernie daleko od okay. Choć niby, w zasadzie, tak. Małgosia powiedziała, że z Jasiem jest dobrze, ale ona nie może niczego jeść. Potem od razu wyrwali jej telefon. Słyszałem, jak krzyczy. Rozumiesz? Słyszałem!

Nawrockim zatrzęsło.

Przez moment w mieszkaniu panowało milczenie. A potem Mirek, dobitnie cedząc słowa, zaczął mówić wyraźnie i powoli, jakby chciał się upewnić, że komisarz go zrozumie.

— Mam pomysł szefie, ale mamy mało czasu. Musi się pan skupić.

— Jestem skupiony — Nawrocki starał się, by zabrzmiało to pewnie. — Przepraszam za tamto, mów.

I Mirek zaczął relacjonować swoje spotkanie z Kolcem — tyle Oksana z Wroczyńskim zdołali posłyszeć, bo Nawrocki poprosił, żeby zostawili policjantów samych. Sierżant starał się mówić rzeczowo. Nawrocki słuchał, wydawało się, że przytomnie. Od czasu do czasu tylko drapał się nerwowo po krótko obciętych włosach.

— Nie wiem, co robić! — Mirek zamilkł dramatycznie.

Nawrocki siedział nieporuszony. Gdy nagle wstał, wyglądał na całkowicie trzeźwego i naładowanego energią.

— Zróbmy tak. Ty pójdziesz jutro do archiwum. Sprawdzisz te wszystkie rewelacje. Zajrzysz w komputer, ale pójdź też do Eli, wiesz, tej od fiszek. Nie zapomnij! I spytaj się jej, poproś o pomoc. Zresztą wiesz. — Nawrocki odetchnął głęboko. — Przejrzyj wszystko, co się da. Kolec, Bolek. No i ta szycha biznesowa. Bądź dokładny. Nawet jakbyś czegoś nie rozumiał w pierwszej chwili — to zanotuj. Skoncentruj się zwłaszcza na pryncypale tego naszego chojraka, Bolka.

— Nie rozumiem?

— Musimy mieć ich na widelcu! — Nawrocki zaczął nerwowo chodzić po pokoju. — Boli mnie łeb. Oksano, niech mi pani powie, co będzie ze mną teraz? — zawołał do psycholożki spokojnie popijającej kawę w drugim pokoju.

— Obawiam się, że zaraz pan znowu padnie.

— Kiedy będę znów na chodzie? — Nawrocki nie ustępował.

— Jutro rano. Ale z gigantycznym kacem, podejrzewam. I to w najlepszym wypadku. Bo za to, że obudzi się pan trzeźwy, nie mogę ręczyć.

— Nie szkodzi. Jakoś sobie poradzę. Mirek! Umówmy się w komendzie na południe. Chyba dam radę? — zwrócił się do psycholożki.

— Niech pan teraz pije jak najwięcej wody. Trzeba filtrować organizm.

— Szefie! — zawołał Mirek.

— Co?

— Ja chyba wiem, jak namierzyć tego Bolka!

Labo. Noc z piątku na sobotę

Bolek bawił się w najlepsze. Wypił już kilka drinków i czuł miły szum w głowie. Dziewczyna, z którą przyszedł do lokalu, brylowała na parkiecie. Przyglądał się jej z widocznym zadowoleniem. Barmani za ladą uśmiechali się do niego porozumiewawczo. Nie miał ochoty na rozmowę, więc udawał, że tego nie widzi. Był stałym klientem i zamierzał z tego skorzystać.

Przywołał ręką głównego barmana, siwawego gościa o nienagannych manierach. Ten zbliżył się natychmiast.

— Chcę czegoś ekstra. Czegoś, co jest twoim firmowym znakiem — wymamrotał Bolek.

— Szanowny pan życzy sobie coś mocniejszego czy wręcz przeciwnie — barman pochylił się konfidencjonalnie.

— Mocniejszego. Dzisiaj jest mój dzień.

— Oczywiście. Już!

Bardzo głośna muzyka świdrowała w głowie. W innej sytuacji Bolek nie mógłby tego znieść, ale był już na tyle podpity, że poddał się, rytmicznie podrygując na krześle.

Willa pod Warszawą. Głęboka noc

Małgorzata zbudziła się nagle. Znów ten strach. Nerwowo zerknęła na zegarek. W ich celi wciąż paliła się żarówka. Uświadomiła sobie, że straciła poczucie czasu, nie wiedziała, czy to noc, czy dzień.

Jaś spał.

„Całe szczęście, że nie odebrali mi zegarka" — pomyślała.

Przerażały ją ich pewne siebie działania. Dawno zorientowała się też, że są pod nieustanną obserwacją zawieszonej w rogu pokoju kamery.

W kącie pokoju stał nocnik, przyniesiony zaraz po tym, jak zrobiła awanturę, że synek nie umie się jeszcze załatwiać w ubikacji. Prowadzano ją do toalety zawsze wtedy, kiedy tego zażądała. Musieli się wcześniej przygotować, bo wraz z nocnikiem pojawiło się trochę zabawek i kilka książeczek z bajkami. Były zupełnie nowe. Zadbali nawet o dziecięce ubrania na zmianę. Obejrzała je, kiedy Jaś bawił się klockami. Były dokładnie na jego miarę. To wszystko wyglądało na zawczasu precyzyjnie przygotowane. Nie rozumiała, jak można było ich tu uwięzić, a jednocześnie zadbać o takie szczegóły. Musiał kryć się za tym jakiś zimny umysł. „Teraz nas tutaj trzymają, bo chcą czegoś od Irka. Ale co zrobią z nami później?" — myślała. Była pełna niepokoju.

Czuła wręcz, że jest na krawędzi załamania.

Komenda Stołeczna Policji. Sobota, rano

Nawrocki otworzył kasę pancerną i wyjął z najwyższej półki kaburę z pistoletem. Glock wyglądał na nie używanego i taki w istocie był. Nie licząc treningowych sesji na strzelnicy. Rozkazem komendanta wszyscy policjanci musieli zaliczyć okresowe strzelania z własnej broni. Nie było wyjątków, raport o wynikach wchodził w skład rocznego sprawozdania o efektach pracy każdego oficera. Tak samo jak wynik obowiązkowych testów sprawności fizycznej i sesji z psychologiem.

Bolała go głowa. Wziął już kilka apapów, ale nie przechodziło. Zdecydował się więc na paracetamol pozostawiony mu przez Oksanę. Od razu dwie tabletki.

Nie ma się co dziwić. Wiedział, co się zdarzyło. O wszystkim powiedział mu Mirek, który czuwał nad nim przez całą noc. Kiedy rano zbudził się w parszywej kondycji, asystent zdał mu relację z całonocnej akcji. Nawrocki czuł się zawstydzony. To, że tyle osób, zwłaszcza nie znany mu bliżej doktor Wroczyński z uniwersytetu, widziało go w chwili słabości, napawało go wstydem.

Ale z rana szybko ochłonął, pomogły mu w tym zaparzona przez Mirka mocna kawa i plan, który podsunął mu asystent.

Nawrocki położył glocka na blacie biurka i długo wpatrywał się w oksydowaną czerń pistoletu. Tak naprawdę nie lubił broni. Jeśli to tylko było możliwe, starał się nie brać jej na akcję. Jednak tym razem musiał. Choć nigdy jeszcze nie strzelał, by zabić. Trzymał się zasady, że kto strzela, wyczerpuje argumenty.

Przed jego oczami stanęła Małgosia z Jasiem. Czuł się źle, na dodatek był wściekły i mocno zdeterminowany. Zorientował się, że wraz z niepokojem, gdzieś z tyłu głowy pojawiło się pragnienie zemsty. Widział Jasia, jak leży w ciemnym pokoju i chlipie, widział Małgorzatę, starającą się go pocieszyć. Pochwycił glocka i rozłożył go wprawnymi ruchami na części. A potem złożył, sprawdzając niezawodność mechanizmu. Naoliwione i wypolerowane elementy łączyły się ze sobą jak należy. Włożył naboje do magazynka i zabrał zapas, który umieścił w pojemniku przytroczonym do paska spodni. Był gotów.

EXODOS

Komenda Stołeczna Policji. Sobota, południe

Mirek zadzwonił do Nawrockiego z wiadomością, że się spóźni, bo musi jeszcze posiedzieć w archiwum. Komisarz nie był zadowolony, ale ponieważ sam zlecił mu tę pracę, tylko wymamrotał, że czeka.

Kiedy sierżant przyszedł do komendy, Nawrocki przysypiał w fotelu. Mirek przyjął to ze zrozumieniem. Sam był ledwie żywy, w końcu spędził całą noc u komisarza, drzemiąc w niewygodnej pozycji i popatrując od czasu do czasu na łóżko.

— Halo! Pobudka! Mam, o co szef prosił!

Nawrocki natychmiast otworzył oczy. Dał ręką znać, że jest gotowy do pracy.

— Już mówię. Więc najpierw ten gość: Bolek. Rzeczywiście, był u nas. I to kilka dobrych lat. Brał nawet udział w ważnych akcjach. I go odznaczyli, skubańca jednego. Oddział antyterrorystyczny, zaawansowane szkolenie w Anglii. Wcześniej pion dochodzeniowy, ale bez żadnych wielkich dokonań. Opinie miał pozytywne, dlatego była zgoda na przejście do antyterrorystów. Sam o to prosił. W dokumentacji są dwa jego podania, pierwsze zostało negatywnie rozpatrzone.

— Dlaczego? — komisarz był już w pełni aktywny.

— Po prostu jest adnotacja, że brak zgody.

— Dobra! Dalej?!

— Potem poszedł do prewencji na zastępcę naczelnika. Wreszcie podanie o zwolnienie i zgoda.

— Kurczę! Przyszedł, żeby nas rozpracować!

— Najwyraźniej.

— To tyle? — zapytał Nawrocki.

— Właściwie tak. Zwykła służba. Brak nagan, jakichś ściem. Nawet przeciwnie, są pochwały, kilka premii, nagrody jubileuszowe i tak dalej.

— Dobrze się, skurwysyn, maskował. A jego boss? Masz coś?

— Z naszego archiwum niemal nic. Ta Ela, do której szef kazał iść, wygrzebała jedynie to — podał komisarzowi wydruk komputerowy. — Więcej znalazła w Internecie.

— Czyli co? — mruknął Nawrocki, taksując wzrokiem tekst.

— No, piszą o nim w rubrykach towarzyskich. Bywa na rozmaitych imprezach, znaleźliśmy jego zdjęcia z laskami. Niektóre to nawet ekstra...

— Dalej!

— Więc — sierżant zerknął w notatki — gość jest dziany na maksa. Ma willę w Konstancinie, dwa razy przyjmował nawet prezydenta.

— Jakiego prezydenta?

— Najwyższego! Znaczy tego, co teraz odszedł. Tak jest! Podobno grywa z nim w tenisa, wyobraża pan sobie? Szefie, to sama elita! W notowaniach „Wprost" od kilku lat w setce najbogatszych Polaków.

Robi w surowcach: ropa, gaz, te rzeczy. Inwestuje na giełdzie, jest w pierwszej dziesiątce graczy. Ma filie swojej firmy za granicą, na jakiejś brytyjskiej wyspie i na Bahamach chyba...

— Raje podatkowe! — wtrącił Nawrocki.

— No właśnie! To samo mówiła Ela.

— Są jakieś ślady kontroli — urząd skarbowy, NIK? Mirek zacukał się.

— Eee, nie wiem. Tego u nas nie było. Trzeba by było w prokuraturze, ale szef nic nie zlecał...

— Jasne! A nasze dochodzenia?

— Nie ma nic! Gość jest czysty jak łza.

— Cwaniaczek! No trudno. Jakieś powiązania z Bolkiem?

— Oficjalnie żadnych. Nic nie znalazłem. Pełna kultura.

Nawrocki zabujał się w fotelu. Było, jak przewidywał.

— No dobrze. A ten, jak mu tam, Kolec? Twój znajomy.

— A jaki on tam znajomy!? — żachnął się Mirek.

— Dobra, dobra. Co z nim?

— Z nim to zupełnie inna sprawa. Notowany. Siedział raz za dilerkę — kilka lat temu. Potem za rozbój, jako recydywa. Dalej cisza. Zresztą wspominał mi, że szef przyskrzynił kiedyś jakichś jego chłopców...

— I co? Mimo to nam pomaga? — zdziwił się Nawrocki.

— Mnie też to nie pasowało. Ale Ela wygrzebała raport, z którego wynika, że Kolec może szefować gangowi z Marek. Prochy, zioło, ecstazy, amfa. Działają podobno w dyskotekach na przedmieściach i w okolicach miasta. Pewnie też robi w agencjach towarzyskich, głównie tych na Pradze. Jest w każdym razie pod obserwacją, tyle że niczego ostatnio więcej o nim nie zebrano. Mnie to się wydaje, szefie — Mirek odłożył papiery — że on z tym Bolkiem, a może i z całą organizacją, jakoś konkuruje. Za chętnie dał mi cynk.

— To akurat jest teraz drugorzędne... — Nawrocki pokiwał się w fotelu.

— A może byśmy Bolka przycisnęli oficjalnie, na komendzie?

— Facet jest za dobrze ustawiony. Chyba żeby zgodził się zostać świadkiem koronnym? — Nawrocki głośno się zastanawiał. — Ale nie mamy żadnych haków, nie, to bez sensu — komisarz machnął ręką.

— To co robimy?

— Będzie, jak proponowałeś. Robimy to drogą okrężną i po cichu. Pójdziemy dziś do Labo i spróbujemy go nakryć... Wyciśniemy z niego, co zrobił z Małgosią. To jest nasz priorytet. Mój, w każdym razie — podkreślił z mocą komisarz.

Zapadła cisza. Sierżant pojął, że dalsza dyskusja nie ma sensu. On by pewnie w takiej sytuacji postępował podobnie. Właściwie powinien teraz wyjść. Ale coś jeszcze zaprzątało mu głowę. Coś, o czym pamiętał jeszcze niedawno, a teraz nie potrafił sobie przypomnieć.

Nawrocki zerknął na niego znad papierów, które tymczasem zaczął przeglądać.

— Jeszcze coś?

— Eee, no właściwie nie. Jeszcze tylko...

— Tak?

— Nic, nic — odparł Mirek i wyszedł.

Postanowił pójść na kawę do bufetu. Czuł, że musi chwilę pomyśleć. Ogarnęły go wątpliwości. Niby sam zaproponował plan, ale z czasem coraz mniej był pewien swojego pomysłu. „A może to strach?" — przeszło mu przez myśl. Nigdy jeszcze tak się nie czuł i to go niepokoiło. Kawa była lurowata jak zwykle. Popijał ją małymi łykami, zerkając do notatek, które rozłożył na stoliku. Gdzieś między raportami leżała kartka z numerem telefonu i zupełnie świeżym dopiskiem. No tak, oczywiście! Jak mógł zapomnieć! Wstał nagle, potrącając stolik i przewracając kubek. Resztka kawy wylała się na serwetki. Siedzący przy pobliskich stolikach ze zdziwieniem patrzyli, jak Mirek slalomem wybiega z kantyny.

Przeskakiwał po dwa, trzy schody. Do Nawrockiego wpadł bez pukania. Komisarz aż podskoczył na krześle.

— Szefie! — Mirek triumfalnie powiewał kartką nad głową.

— Co? Wygrałeś w totka?

— Nie! Przypomniałem sobie! Dzwoniła do mnie dziś rano siostra matki tego Przybyszewskiego. Powiedziała, że wywiązała się z obietnicy, poszperała i coś tam jeszcze znalazła w rzeczach siostrzeńca. No i chciałaby to pokazać.

Komisarz poderwał się z krzesła.

— Mirek, kurwa żeż mać! Dawaj mi natychmiast jej numer — Nawrocki rzucił się do telefonu.

Śródmieście. Sobota, wczesne popołudnie

Noakowskiego 10 to dom naprzeciwko rozległych terenów politechniki. Charakterystycznym elementem przestrzeni jest tu ceglany komin, z pewnością część jakiegoś dawnego, a pewnie dziś już nie używanego, uczelnianego laboratorium.

Nawrocki musiał kilka razy jeździć wte i wewte, zanim znalazł miejsce zwolnione właśnie przez elegancką hondę na pozawarszawskich numerach.

Kamienica była przedwojenna i mimo dewastacji wciąż urzekała bogato zdobioną fasadą. Mieszkanie matki Przybyszewskiego, dziś zajmowane przez jej siostrę, znajdowało się w najbardziej ukrytej, najdalszej części budynku. Zanim komisarz zorientował się w tym labiryncie, kluczył przez chwilę bezradny po trzech połączonych ze sobą studziennych podwórzach. Najgłębiej położone, trzecie, było najbardziej mroczne — ściany domu wznosiły się wysoko, ledwie dopuszczając światło.

Nawrocki, sapiąc, wdrapał się na czwarte piętro. Był pełen podziwu dla starszej pani. Jak ona tu wchodzi? Nacisnął dzwonek u solidnych dębowych drzwi w ciemnobrązowym kolorze.

Młodsza z sióstr Przybyszewskich okazała się dystyngowaną staruszką o zadziwiająco energicznych ruchach. „Ile ona może mieć lat? Mirek mówił, że była znacznie młodsza od zmarłej niedawno matki architekta, jednak tamta miała już grubo ponad osiemdziesiątkę".

Po przywitaniu i wymianie uprzejmości komisarz zgodził się na proponowaną mu kawę. Czekając w salonie, rozejrzał się po mieszkaniu. To było typowe inteligenckie lokum. Mnóstwo książek na regałach zajmujących całe ściany — aż po sufit. Bibeloty na kredensie i na stole. Ciężkie, solidne zasłony w oknach. Na stoliczku o wygibaśnym kształcie stary bakelitowy telefon z obrotową tarczą. Przy fotelach drewniana lampa w stylu typowym dla mebli peerelowskich z czasów późnego Gierka. I zupełnie archaiczny, jeszcze czarno-biały telewizor na drewnianym, równie wiekowym stojaku. Pamiętał taki z dzieciństwa, z własnego domu. Ale kiedy to było? Jezu, chyba początek lat siedemdziesiątych! Niemożliwe, żeby działał!

Młodsza pani Przybyszewska wniosła kawę na szklanej tacy. Zastawa też miała swoje lata.

— Przepraszam, że pytam — Nawrocki nie mógł się powstrzymać. — Ale czy ten telewizor jest sprawny?

— A oczywiście, kochanieńki. Pewnie, że sprawny. A po cóż miałabym jakiegoś rumpla trzymać w domu? — odpowiedziała staruszka.

— I używa go pani?

— Używam, używam. Rzadko, bo rzadko, głównie jak oglądam dziennik. W zasadzie tylko wtedy. U nas w domu to z telewizora korzystało się sporadycznie.

U Emilki, znaczy się mojej świętej pamięci siostry, zresztą podobnie. Informacje, pogoda — najważniejsze sprawy. A reszta... — starsza pani machnęła ręką z dezaprobatą. — Filmy głupie, a ta muzyka i tańce... A teraz to jeszcze gorzej. Też szkoda czasu na oglądanie. Mój mąż, nieboszczyk, świeć Panie nad jego duszą, wolał zawsze książki. A i Staszka... — zamyśliła się na moment. — Emilka opowiadała mi, że i Staszka niezbyt ciągnęło do telewizji. Zresztą rodzice nie oglądali, to i on nie bardzo miał ochotę... Zawsze, wie pan, dużo czytał. Historyczne książki, albumy ze starymi zdjęciami. Wypożyczał je i przynosił do domu. Godzinami nad nimi ślęczał, aż go Emilka spać goniła. W szkole to miał zawsze dobre stopnie z historii i z polskiego. Ze ścisłych przedmiotów zresztą też. Nigdy nie było z nim kłopotów...

Po chwili pani Przybyszewska przerwała i zniknęła w drugim pokoju. Wróciła z pokaźną szarą teczką zawiązaną tasiemką na węzeł.

— Proszę skosztować kawy, a ja opowiem. Ten młody policjant, z którym rozmawiałam i który zostawił mi swój telefon, powiedział, że jesteście zainteresowani wszystkimi materiałami Staszka, gdyby jakieś jeszcze się odnalazły. Z początku myślałam, że zabrał wszystko do siebie, bo u nas zostały tylko jego pamiątki z dzieciństwa. Zabawki, pluszaki... Emilka schowała je, trzymała takie pudło w pawlaczu... A ja teraz na wszelki wypadek przejrzałam jego dawny pokój i w ogóle całe mieszkanie jeszcze raz. No i proszę, ta teczka... To jego. Musiał ją przeoczyć czy co? Proszę — wręczyła teczkę komisarzowi, który machinalnie podniósł się z krzesła. — Nic więcej tu nie ma. A ten młody policjant powtórzył kilka razy, że jeśli coś znajdę, to żebym zadzwoniła. Jakby nie wierzył, że rozumiem. A ja umysł to mam trzeźwy — roześmiała się nagle. — Więc zadzwoniłam...

— Dziękuję pani — odpowiedział Nawrocki, siadając. Powstrzymał się od natychmiastowego otwarcia teczki. Najpierw kawa. No i obowiązkowe pogaduszki z gospodynią.

— Jeszcze raz proszę wybaczyć dociekliwość... — zaczął niby niepewnie.

— Śmiało, młody człowieku, śmiało! Niech pan pyta. Niech pan pyta o wszystko.

— Bo... Pani nosi takie samo nazwisko jak starsza siostra. A wszak Przybyszewska to nie jest nazwisko panieńskie, prawda?

Staruszka zachichotała, bijąc się lekko prawą ręką po udzie.

— A i owszem, nie jest! Nie jest. Mamy je z Emilką po mężach!

— Słucham? — nie zrozumiał w pierwszej chwili komisarz.

— A wyszłyśmy za rodzonych braci! Ot, co! I niech pan sobie wyobrazi, że obaj byli architektami!? Przyzna pan, że to niezwykła koincydencja?

Przy kawie rozmawiali jeszcze o mieście. Pani Przybyszewska, całe życie spędziwszy u boku architektów, miała sporo do powiedzenia o zmianach w zabudowie warszawskiej aglomeracji. Chwaliła skalę zmian i boom inwestycyjny, ale denerwowały ją liczne przeróbki, zwłaszcza dawnego centrum stolicy.

— Wyburzają piękne domy. Wciąż coś znika, co pamiętam z młodości. I tyle wokół szkła, aluminium. Niby to ładne, ale już nie to... I ci ludzie, wszyscy wciąż gdzieś pędzą, biegną. Nikt już nie spaceruje. Może jeszcze w parkach. Tam wciąż królują emeryci, tacy jak ja. No i matki z dziećmi. Dlatego lubię parki.

— Tak, tak — przytakiwał rozkojarzony Nawrocki, bo teczka nie dawała mu spokoju.

— No tak, my tu gadu, gadu, a pana pewnie czas goni. Jak wszystkich młodych. Zostawię teraz pana i wyjdę na chwilę, dobrze? — zaczęła się zbierać. — Jeszcze kawy?

— Jeśli można? — odpowiedział komisarz. Świerzbiły go ręce, by dobrać się wreszcie do notatek Przybyszewskiego.

A kiedy staruszka wyszła do kuchni, niemal rzucił się na teczkę. Na początku były jakieś faktury, wyraźnie osobiste, związane z remontem domu w Zalesiu, potem zamierzchłe PIT-y, wreszcie służbowe notatki z pracy. Nawrocki nie mógł pozbyć się poczucia niedosytu. Ale właściwie to czego oczekiwał? Dokumenty zostawione w domu rodziców nie mogły być niczym istotnym. Ot, zapomniane śmiecie.

Gdy już niemal stracił wszelką nadzieję, natrafił wreszcie na coś, co jednak — intuicyjnie, podskórnie — spodziewał się znaleźć. Ach, więc to tak! Zostawił to tutaj! Nie! Ukrył to tutaj, wciśnięte gdzieś między stare rachunki i inne tego typu szpargały. Czyżby się czegoś bał? Nawrocki zdawał sobie sprawę, że odpowiedzi na to pytanie nigdy już nie pozna. Najważniejsze, że to jednak czekało tu spokojnie, leżąc pomiędzy nieistotnymi karteluszkami.

Komisarz przeglądał papiery coraz bardziej podniecony. Tak, to trzyma się kupy. Ten cholernik Klejnocki miał jednak rację!

Z zadumy wyrwał go hałas w przedpokoju.

— I co, panie oficerze? Znalazł pan coś przydatnego? — zapytała Przybyszewska, stawiając torby z zakupami tuż obok stołu w salonie. — Proszę wybaczyć ten bałagan. Poszłam do sklepu. Jutro przychodzą znajome, chcę zorganizować małe przyjęcie...

— W istocie, droga pani. — Nawrocki poderwał się z krzesła. — To, co znalazłem, przyda się w śledztwie.

— I znajdzie pan mordercę mojego Stasia? — zapytała Przybyszewska nagle, niczym ufne dziecko.

— Postaram się — odpowiedział komisarz. A patrząc w pełne nagle ujawnionego cierpienia oczy staruszki, dodał natychmiast. — Proszę mi wierzyć, znajdę.

Komenda Stołeczna Policji. Sobota, późne popołudnie

Do umówionego spotkania z Mirkiem w Labo pozostało jeszcze sporo czasu. Wracając do komendy, Nawrocki nie mógł powstrzymać się od szperania w teczce Przybyszewskiego, kiedy tylko stawał na czerwonym świetle. Aż wreszcie zostawił ją, ruszając z impetem spod świateł na zakorkowanym mimo wolnego dnia rondzie Jazdy Polskiej.

Zawracając, zatoczył kółko i wjechał w Waryńskiego. Minął szybko słynną warszawską lecznicę po lewej — robił tam sobie od czasu do czasu badania — oraz równie słynną knajpę U Szwejka po prawej (niegdyś przechlał w niej z kolegami niemal całą nagrodę jubileuszową) i śmignął ku Marszałkowskiej. Na placu Konstytucji skręcił, mijając szczęśliwie zielone światła, w lewo. Dalej było łatwo. Prosto jak strzelił przez rondo Dmowskiego, wzdłuż Domów Towarowych Centrum, mijając park Saski, przez plac Bankowy — do komendy.

Do swojego gabinetu niemal wbiegł po schodach i szybko zrzuciwszy kurtkę, nastawił wodę na kawę, po czym, podekscytowany, zabrał się do drobiazgowego przeglądania papierów.

Przed sobą miał brudnopis tekstu Przybyszewskiego, zapewne kolejnego artykułu o varsavianach. Był to lekko już pożółkły wydruk komputerowy z naniesionymi odręcznie poprawkami, zaznaczonymi — dziwne — fioletowym atramentem.

Przybyszewski zaczynał swą opowieść od wspomnienia akcji, którą pewien czas temu zainicjowała stołeczna „Gazeta Wyborcza". Akcja nosiła nazwę „Zabytek nie zbytek". Był to plebiscyt rozpisany dla warszawiaków, z pytaniem, które zabytki miejskie należałoby jak najszybciej odrestaurować. Fundusze na remonty miały pochodzić z kwesty, ale też od sponsorów i z urzędu stołecznego konserwatora zabytków, który partycypował w przedsięwzięciu. Z tego właśnie powodu rozmaite projekty trafiały — do zaopiniowania, ale też do ekspertyzy — na biurko Przybyszewskiego. Zanim bowiem „Gazeta" wystartowała oficjalnie ze swoją inicjatywą, chciała mieć sytuację rozpoznaną i pewność, że urząd konserwatora ją wspomoże.

Przybyszewski pisał, że udział w tych pracach sprawił mu wielką satysfakcję. Wreszcie robił to, co naprawdę lubił, co było jego hobby. Miał pewność, że uczestniczy w czymś społecznie użytecznym. I były to jego ostatnie zajęcia tuż przed przejściem na emeryturę. „Ładne zwieńczenie kariery zawodowej" — pomyślał Nawrocki, czytając dalej.

Jednym z „kandydatów" wytypowanych do prac konserwatorskich przez dziennikarzy „Gazety" zajmujących się historią stolicy okazał się niepozorny słupek z placu Teatralnego, na granicy wielkiego parkingu przed Teatrem Narodowym. Było to oznaczenie południka, na którym leży Warszawa. Słupek postawiono w 1875 roku przy okazji prac pomiarowych dokonywanych wtedy w mieście na potrzeby budowy wodociągów i kanalizacji. Na szczycie słupka wyryto polskie i rosyjskie napisy określające współrzędne geograficzne miasta oraz jego położenie nad poziomem Bałtyku i Wisły. Każdy przechodzień mógł zatem przeczytać, że Warszawa znajduje się dokładnie o 21 stopni 00 minut i 42 sekundy na wschód od Greenwich. Zmurszały i popękany po latach południk otaczała żelazna, kunsztownie powyginana krata, teraz przerdzewiała i także wymagająca naprawy.

Przybyszewski wspominał, że lektura materiałów o południku przypomniała mu nagle inne sprawy, którymi zajmował się przy okazji swoich historycznych badań. Po przejrzeniu notatek i zapisków natrafił wreszcie na coś, co kołatało mu się w pamięci, ale czego na początku nie kojarzył ze sprawą południka. Był bowiem nie tylko varsavianistą, ale również domorosłym historykiem. Interesował się rozmaitymi miejskimi anegdotami i legendami, a także niewyjaśnionymi i tajemniczymi wydarzeniami z historii miasta. Jego konikiem była druga połowa XIX wieku, a zwłaszcza powstanie styczniowe i warszawskie konteksty tej insurekcji. Fascynowało go, że mimo iż powstanie upadło w roku 1864, to jednak rozmaite popowstaniowe reminiscencje pojawiały się — chociażby w prasie lokalnej — dobre dziesięć lat po tej dacie. Prasa podlegała ostrej cenzurze zaborcy i jeśli już jakieś popowstaniowe aluzje dawało się między wierszami artykułów, notek informacyjnych czy felietonów wyczytać — to miały one nadzwyczaj zawoalowany charakter. Ale mądrej głowie dość dwie słowie, zawsze można uchwycić ukryte treści, jeśli tylko się chce i dysponuje niezbędną wiedzą. Na marginesie swych głównych rozważań Przybyszewski zaznaczał, że, jego zdaniem, da się odnaleźć wiele poszlak, właśnie w prasie oficjalnej, kontrolowanej przez władze zaborcze, iż — mimo klęski powstania — konspiracja popowstaniowa nie wygasła tak od razu i tliła się jeszcze długie lata pod powłoką niby znormalizowanego oficjalnego życia warszawskiego społeczeństwa.

Pisał więc dalej, że jego uwagę przykuła niegdyś informacja, którą odnalazł w starym numerze „Nowin", o tajemniczym zdarzeniu, do jakiego doszło na ulicy Koziej w maju 1875 roku. Popełniono zbrodnię — brat zabił brata, a potem sam się zastrzelił. Mimo intensywnego śledztwa podjętego przez policjantów z miejskiego cyrkułu nie udało się dociec motywów zbrodniczego czynu. Oficjalna hipoteza, sformułowana zresztą dość oględnie, wskazywała na niesnaski rodzinne. Autor cyklu notatek na ten temat, skrywający się pod inicjałami „B.P.", sugerował na koniec, że rozpoznania policji były błędne, a wyjaśnienia tej sprawy należało szukać w dramatycznej przeszłości.

Przybyszewski podążył tym tropem i ustalił personalia ofiar. Byli nimi dawni powstańcy styczniowi, za którymi zresztą wysłano swojego czasu listy gończe. Przybyszewskiego zdziwiło, że ten wątek w ogóle nie pojawił się w oficjalnych komunikatach policyjnych. Drążył więc dalej.

W swoim artykule poskąpił czytelnikowi szczegółów, co trochę zdenerwowało Nawrockiego. Nie mógł bowiem prześledzić toku badań, a tym samym zweryfikować prawdopodobieństwa wysnutych przez architekta wniosków.

Przybyszewski ustalił, że bracia należeli do głęboko zakonspirowanej w czasie powstania styczniowego organizacji sztyletników, która zajmowała się realizacją wyroków wydanych przez odpowiednie organa Rządu Narodowego na rozmaitych zdrajców. Że po upadku powstania nie ujawnili się i trwali w konspiracji przez lata. Charakteru ich ówczesnej działalności nie udało się Przybyszewskiemu zbadać. Niemniej jednak skojarzył datę ich śmierci z pewnym drobnym wydarzeniem z historii miasta. Otóż dzień po tym, jak policja odkryła rzeczone ciała na ulicy Koziej, nastąpiło uroczyste erygowanie postumentu mającego upamiętnić pomiary geodezyjne i geograficzne, które ukończono właśnie w ramach prac nad planami rozbudowy aglomeracji i jej technicznej infrastruktury. Chodziło o ów południk 21.

Te partie tekstu Przybyszewskiego były niekompletne i nosiły ślady nie zakończonej jeszcze pracy. Pełne były luk i odręcznych adnotacji: „sprawdzić", „zweryfikować", „co w archiwum?".

Mimo to artykuł architekta zawierał wnioski zdumiewające. Przybyszewski twierdził ni mniej, ni więcej, tylko że — wiedząc o tym, iż obaj bracia byli prominentnymi i wysoko postawionymi w hierarchii powstańcami oraz zaufanymi Rządu Narodowego — można postawić tezę o wybraniu ich na depozytariuszy najcenniejszych i najbardziej tajnych dokumentów powstania. Ich śmierć nie była zaś żadnym mordem rodzinnym, tylko świadomą decyzją podjętą po przeanalizowaniu wszystkich okoliczności. Zapał patriotyczny wygasł w narodzie, nastąpił czas małej stabilizacji: organizowania sobie życia, bogacenia się, codziennego trwania w rzeczywistości, gdy warunki dyktował potężny zaborca, na którego obalenie coraz to mniejsze były widoki. I coraz trudniej było się ukrywać, wieść egzystencję pozorną, na niby, obliczoną na przeczekanie. Bracia podjęli więc decyzję, że wszystko, co powierzono im w najwyższym zaufaniu, należy doskonale ukryć, a następnie zniknąć. Dlatego zapewne — sugerował Przybyszewski — wykorzystali fakt, że właśnie wznoszono obelisk, umieścili powstańcze precjoza w wykopie, który odsłonił starodawny korytarz podziemny znajdujący się w tym miejscu, a sami „zniknęli" w sposób najdoskonalszy z możliwych.

Najcenniejsze dla komisarza były dodatkowe zapiski, które Przybyszewski dołączył do swego artykułu. Architekt nie dodał ich do tekstu, bo widocznie uznał, że wymagają jeszcze dalszej obróbki archiwistycznej albo może planował — i to wydało się komisarzowi bardziej prawdopodobne — napisanie kolejnego artykułu, będącego kontynuacją pierwotnego tekstu o południku 21. A może — jeszcze jedna myśl zaświtała w głowie komisarza, gdy je studiował — zamierzał podjąć jakieś działania, by dokonać eksploracji archeologicznej południka? I upublicznianie domysłów, chociażby były jak najlepiej udokumentowane, uznał po prostu za przedwczesne?

W każdym razie na jednej z dołączonych kartek Przybyszewski wypisał domniemaną zawartość skrzyni zakopanej przez braci u podnóża postumentu. Obok licznych precjozów i sum pieniężnych w rozmaitych walutach znajdowała się jedna, wyjątkowa pozycja:

„pieczęć Rządu Narodowego". Komisarz doskonale pamiętał, jeszcze z zajęć uniwersyteckich prowadzonych przez demonicznego i piekielnie wymagającego profesora Lesznowolskiego, że pieczęć ta, niemal magiczny artefakt z czasów powstania styczniowego, uznana została za zaginioną, a wieloletnie poszukiwania nie dały żadnych rezultatów. Lesznowolski, który sam specjalizował się w historii Polski XIX wieku i z powstań w tym stuleciu zrobił habilitację, wspominał swym studentom z emfazą, że pieczęć ta jest dla historyków tym, czym arka przymierza dla archeologów. Przedmiot poszukiwań i skrytych marzeń, by nie powiedzieć nawet — pożądania. O odkryciu pieczęci nie słyszał od tamtego czasu. Takiego newsa przecież by nie przeoczył! No i znowuż ci sztyletnicy!

Dalsze trzy kartki były odręcznie sporządzoną przez Przybyszewskiego listą agentów i szpiclów carskiej policji, którzy stanowili dla sztyletników obiekty zainteresowania i rozpracowania.

W swych zapiskach architekt stwierdzał, że sztyletnicy zajmowali się nie tylko wykonywaniem wyroków, ale też śledztwami. Czyli — że byli czymś w rodzaju powstańczego kontrwywiadu. Indeks osób zamieszczonych w zestawieniu był w istocie imponujący. Ale najważniejsze było to, że — jak Nawrocki pojął natychmiast — wśród tych wszystkich godnych infamii nieszczęśników znajdowały się dwie osoby, które nosiły to samo nazwisko, co pryncypał Bolka. Ten podobno wszystkomogący biznesmen o nieprawdopodobnym majątku i takich samych koneksjach.

Teraz wystarczało tylko rzecz potwierdzić. Nawrocki liczył na to, że szef Bolka, jeśli rzeczywiście legitymował się szlacheckim pochodzeniem i bogatą rodzinną genealogią, nie ukrywa tych faktów. Wręcz przeciwnie — że eksponuje je w ramach piaru własnej firmy i swojego wizerunku.

Zasiadł więc natychmiast do komputera i wszedłszy do google'a, zaczął wrzucać po kolei dane: nazwa interesującej go firmy, nazwisko szefa Bolka, a wreszcie hasła: „genealogia", „rody polskie", „herby rodzinne" — i tym podobne.

Na oficjalnej stronie firmy Bolkowego pryncypała znalazł folder pod prozaiczną nazwą „O nas", a tam — proszę bardzo — całe drzewo genealogiczne założyciela, właściciela i prezesa w jednej osobie. Obaj wymienieni przez Przybyszewskiego mężczyźni, zapewne współpracownicy carskiej policji, figurowali na diagramie — a jakże! — jako szlachetni pomnożyciele rodzinnego majątku, mogący się poszczycić licznymi sukcesami — także na niwie działalności społeczno-użytecznej i charytatywnej. Byli bogaci i należeli do elity. Obracając się w takim środowisku, nie zaniedbali spraw rodzinnych i interesów. Mimo że należeli do szlachty, a nawet skoligaceni byli — przez zaaranżowane małżeństwa — z arystokracją, szli z duchem czasów i majątek swój inwestowali nowocześnie w przemysł i handel. A nawet skupowali, wzorem Juliusza Słowackiego, akcje zachodnich konsorcjów prowadzących budowę nowych linii kolei żelaznych. Stąd też miał pochodzić kapitał całej rodziny, który przepadł dopiero podczas drugiej wojny światowej oraz późniejszych nacjonalizacji w okresie wczesnego PRL-u.

Wydawało się, że wszystko łączy się w całość. Wątki współczesne i historyczne nareszcie znalazły swe zwieńczenie. Teraz Nawrocki doskonale rozumiał zainteresowanie szefa Bolka ukrytym skarbem sztyletników.

Ale czy śledztwo w sprawie zabójstwa Stanisława Przybyszewskiego mogło pójść prostszą drogą? Czy rzeczywiście, jak pomyślał niedawno, „najciemniej jest pod latarnią"? Przecież chłopcy z Piaseczna zrobili to, co powinni. Dokonali wszelkich niezbędnych oględzin, zabezpieczyli i zewidencjonowali ślady, przeprowadzili przesłuchania. Byli nawet w biurze Przybyszewskiego, lecz ograniczyli się do rozmów z pracownikami, przejrzenia i rekwizycji jakichś oficjalnych papierów, które niczego przecież nie mówiły. Trudno było wymagać, żeby wertowali stosy dokumentów, nie mówiąc już o półprywatnych teczkach Przybyszewskiego. Poza tym nazwisko Jarosława Klejnockiego, który tak znacznie przyczynił się do ustalenia prawdziwego miejsca zbrodni, nic im nie mówiło. A przecież, gdyby nie Klejnocki, komisarz musiał to przyznać, pewnie on sam by się tą sprawą raczej nie zainteresował. I jeszcze te przypadki, albo raczej zbieg okoliczności. Ale za dużo tego. A przecież robota policyjna to nie żadne hokus-pokus. Każdy przypadek — choćby i prowadził do celu — naruszał rozumowy porządek policyjnego świata, w którym królowały żelazne zasady logiki podparte ciężką pracą wywiadowczą, wysiłkiem śledczym, nużącymi kwerendami i Bóg wie czym jeszcze z zakresu działań racjonalnych.

Materiały Przybyszewskiego miały jeden — ale za to ważny — słaby punkt. Jego notatki nie odwoływały się do żadnych źródeł. Wyglądało to tak, jakby przy zadaniu matematycznym nie zapisać drogi dojścia do wyniku, tylko sam wynik.

„Skąd on to wszystko wytrzasnął? Jak zdobył informacje? Jak mu się udało poznać zawartość listy agentów z archiwum sztyletników?" — Nawrocki wciąż zadawał sobie te pytania.

„Gdyby tylko Przybyszewski zamieścił jakieś podpowiedzi, jakieś sugestie na temat dokumentów — myślał gorączkowo Nawrocki — można by dokonać weryfikacji, sprawdzenia. Byłyby przynajmniej jakieś argumenty dla sądu... A tak o żadnym procesie nie mogło być mowy. Chyba żeby ruszyć śladem Przybyszewskiego i spróbować odtworzyć cały jego tok myślenia i całe to dociekanie. Nie ma szans!" — z rezygnacją skonstatował Nawrocki. Ile to by czasu zajęło? A przecież nie miał on i cała stołeczna komenda nawet cząstki tej wiedzy, którą miał architekt. Trzeba by zatrudnić specjalistów, stworzyć grupę badawczą, zespół dochodzeniowy, uruchomić całą tę machinę instytucjonalną... Tylko kto pójdzie na takie rozwiązanie! Żaden z szefów nie zgodzi się na kolejne niepewnie rokujące i w dodatku historyczne śledztwo.

Komisarz oderwał wzrok od komputera i odchylił się w fotelu. Więc ta droga wiedzie w ślepy zaułek. Bez dwóch zdań.

I nagle ni stąd, ni zowąd przyszło mu na myśl, że kiedy wchodził, drzwi do jego pokoju zamknięte były na jedno przekręcenie kluczem w zamku. A on zawsze zamykał na dwa — do oporu. Rzucił się nerwowo ku biurku i zaczął przeglądać szuflady. Niby wszystko wyglądało jak zawsze, a jednak... Wydało mu się, że ktoś tu był. Papiery i rozmaite bibeloty ułożone jak zwykle, ale jakby trochę nie tak. „Czy ja aby nie wariuję?" — pomyślał i w przystępie nagłego niepokoju zlustrował nawet elektryczny czajnik, stojący na małym stoliczku pod ścianą, zaraz obok kontaktu. Wieczko było zamknięte. A on przecież zawsze zostawiał je półotwarte, właściwie nie wiedzieć czemu. Więc jednak! Albo to byli ludzie od Bolka, albo... Nawrocki zaczął nerwowo szukać fajki. Kto tu miał jeszcze dostęp i kogo mogło obchodzić to peryferyjne — z punktu widzenia komendy — dochodzenie? W końcu ten facet, ten szefunio Bolka, to nie byle kto. Miał dojścia, opłacał kogo trzeba.

Nawrocki uspokajał się pomału. Po pierwsze, znalazł fajkę, nabił ją i zapalił, a to go zawsze rozluźniało. Po drugie, uświadomił sobie, że ktokolwiek przeglądał jego pokój, nie mógł znać tego, co właśnie przywiózł od Przybyszewskiej, a co mogło stanowić clou całej sprawy. Więc nie jest tak źle. Przecież nikt nie wie, że zapiski Przybyszewskiego nie mogą stanowić żadnego dowodu, bo brak w nich twardych danych. Są tylko wnioski. Dobre i to. A skoro druga strona nie wie, co ja wiem, to mogę tę — wątłą, bo wątłą, ale zawsze — przewagę wykorzystać. Komisarz uspokoił się teraz zupełnie. Tak. Trzeba przyjąć ustalenia Przybyszewskiego za pewnik i działać jakby nigdy nic.

Nawrocki spojrzał na zegarek. Miał jeszcze półtorej godziny. Dobrze.

I znów doznał olśnienia. Właśnie przypomniał sobie o mailu od doktora Klejnockiego, który wspominał o jakiejś pracy magisterskiej, utajnionej przez uniwersytecki wydział, a mogącej coś więcej wnieść do sprawy. Cholera! Trzeba do tego zajrzeć! W notatniku, który gorączkowo przekartkował, znalazł odpowiedni zapis: „Łysek, praca magisterska, pokój 01". No tak! Może tam tkwi brakujące ogniwo?

Złapał za słuchawkę telefonu, jednocześnie przeglądając nerwowo drugi notatnik — z numerami i e-mailowymi adresami. Jest! Telefon domowy Wroczyńskiego. Natychmiast go wystukał i niecierpliwie czekał.

„Dodzwoniłeś się do numeru dwadzieścia dwa osiem jeden cztery..." — usłyszał metaliczny głos. Doktora Wroczyńskiego nie było w domu. Nie ma się co dziwić, w końcu to weekend. Pewnie gdzieś pojechał. Shit! Beznamiętny głos sekretarki namawiał do pozostawienia wiadomości. Nagrał się więc: „Witam pana. Komisarz Nawrocki z tej strony. Dzwonię, bo otrzymałem informację — od doktora Klejnockiego zresztą — że mógłby mi pan pomóc w dotarciu do pracy magisterskiej Waldemara Łyska. Jest ponoć w waszym słynnym pokoju 01. Rozumie pan? Rzecz jest najwyższej wagi. Proszę o natychmiastowy kontakt, jak tylko odsłucha pan moją wiadomość".

Potem spróbował dodzwonić się do Wroczyńskiego na komórkę. Ale ta uporczywie milczała.

Labo. Sobota, późny wieczór

Nawrocki był załamany. Siedzieli tu z Mirkiem już dobre kilka godzin i nic się nie wydarzyło. Sierżant wypytał nawet któregoś z barmanów, ale gdy wrócił do stolika, to tylko przecząco pokręcił głową. Najwyraźniej Bolek nie zamierzał tego wieczoru pojawić się w swym ulubionym lokalu. Najwyższym wysiłkiem woli komisarz zdusił w sobie niepokój.

Czekali.

Około północy był już przekonany, że tego wieczoru nici z całego drobiazgowo zaplanowanego przedsięwzięcia. Siedział smętny przy stoliku, popijał kolejne bezalkoholowe drinki i nie mógł pozbyć się napływu myśli o Małgorzacie i Jasiu. A im więcej o nich myślał, tym bardziej czuł się sfrustrowany i wzbierał w nim coraz większy gniew. Pistolet uwierał go w kaburze umocowanej na pasku od spodni. Cholerny balast, obciążenie, które zapewne okaże się jednak niezbędne w nadchodzącym momencie próby.

„Takie są skutki moich osobistych wyborów, by nie chodzić na co dzień z bronią", myślał, ale marne to było pocieszenie.

— Mirek, zwijamy się — wreszcie nie wytrzymał.

— On tu już dzisiaj nie przyjdzie.

— Jeszcze chwilę, szefie. Fajne laski się tu kręcą. Widział pan tę małą blondyneczkę, no tę, co wywija na parkiecie?

— Nie, Mirek, nie widziałem! Zapominasz po co tu przyszliśmy? — komisarz przywołał asystenta do porządku. Ten lekko się stropił.

— Nie, no ja tak... Pamiętam, pamiętam... Ale siedzę tu sobie i się rozglądam. Niezły wypas? Przyzna szef?

— Niezły, niezły — wymruczał Nawrocki, bo i jego uwagi, mimo wszystko, nie mogło ujść, że większość dziewczyn bawiących się w lokalu była nadzwyczaj atrakcyjna. — Mirek, kurczę, daj spokój — odezwały się jednak nerwy. — Ten twój Bolek się nie pojawił i dziś już go nie będzie. Przyznajmy to, cholera! I co teraz proponujesz?

— Sorry, szefie. Naprawdę sorry. Barman powiedział mi, że ten Bolek bywa tu regularnie. Od miesięcy, przynajmniej raz w weekend. Jak go nie ma dziś, to przyjdzie jutro.

— Ja spadam.

— Eee... Ja bym jeszcze chwilę został, takie ekstra dziewczyny — popatrzył prosząco na komisarza.

— To zostań. Pomyślnych łowów! — poderwał się z miejsca. — Nie ma wyjścia, spróbujemy jeszcze jutro.

Mieszkanie Nawrockiego. Niedziela, wczesne popołudnie

Nawrocki przeglądał rodzinne albumy pełne zdjęć ze wspólnych wakacyjnych wyjazdów. Nie mógł wprost się doczekać godzin wieczornych, kiedy znów z Mirkiem mieli pojawić się w knajpie. Łapał się na desperackim powtarzaniu w myślach: „Żeby tylko ten Bolek tym razem przyszedł, żeby tylko...".

Pozostawał w stanie permanentnej mobilizacji. Na najwyższych psychicznych obrotach. I choć go kusiło — od czasu pamiętnej nocy, gdy ratowała go Oksana — nie wziął ani kropli alkoholu do ust. Żeby nie ulec, zamknął wszystkie flaszki w barku, a klucz przezornie wyrzucił przez okno. „Boże, to znaczy, że jestem alkoholikiem — przeszło mu wtedy przez myśl. — Normalny człowiek nie robi takich rzeczy". A kiedy nieodwołalnie dopadła go chandra i kiedy już poczuł, że niemal wariuje, przypominając sobie uwięzioną rodzinę — sięgnął po albumy.

Oglądał właśnie zdjęcia znad morza, z Kołobrzegu, dokąd wybrali się całą trójką w zeszłe wakacje, gdy zadzwonił telefon.

To był Wroczyński.

— Dzień dobry! Telefonuję od razu po przyjeździe. Byłem w górach, w Beskidach, poza zasięgiem. Wie pan, w takiej uroczej, odciętej od świata wiosce... Zawsze tam jeździmy. Nagrał się pan. Co się stało?

— Witam! Dziękuję za szybki odzew — Nawrocki natychmiast odzyskał rezon. — Mam taką sprawę. Muszę się dostać do waszego słynnego pokoju 01, do pewnej pracy... Doktor Klejnocki uważa, że to ważny tekst w naszym dochodzeniu.

— W naszym dochodzeniu? — Wroczyński nie umiał ukryć zdumienia.

— Klejnocki zgodził się współpracować, ale mniejsza o to — niecierpliwił się komisarz. — Chodzi o pracę magisterską niejakiego Łyska. Waldemara Łyska. Ponoć została niegdyś odrzucona przez waszą Radę Wydziału i skierowana do waszego „archiwum X" czy jak to tam nazywacie?

Po drugiej stronie zaległa nagła cisza. Wreszcie doktor Wroczyński niepewnie odpowiedział.

— Łysek, mówi pan? Nie myślałem, że kiedykolwiek ta sprawa wróci... Mówi pan, że to istotne? No tak... — męczył się najwyraźniej.

Nawrocki czekał cierpliwie.

— No tak, tak. Pamiętam. Wtedy też byłem we władzach dziekańskich, więc uczestniczyłem w każdej radzie wydziału. Tak, to była burzliwa dyskusja. Odrzucono to magisterium, student odwoływał się, bo na obronie został oceniony negatywnie. Rada podtrzymała decyzję komisji egzaminacyjnej, ale był z tego jakiś skandal...

— Więc mogę do tej pracy zajrzeć? Macie ją w tych swoich kazamatach? — zniecierpliwił się komisarz.

— Jak by to ująć...? Rzeczywiście, skierowaliśmy ją ostatecznie do 01... A w ogóle, to skąd pan o tym wszystkim wie? Klejnocki panu powiedział?

— Tak.

— Skubany! Nic u nas nie może pozostać w dyskrecji. Zaraz wszyscy o wszystkim wiedzą.

— Więc jak będzie z tą pracą Łyska? Macie ją? Mogę tam zajrzeć? Jakby były kłopoty, mogę się postarać o nakaz prokuratorski — Nawrocki mówił bez ceregieli.

— Otóż to właśnie, otóż to... — w głosie Wroczyńskiego dało się wyczuć zakłopotanie. — Proszę sobie wyobrazić, że dosłownie kilka dni temu zgłosiła się do nas Agencja Bezpieczeństwa Wewnętrznego. Takich dwóch miłych, misiowatych panów. Zupełnie nie wyglądali na funkcjonariuszy, bardziej na urzędników. Przedstawili się, pokazali legitymacje i poprosili o udostępnienie pracy Łyska. A potem powiedzieli, że ją rekwirują — w imię interesów państwa — i przedstawili rzecz jasna odpowiednie pełnomocnictwa. Zapewne takie same, o jakich pan przed chwilą wspominał.

— Cholera!

— Wydaliśmy ją im. Nic innego nie mogliśmy zrobić. Czyli musi pan raczej szukać u swoich kolegów po fachu — zakończył z ulgą Wroczyński.

Komisarz nie odpowiedział. „Znów ktoś mnie wyprzedza".

— No cóż, dziękuję panu. Chyba rzeczywiście muszę skorzystać z naszych układów. Przy okazji. Wie pan, czego dotyczyła ta praca Łyska?

Wroczyński się stropił.

— Szczerze mówiąc, nie bardzo. Jakieś interpretacje dokumentów czy też pamiętników dziewiętnastowiecznych. Zdaje się, że z czasów powstania styczniowego. Tyle pamiętam z posiedzenia rady. Uznano, że były mało wiarygodne i bardzo słabo udokumentowane...

— Jasne! Dziękuję. I przepraszam za kłopot, i cały ten rejwach w weekend...

— Nie szkodzi. Jeśli tylko mogłem panu pomóc...

Nawrocki zakończył rozmowę, wściekły. Praca Łyska została nieodwołalnie stracona. Nie ma szans, by do niej dotrzeć. Kurwa mać!

Zrozumiał, że to koniec marzeń, by sprawie nadać sądowy bieg. Ale został jeszcze Bolek. Byleby tylko pojawił się wreszcie w knajpie!

Nawrocki aż kipiał energią. Musiał jednak czekać, bo do spotkania z Mirkiem w Labo zostało jeszcze parę godzin.

— Mam nadzieję, że nie zwariuję przez ten czas — powiedział na głos, ufając, że zaklina w ten sposób rzeczywistość. Bardzo chciał się napić, jednak wiedział, że nie może sięgnąć po butelkę. Musiał się czymś zająć. Usiadł więc do notatek Przybyszewskiego, choć przecież znał je już niemal na pamięć.

Labo. Noc z niedzieli na poniedziałek

Kiedy Bolek pchnął drzwi do knajpy, uderzyła go fala mocnej muzyki. Sala była pełna. Parkiet pulsował ciałami tancerzy niczym żywy organizm. Bolek przystanął i wziął głęboki oddech. W powietrzu mieszały się zapachy potu, papierosów, cygar i alkoholi. „To lubię!", pomyślał i ruszył w głąb lokalu.

Przy stoliku stojącym w kącie pod ścianą dwóch mężczyzn wyraźnie zainteresowało się przybyszem.

Bolek zostawił swoją znoszoną skórzaną kurtkę w szatni, po czym od razu ruszył do baru. Trochę już dzisiaj wypił, miał wcześniej spotkanie w sprawie biznesowej. Lojalnie pracował dla swojego szefa, nie szczędząc wysiłków, ale miał też swój niewielki, całkiem dobrze prosperujący interes. „To jest moja inwestycja na czas emerytury" — mawiał w kręgu zaufanych przyjaciół, dawnych kumpli z Legii i starych znajomych z podwórka, którzy wylądowali, podobnie jak on sam, w ciemnej strefie dilerstwa. Pieniądze odkładał skrzętnie, ale też inwestował, pomny rozumnej zasady zasłyszanej niegdyś od pewnego potentata finansowego: „Never keep everything in one basket". Miał więc konto lokacyjne, na które odprowadzał to, czego nie wydał z wypłat otrzymywanych na bieżąco od Szefa. A to, co organizował na boku, wkładał do specjalnie wybranego funduszu inwestycyjnego, agresywnie działającego na giełdzie.

Suma środków zgromadzonych na koncie funduszu inwestycyjnego Bolka sięgnęła właśnie magicznej granicy pięciuset tysięcy. Odezwał się nawet w sobotę jego prywatny doradca, sugerujący przeniesienie środków do private banking.

Przy barze zamówił małą wódkę Belvedere i manhattan. Wódkę wypił od razu, a drinka zaniósł do stolika. Rozparł się na krześle, obserwując, jak tłum przelewa się przez parkiet w tanecznych podrygach. Był dziś sam i nie zamierzał wyrywać żadnej laski. Nie miał na to ochoty. Tylko on, drinki i markowe cygaro Cohiba od Szefa, podarunek, którym dodatkowo nagradzał on każde udane posunięcie zaufanego podwładnego. To otrzymał jako bonus za akcję z rodziną komisarza Nawrockiego. Szef był bardzo zadowolony z uziemienia policyjnej gnidy.

Zamierzał zapalić cygaro, gdy zadzwoniła komórka. „Kurwa mać! Nie można mieć chwili dla siebie!" — westchnął, ale odebrał. Interesy über alles!

— Zaraz, moment! Tylko wyjdę na zewnątrz — rzucił opryskliwie i ruszył ku wyjściu. Muzyka i hałas kompletnie zagłuszały rozmówcę.

Wychodząc, nie zwrócił uwagi na szczupłego mężczyznę, który trzymając telefon komórkowy przy uchu, dawał dyskretne znaki stojącemu obok korpulentnemu gościowi.

Bolek przyjął z wyraźną irytacją, że rozmowę rozłączono, albo ten, kto dzwonił, po prostu przerwał połączenie. Na dworze poczuł chłód i natychmiast odwrócił się, by wejść do środka. W tym momencie podszedł do niego mężczyzna z przepraszającym uśmiechem.

— Nie ma pan może ognia? Zapalniczka mi się skończyła — wyjaśnił przepraszająco.

Bolek sięgnął do kieszeni marynarki, ale coś wydało mu się niepokojące. Facet stał spokojnie i wciąż się uśmiechał, trzymając przy ustach papierosa. Bolek odwrócił się gwałtownie, przeczuwając ruch za plecami. Za późno. Korpulentny facet w zielonej kurtce o militarnym fasonie wycelował w niego czarnym przedmiotem.

— Witamy! — rzekł spokojnie, a Bolek zobaczył dwie niewielkie iskry i poczuł nagłe uderzenie, jakby spotkał się z nadjeżdżającym tramwajem.

A potem otoczyła go ciemność.

Mężczyźni dźwignęli go i bez słowa przenieśli pod drzewo, gdzie nie dochodziło światło latarni.

— Ciężki skurczybyk! — wysapał szczuplejszy.

— Nie gadaj, tylko leć po brykę i podjeżdżaj — odpowiedział drugi.

— Już, już. Ale przyzna szef, że dobrze wykombinowałem z tym paralizatorem.

— Nie ma czasu! Musimy stąd zjeżdżać! — warknął Nawrocki, przytrzymując głowę Bolka. — Dawaj ten samochód natychmiast!

— Już lecę!

Warszawa, ogródki działkowe na Mokotowie. Poniedziałek, świt

Nawrocki postanowił zawieźć Bolka w miejsce położone niedaleko własnego domu. Ustronne, ale rozpoznane.

Podczas spacerów z Jasiem po parku Arkadia, który znajduje się w pobliżu ulicy Żywnego, zachodził czasem do ogródków działkowych leżących nieopodal. Park jest podzielony na dwie części. Pierwsza, mniejsza, znajduje się na skarpie. To raptem kilka alejek, zaraz za kortami tenisowymi. Można nimi dojść do samej Królikarni. Sporo tu zawsze emerytów z pieskami i pijącej piwo młodzieży, która okupuje nieliczne, jeszcze nie zdewastowane ławki.

Nawrocki lubił łazić do dolnej części parku, u stóp skarpy. Przestrzeń zdominowały tu dwa połączone ze sobą jeziorka. Były zadbane, otoczone wyasfalto-

wanymi ścieżkami, a co kilkadziesiąt metrów usta-
wiono masywne ławeczki o betonowych podstawach
i solidnych, dębowych siedzeniach. Stawy pełne były żab, które w sezonie dawały wspaniałe koncerty
kumkania. Kto miał szczęście tu mieszkać, doświad-
czał niezwykłych wrażeń. Mógł tu się poczuć jak
na wsi.

Czasem, podczas spacerów z Jasiem, Nawrocki z premedytacją porzucał parkowe alejki i ruszał
w głąb szutrowych ścieżek wytyczonych wokół pracowniczych ogródków działkowych, które ciągnęły
się aż po Sobieskiego. Tu cisza była jeszcze głębsza,
a widok starszych ludzi pieczołowicie pracujących
przy grządkach działał na komisarza kojąco. Chcąc
nie chcąc, Jaś akceptował trasy przechadzek i kroczył
grzecznie u boku ojca.

Na wielu działkach stały malutkie domki. Miejscami były to kurne chaty sklecone z desek i eterni-
tu, czasem zwykłe, zbutwiałe już od starości kioski
RUCH-u przerobione na szopy z narzędziami, zdarzały się też całkiem przyzwoite budowle. Te upatrzyli
sobie bezdomni, włamując się do nich w poszukiwa-
niu w miarę przytulnego lokum na zimę.

Kiedy przyszło do wyboru miejsca, w którym prze-
słuchają Bolka, komisarz nie miał wątpliwości. Wybrał jeden z domków znajdujących się na działkach.
Był on parterowy, stał w bocznej alejce, daleko od
wejścia na teren ogródków. Nawrocki już dawno zainteresował się nim. Przez moment rozważał nawet
kupno, ale wystraszyła go cena.

Na działki można było wjechać samochodem. I starczyło, by Mirek pogrzebał w zardzewiałej kłódce jednym ze swych wytrychów. Tej nocy sierżant mógł się wykazać wyjątkowymi umiejętnościami jeszcze jeden raz — gdy otworzył furtkę prowadzącą na posesję oraz główne drzwi do domu. Nawrocki zapamiętał układ pomieszczeń podczas rekonesansu, zanim ostatecznie uznał, że raczej nigdy nie będzie go stać na kupno. Ukryli samochód za krzakami — Mirek pożyczył wysłużonego forda escorta od kumpla z osiedla — a sflaczałego Bolka wnieśli do jednego z pokoików, służącego najwyraźniej za składowisko potrzebnych i niepotrzebnych rzeczy. Złożyli z ulgą ciało na betonowej podłodze w kącie, a sami przysiedli na zdezelowanych krzesełkach, które wyciągnęli z piętrzącego się stosu sprzętów. Musieli złapać oddech.

Obaj w milczeniu rozważali ryzyko akcji. To było całkiem nieregulaminowe działanie, mogące ich bardzo drogo kosztować. Ale komisarz przekonał się szybko do pomysłu Mirka. Jeśli wszystko pójdzie dobrze i nagrają zeznania Bolka, później nikt się nie będzie przejmował ewentualnymi skargami gangstera. Poza tym wersji wydarzeń podawanej konsekwentnie przez dwóch policjantów nie podważy nawet sąd.

Nie takie numery wyczyniano z przesłuchiwanymi podejrzanymi. Niedawno zdarzyła się w komendzie afera, gdy jeden z klientów wydziału antynarkotykowego złożył jednak skargę. A że aresztowano go przez pomyłkę, biorąc za ulicznego dilera, sprawie nadano urzędowy bieg. Poszło o to, że chłopcy od narkotyków, zbyt pewni siebie i święcie przekonani, iż mają w ręku właściwego ptaszka, poddali młodzieńca zwyczajnej procedurze. Ponieważ nie chciał się przyznać — dostał kilka razy prętem po wewnętrznej części stóp. Poza tym polewano go wodą, korzystając z patentu, jaki stosowali amerykańscy marines wobec uwięzionych Irakijczyków w osławionym bagdadzkim więzieniu Abu Ghraib. Przesłuchiwany miał wrażenie, że jest przytapiany, choć żadne rzeczywiste niebezpieczeństwo w istocie mu nie groziło. Obie metody nie pozostawiały niemal żadnych śladów na ciele.

Koledzy z antynarkotykowego mieli więc niefart i właśnie w tych kategoriach komentowano ich działanie podczas koleżeńskich rozmów na korytarzach komendy. Podobne praktyki, o czym przekonana była zdecydowana większość funkcjonariuszy, były absolutnie niezbędne, by z zatwardziałych bandziorów wydusić prawdę. Każda policja sięga po takie metody.

Niemniej jednak ryzyko było spore i Nawrocki z Mirkiem doskonale zdawali sobie z tego sprawę. Byleby tylko się przyznał i byleby mieć tego dowód.

Komisarz wstał i poszedł do kuchni. Wrócił stamtąd ze sporym garnkiem napełnionym wodą, po czym bezceremonialnie chlusnął całą zawartością naczynia na Bolka. Ten natychmiast się poruszył.

— Ocuć go konkretnie — rzucił do Mirka.

Ten wstał i po prostu kopnął leżącego w bok. Bolek jęknął, po czym otworzył oczy.

— Nareszcie! Już się nie mogliśmy doczekać, fa-
gasie jeden!

Bolek był wyraźnie zdezorientowany, ale szybko
wracał do siebie. Sprawiał wrażenie, że dociera do
niego, co się stało i w czyich jest rękach.

„Nieźle! Szybko sobie poradził — pomyślał Nawrocki. — To pewnie efekty szkolenia w Legii".

Bolek zaczął się kręcić, głośno posapując.

— Nie trudź się! Nic z tego nie będzie. Bądź grzeczny, to i my będziemy mili. Mamy do ciebie interes.

— Czego chcecie? — wycharczał Bolek. Nawrocki
docenił, że nie bawi się w zbędne wstępy. Komisarz
na wszelki wypadek dyskretnie wyjął glocka i go odbezpieczył.

— A zgadnij, kochasiu!? Czego my możemy
chcieć? Przecież nas poznajesz, nie? A przynajmniej
wiesz, kim ja jestem? — Nawrocki nie mógł odmówić
sobie ironicznego odwetu za te sekundy, minuty, godziny i dni rozszarpującego go niepokoju.

— Poznaję, kutasie! Jesteś tym frajerem, co nie
umie ochronić własnej rodziny — zasyczał Bolek,
szarpiąc zakutymi w kajdanki rękoma.

— Fajnie, że wiesz co i jak — Nawrocki nie dał
się wyprowadzić z równowagi. — A teraz — twarz
komisarza stężała — powiesz, gdzie oni są.

— Spierdalaj!

— Naprawdę?

— Możesz mi obciągnąć!

— Ejże! — komisarz wykrzywił twarz w grymasie
obleśnego uśmieszku. — Nie mam czasu na zabawę.
Chcę tylko, żebyś szybciutko powiedział...

— Pierdol się!

— Oj! Nudny facet jesteś! Przecież i tak mi powiesz! — Nawrocki teatralnie pogłaskał lewą ręką pistolet. — Skorośmy cię tu z kolegą przytargali, to nie po to, by teraz przeprosić i wypuścić. Prawda?

To był sygnał dla sierżanta, by włączył dyskretnie dyktafon. Co będzie nie po ich myśli, to się najwyżej skasuje.

— Dobra! Nawijaj, chłopie! Szybciutko, nim stracę cierpliwość. Powtarzam: gdzie oni są?

— Wal się, palancie! — Bolek szarpnął się. — Gówno mi zrobicie! Znam wasze jebane procedury! Już jesteście skończeni. Niech tylko...

— A jesteś pewien, że stąd w ogóle wyjdziesz? — zasyczał Nawrocki i wycelował glocka wprost w leżącego mężczyznę. — Ja nie mam nic do stracenia. To moja rodzina, pamiętaj! Powtarzam po raz ostatni: gdzie ich trzymacie?

— A chuj ci w dupę, skurwysynie jeden! Ty jebany... Aaaauuuu! — zawył Bolek, kiedy kula trafiła go w lewe kolano. Echo wystrzału odbiło się ostrym kłaśnięciem od ścian.

— Szefie! Jezus, Maria! — wykrzyknął Mirek, zrywając się z miejsca.

— Zamknij się! Myślałeś, że to wszystko pic? Że się bawimy z tym śmieciem w złego i dobrego glinę? — Nawrocki zrobił mały krok w tył i skierował pistolet lufą w sufit. Trzymał go tuż przy głowie. Był najwyraźniej gotowy do następnej akcji. — Ja, kurwa, nie żartuję!

Mirek zrobił krok w stronę komisarza.

— Nawet o tym nie myśl! — teraz Nawrocki błyskawicznie wycelował broń w asystenta. Przydały się treningi. Był nad wyraz przekonujący. — Cofnij się i usiądź grzecznie!

Mirek cofnął się i zdezorientowany ciężko opadł na swoje krzesło.

— No! I tak ma być — komisarz odwrócił się do jęczącego Bolka, który trzymał się skutymi dłońmi za kolano. Na jego spodniach pojawiła się ciemna plama. — Boli? Ma boleć. Żebyś zrozumiał, ty fiucie! Na nartach to ty już nie pojeździsz. Jeździsz na nartach? — zapytał, zmieniając nagle ton na łagodny.

Bolek patrzył zdziwiony. Nic nie odpowiedział.

— Dziwisz się, co? Tu nie ma żadnej gry. Wszystkie gierki mam w dupie! Nawet on — wskazał głową na Mirka — o tym nie wiedział. Więc gadaj, zanim się porządnie wkurwię. Jeszcze raz: chcę wiedzieć, gdzie oni są?! Konkretny adres, i to już! Masz jeszcze sprawne drugie kolano. A potem złamiemy ci łokcie. Będziesz pierdolonym inwalidą do końca życia. A jak to nie wystarczy, to ci wyrwę paznokcie z rąk. Jeden po drugim. Mam dobre cążki w samochodzie. Gestapo tak robiło. Nikt tego nie wytrzymał. Słyszałeś coś na ten temat, palancie?

Bolek nie zareagował. Wciąż przyciskał skute dłonie do rany i pojękiwał. Nawrocki podniósł pistolet i znów wycelował.

— Szefie! Rany boskie, szefie! — Mirek nie mógł się powstrzymać.

— Siedź, kurwa! Siedź, jak ci kazałem!

Mirek ponownie opadł na krzesło i patrzył, wybałuszając oczy.

Nawrocki stał w lekkim rozkroku na ugiętych nogach, pewnie trzymając broń obiema rękami. Bolek jak zahipnotyzowany patrzył w wylot lufy.

To był moment przesilenia.

I wtedy nagle leżący mężczyzna odezwał się. Podał precyzyjny adres.

Nawrocki rozluźnił się natychmiast i opuścił pistolet.

— Góra Kalwaria, powiadasz? Toście się zbytnio nie wysilili. Niedaleko rezydencji tego twojego mafiosa, co? A może to nawet jego willa? Oczywiście, oficjalnie właścicielem jest ktoś inny. Jakiś „słup" pewnie? Bezdomny albo inna menda? Co? — komisarz uśmiechnął się zimno, widząc zaskoczenie Bolka. — Myślałeś, że się nie dowiemy, kto za tobą stoi? Dla kogo robisz? Błąd, stary, błąd — pokiwał głową z udawaną wyrozumiałością. Skupiony i roztrzęsiony jednocześnie, odczuwał dziwną satysfakcję. Mógł sobie na to pozwolić. Wygrywał. — No to teraz powiedz coś do protokołu o Przybyszewskim. To też wasza sprawka?

Bolek był zdziwiony zmianą tematu. Ale policjant najwyraźniej nie zamierzał odpuścić. Znów w niego wycelował.

— Halo! Słyszysz mnie? Przybyszewski!

— Tak! — potwierdził Bolek, patrząc zahipnotyzowany na pistolet komisarza wyraźnie wymierzony w jego zdrowe kolano.

— Co: tak? Konkretnie!

— Tak! Przybyszewskiego też załatwiliśmy! — wysapał.

— Świetnie! — komisarz znów odwiódł broń. — A teraz opowiesz nam resztę. Kto z nimi jest? Z moją rodziną. Co to za goście? Jaki mają sprzęt? A poza tym, chcemy usłyszeć o tym twoim szefunciu. Bardzo to interesująca persona, prawda? — Schował broń do kabury. — Mireczku! — przywołał zastygłego na krześle asystenta. — Weź tymczasem naszego gościa na celownik, a ja go grzecznie przepytam. Bo będziesz już teraz mówił, tak? — zwrócił się bezpośrednio do Bolka.

Sierżant posłusznie wstał, wyjął broń, przeładował i wziął na muszkę leżącego mężczyznę. Ale nie mógł się oprzeć, by czegoś nie powiedzieć.

— A może byśmy zrobili mu opatrunek? Choćby taki tymczasowy. Jeszcze się nam wykrwawi i będzie dym.

— Nie wykrwawi się — warknął komisarz. — Ma tylko rozpieprzone kości. Poboli, pokrwawi i tyle. Poradzi sobie. Choć liczę, że będzie kuśtykał do końca zasranego życia.

Bolek dźwignął się nieco do pozycji półleżącej. Oparł się mocno o ścianę i głośno oddychał otwartymi ustami. Kolano bolało jak diabli, ale nie stracił orientacji. Jego umysł pracował na najwyższych obrotach. Błyskawicznie rozważał swoje szanse.

— To co? Pogadamy sobie teraz. A jak będziesz grzeczny, to zajmiemy się twoim kolankiem. — Nawrocki usiadł z wyraźną ulgą.

I wtedy Bolek szarpnął się nagle do przodu, i podciągnąwszy jednym ruchem skutych rąk nogawkę spodni na zdrowej nodze, obnażył czarną opaskę zaczepioną na rzepach wokół łydki.

— Mirek, uważaj! — wrzasnął komisarz, zrywając się. Machinalnie wyciągnął pistolet, którego na szczęście nie zabezpieczył.

Sierżant odruchowo odgiął się w bok, jakby uchylając przed nadlatującym przedmiotem. Miał szczęście. Nóż minął jego głowę o centymetry i z metalicznym trzaskiem uderzył w ścianę, odbijając się od niej. Bolek już sięgał po następne ostrze ukryte w parcianym schowku na nodze.

Nawrocki jednak był szybszy.

Zrobił krok do przodu, precyzyjnie wycelował i nacisnął spust. Klaśnięcie wystrzału po raz drugi tej nocy przetoczyło się przez dom.

Bolek zastygł na chwilę, jakby ciało poraził mu prąd. A potem przechylił się i zwalił na ziemię. Miał otwarte oczy, a z dziury w czole sączyła się krew.

W pokoju było pełno dymu. Mirek zakaszlał.

— Jezus, Maria! Jezus, Maria! — wykrztusił z wysiłkiem, niemal sparaliżowany.

— Spokojnie! — Nawrocki nie tracił zimnej krwi.

— Nasz błąd, kurwa mać! Nie obszukaliśmy go jak trzeba. A powinniśmy założyć, że ten skurwysyn ma dla nas jakąś niespodziankę.

Komisarz wsadził glocka do kabury i podszedł do trupa. Na wszelki wypadek zbadał tętno, przykładając dwa palce do jego szyi.

— No i skułeś go z przodu, a nie z tyłu. Drugi błąd!

— Przepraszam — wymamrotał Mirek, wciąż trzymając kurczowo pistolet.

— Trudno. Powinienem to wcześniej zauważyć. No nie spisaliśmy się...

Komisarz odwrócił się od ciała i podszedł do Mirka. Delikatnie wyjął mu broń z rąk i poklepał po ramieniu.

— Stało się. Nie cofniemy tego. No już, weź się w garść.

Sierżant stał jak sparaliżowany.

— Mirek! — komisarz potrząsnął współpracownikiem.

— Co teraz będzie? — zdołał wydukać, wciąż jeszcze w szoku.

— A co ma być? Zadzwonimy do dyżurnego i wezwiemy załogę. Przyjadą, spiszą protokół i tyle.

— Ale jak to...

— Nijak, Mirek, nijak. Powiemy, jak było. Rzucił w ciebie nożem, a ja zareagowałem.

— A ten strzał w kolano? — sierżantowi wracała przytomność umysłu.

— Strzelałem dwa razy — Nawrocki natychmiast znalazł wyjaśnienie. — Dopiero za drugim razem go unieszkodliwiłem.

— To przejdzie?

— Jasne! Przecież nie jestem fachowcem. Do tej pory strzelałem tylko na próbach. Nie mam nikogo na rozkładzie. Więc mogłem się pomylić, jak poszło na ostro, prawda?

Mirek patrzył spłoszony.

— A jak wytłumaczymy...

— Nie bój się. Niczego nie będziemy tłumaczyć! Na to przyjdzie czas później. Już ci skubańcy z wewnętrznego mnie przemaglują. A ty zeznasz, że cię nagle wezwałem i nie wiedziałeś do końca, co zamierzam. A jakby zdrowo przyciskali, to najwyżej powiesz, że w kryzysowym momencie zmusiłem cię...

— I kupią to? — Mirek nie mógł się pozbyć wątpliwości.

— Kupią albo nie. Nie kłopocz się tym teraz. Najwyżej mnie capną za jaja. Ty jesteś kryty, pamiętaj. Działałeś na moje polecenie i pod presją!

— No, nie wiem...

— Kurwa, Mirek! Daj spokój! Szkoda czasu. Dzwoń z komóry do dyżurnego. Tylko nie gadaj za dużo.

— A szef?

— A ja zadzwonię do komendanta i zdam relację. Opowiem całą prawdę o szantażu i powiem, że wiemy, gdzie jest Małgosia. Przecież zdają sobie sprawę, jaka jest sytuacja, bo złożyłem wcześniej doniesienie. Nawet mnie Oksana maglowała na tę okoliczność... Komendant też jest psem i najpierw zadziała, a potem będzie pytał. Swoją drogą cieszę się, że wyrwę to jego grube dupsko z wyrka. Na pewno śpi sobie smacznie. No już! Do roboty!

Warszawa — Góra Kalwaria. Wtorek, głęboka noc

Przed samą Górą Kalwarią konwój wygasił pulsujące koguty. Taki był rozkaz dowódcy oddziału szturmowego. Kawalkada aut wjechała do miasta spokojnie,

jak gdyby nigdy nic. Radiowóz z przodu i ten za-
mykający kolumnę zwolniły i po chwili stanęły na
poboczu. Dwa volkswageny transportery, terenówka
i niepozorny busik pojechały dalej.

Nawrocki kręcił się niespokojnie na siedzeniu.
Obok niego dwaj antyterroryści przeglądali właśnie
broń, repetując pistolety maszynowe i dotykając kon-
trolnie granatów dymnych przymocowanych do szelek
i zapasowych magazynków zawieszonych na pasach
biodrowych. Byli wyciszeni i pewni siebie. To trochę
uspokoiło komisarza. Zerknął na Mirka. Ten siedział
nieporuszony, ale Nawrocki skonstatował, że trzyma
w prawej dłoni glocka, najwyraźniej gotowy do akcji.

Samochody skręciły ostro w prawo, w słabo oświet-
loną aleję parkową, wysadzaną strzelistymi topolami.
Komisarz zauważył, że teraz kierowcy już zupełnie
wygasili światła i auta podjechały pod willę całkowicie zaciemnione.

Zatrzymały się nagle i wtedy Nawrocki wyciągnął
broń, by ją zarepetować.

— A ty co? — dowódca odwrócił się.

Komisarz zamarł w pół ruchu.

— Idę z wami — odpowiedział twardo.

— Akurat! Nigdzie nie idziesz! Znasz rozkaz komendanta. Takie akcje to nasza broszka, możesz nam
tylko przeszkodzić.

— Ale ja...

— Ty niczego nie musisz — wszedł mu w słowo
komandos. Zostaniesz tu i będziesz grzecznie czekał.

— Kurwa, Zygmunt, chyba sobie żartujesz! Tam są...

— Wiem, wiem. I właśnie dlatego nie wolno ci. Spaprzesz tylko wszystko.

— Spierdalaj, Zygmunt! Idę i tyle.

— Nigdzie nie idziesz, mówię ci! A jak będziesz dalej podskakiwał, to posadzę tu z tobą jednego z moich byków, żeby cię przytrzymał.

Nawrocki nie odpowiedział.

— Obiecaj, że się nie ruszysz — nalegał oficer.

Komisarz się skrzywił. Miał nadzieję, że mimo wszystko dadzą mu pójść. Liczył trochę na znajomość z komisarzem Miłoszewskim, ale ten najwyraźniej zamierzał ściśle trzymać się procedur.

— Zostanę! — wykrztusił bez przekonania.

— Dobra! — dowódca antyterrorystów nie marnował czasu i natychmiast włączył krótkofalówkę.

— Tu pierwszy! Zaczynamy! — po czym żwawo wyskoczył z busika.

Boczne, przesuwane drzwi w volkswagenach odskoczyły i z wnętrza wysypały się dwa małe oddziały ubranych na czarno policjantów, obwieszonych bronią, w kevlarowych kamizelkach kuloodpornych i powleczonych ciemną matową farbą hełmach. Nawrocki zauważył, że każdy z nich miał na kasku noktowizor. Widział już takie w telewizyjnych relacjach z Iraku, u żołnierzy amerykańskich i brytyjskich, ale nie wiedział, że są też na wyposażeniu polskiej policji. Tymczasem oddział uformował się w dwa szeregi i chłopcy szybko, lekko pochyleni, ruszyli w mrok. Z jednego z wozów wysiadło teraz spokojnie, by nie rzec flegmatycznie, dwóch gości z ogromnymi futerałami na plecach. Nie mieli hełmów, tylko zwykłe czarne bejsbolówki, nałożone tyłem do przodu. Daszki opierały się im o szyje.

— Snajperzy! — mruknął z podziwem Mirek, który został z komisarzem, bo zrozumiał, że polecenie Miłoszewskiego dotyczy również jego. Sierżant miał absolutnego hopla na punkcie strzelców wyborowych. Kiedy służył w ZOMO, próbował się nawet dostać na odpowiedni kurs, ale go spławiono tak, jak zazwyczaj spławiano ochotników uznawanych w istocie za bumelantów, którzy chcą zastępczą służbą w milicji wywinąć się z wojska.

Mirek rozpoznał bezbłędnie, że futerał niższego ze strzelców skrywa fiński karabin Sako — uznawany bezsprzecznie za najlepszy na świecie. Ale szczęka opadła mu dopiero wtedy, gdy drugi z policjantów wyciągnął swoją broń. Był to wielkokalibrowy karabin McMillan M88. Z tej armaty można było niszczyć cele oddalone niemal o dwa kilometry od strzelca! A z bliska dosłownie rozerwać człowieka na strzępy. Nawet jeśli miał kamizelkę kuloodporną.

Niższy ze snajperów poprawił czapkę, a spod niej na moment wysunął się krótki koński ogon. To była kobieta. I kiedy Mirek już otwierał usta, by podzielić się obserwacją z komisarzem...

— Lepiej przesiądźcie się do merca — rzucił kierowca, wskazując terenówkę. — Tam jest sprzęt, będziecie mogli coś zobaczyć.

Wygramolili się i biegiem ruszyli do zaparkowanego z dala od latarni terenowego mercedesa. Kiedy Nawrocki zapukał w szybę, zauważył, że w ulicę wjeżdża zaciemniona karetka pogotowia. Raz błysnęła światłami i stanęła z boku.

— Cześć! — powiedział komisarz, gramoląc się do środka. — Karetka? — rzucił pytająco w kierunku oficera siedzącego przed trzema monitorami. Ten miał co prawda słuchawki na głowie, ale nasunięte tylko na jedno ucho, by słyszeć też to, co się działo w wozie. Na pytanie komisarza zareagował lekkim odwróceniem głowy.

— Cześć! A tak. Po Magdalence już zawsze jest.

— A transporter? — zapytał Nawrocki nerwowo.

— Spokojnie. Zaraz tu będzie. On się wlecze jak karawan — rzucił oficer, nie bardzo wyczuwając delikatność sytuacji. — Wyluzujcie się i usiądźcie za mną. Ten monitor z lewej — pokazał palcem — daje obraz w podczerwieni. Widzicie te jasne sylwetki? To tamci. Mam ich dwóch na terenie i z tego, co widzę... — Pomanipulował jakimiś pokrętłami na konsoli. — Tak!... Co najmniej dwóch przemieszczających się wewnątrz. A jeszcze jeden siedzi nieruchomo, więc pewnie kontroluje obraz z kamer. Cholera! Żeby to tylko były wewnętrzne...

— A te pozostałe dwa? — rzucił szybko Mirek, mając na myśli świecące monitory przed sobą.

— Środkowy to obraz noktowizyjny, wyłączymy go zaraz, jak rzucą granaty rozbłyskowe i ogłuszające, a ten trzeci to normalna kamera. Tyle że sporo czulsza od zwyczajnych.

— Dlaczego mówiłeś, że lepiej, gdyby nie mieli kamer zewnętrznych? — zaniepokoił się Nawrocki.

— Bo mogliby coś za prędko zobaczyć! — odpowiedział szybko oficer, dociskając jednocześnie słuchawkę przy uchu. — Nasi już są. Zajęli stanowiska.

— Co teraz? — spytał komisarz.

— Czekamy na transporter. Zawsze jest z nim problem.

Zamilkli.

Mijały minuty.

Nawrocki przebierał palcami. Wreszcie zacisnął kciuki i zaczął rytmicznie powtarzać w myślach: „Żeby się udało, żeby się udało"...

W uliczkę wtoczył się stary brdm z ogromnym metalowym lemieszem dospawanym do przedniej burty. Światła miał wygaszone.

— No nareszcie! — westchnął oficer i przełączając szybko przyciski na konsoli, odezwał się półgłosem do maleńkiego mikrofonu zawieszonego na stelażu słuchawek: — Gotowe! Taran już jest. Widzę czterech aktywnych. Dwóch na zewnątrz, blisko drzwi wejściowych, i dwóch w środku, obaj na pierwszym piętrze. Jeden bierny siedzi. Pomieszczenie w lewej części domu, parter. Piwnicy nie widzę, musi być za głęboko. Zygmunt, słuchaj! Tam może jeszcze być ktoś z zakładnikami!

Nawrocki mocniej zacisnął kciuki.

— Zrozumiałem! Bez odbioru! — zabrzmiał w samochodzie głos Miłoszewskiego, bo oficer od elektroniki włączył nadawanie na głośnik.

— Dałem ogólny — powiedział beznamiętnie operator. Nawrocki zamknął oczy.

Usłyszeli komendy wydawane przez Miłoszewskiego. Trwało to chwilę, po czym zapadła cisza.

Silnik brdm-u zagrał nagle na wysokich obrotach, a transporter, który tymczasem zajął pozycję, skoczył gwałtownie do przodu, rozpędził się w alejce i z impetem walnął w bramę posesji. Ta odskoczyła na boki. Wóz opancerzony wpadł na teren i zapalił wszystkie reflektory, które miał doczepione do korpusu. Zrobiło się nagle bardzo jasno i trupie światło zalało całą fasadę budynku.

— Wyłączam dwójkę — beznamiętnie powiedział operator i drugi z monitorów zgasł. Rozległ się ogłuszający huk i błysnęły fluorescencyjne ognie. — To granaty! Ruszyli! — przekrzykiwał hałas oficer, nie odwracając wzroku od sprzętu. Nawrocki, roztrzęsiony, otworzył oczy. Monitory nie dawały jasnego obrazu. Przypominały ekrany USG, tylko specjalista mógłby coś z tego bałaganu wyczytać. I wtedy padły strzały.

Nawrocki nie wytrzymał. Rzucił się do drzwi, szarpnął i wyskoczył na zewnątrz. — Gdzieeee? — dosłyszał jeszcze głos oficera od elektroniki, ale już gnał ku rozświetlonemu i zadymionemu budynkowi. Biegnąc, wyjął pistolet, odbezpieczył go i przeładował. Wpadł w wyważoną bramę, potknął się, na moment stracił równowagę i byłby pewnie upadł, gdyby nie złapały go czyjeś silne ręce.

— Gdzie się pchasz, do kurwy nędzy! Chcesz zginąć? — usłyszał i zrozumiał, że trzyma go w uścisku jeden ze szturmowców. Szamotali się przez chwilę, ale Nawrocki nie miał żadnych szans. — Dowódca mówił, że tak będzie. Ale z ciebie pieprzony chojrak!

— Tam jest moja rodzina, puszczaj! — wycharczał komisarz, ale uścisk nie zelżał.

— Będzie dobrze! Spokój! Spokój, kurwa! — wrzeszczał mu do ucha antyterrorysta, najwidoczniej wściekły, że szef kazał mu czekać na komisarza i mieć na niego oko.

Strzały nagle ucichły. Nad całą posesją zapanował upiorny spokój. Z daleka dało się słyszeć wycie syren. Dom wciąż pławił się w dymach.

Po chwili z oparów wynurzyła się grupka policjantów, prowadząca dwóch pochylonych i skutych mężczyzn. Obok Nawrockiego wyrósł jak spod ziemi Miłoszewski.

— Kurwa, wiedziałem, że nie można ci wierzyć! Dziękuję, Długi! — zwrócił się do policjanta wciąż trzymającego Nawrockiego.

— Co z nimi? — wychrypiał komisarz, miotając się w uścisku antyterrorysty.

— A co ma być? W porządku. Są w szoku, ale nic im nie jest — Miłoszewski zabezpieczył broń. — Rutyna, stary, rutyna!

— Gdzie oni są? I każ temu bydlakowi puścić mnie wreszcie! — szamotał się Nawrocki.

— Ten bydlak pewnie ocalił ci życie, palancie! Oni mieli kałasznikowy i zrobili z nich użytek. Na szczęście niewielki... — Miłoszewski przerzucił broń przez ramię i głową dał znać podwładnemu, by ten uwolnił Nawrockiego. — Są w piwnicy. Możesz do nich iść.

— A do mikrofonu wycedził: — Tu pierwszy! Odbój! Zero własnych, dwóch bandytów. I dawajcie lekarza, jeden obcy postrzelony. Sanitariusz niech się zajmie zakładnikami. Są w domu, w piwnicy. Szybko!

Nawrocki, nie słuchając już dalej, rzucił się biegiem w kierunku domu. Minął kolejną grupkę policjantów, którzy rozluźnieni szli powoli, trzymając hełmy w rękach. Wpadł w drzwi. W korytarzu śmierdziało gazem i prochem. Zobaczył schody po lewej i zbiegł nimi natychmiast. Minął policjanta z bronią gotową do strzału i już stał w drzwiach do ciemnawego, oświetlonego jedną słabą żarówką pomieszczenia. Na rozbebeszonym łóżku siedziała w kucki Małgorzata, tuląc Jasia.

— Tata! — wykrzyknął chłopiec i rzucił się w ramiona ojca.

Nawrocki mocno przycisnął syna do piersi. Jaś zaszlochał. Małgorzata patrzyła na męża bezradnie. Miała rozczochrane włosy.

— Już po wszystkim, kochani. Już po wszystkim — wyszeptał Nawrocki.

Więzienie pod Radomiem. Środa, wczesne popołudnie

Nie musiał tego robić, ale uznał, że powinien. Właściwie nie umiał powiedzieć dlaczego. Ot, poczucie konieczności, jakby imperatyw, który nie dawał mu spokoju.

Pojechał więc do Radomia jeszcze raz. Wziął służbowy wóz, ale tym razem zadbał, żeby nie był to jeden z rozklekotanych polonezów. Przydzielono mu nieco nowsze, ale i tak mocno zużyte daewoo espero. — Może być — powiedział z rezygnacją do dyżurnego. Upewnił się tylko u mechaników, czy jest na chodzie. Było.

Parking przy więzieniu był zapełniony, więc komisarz długo musiał szukać wolnego miejsca. W końcu udało się je znaleźć tuż obok bramy wjazdowej do zakładu. Miejsce zwolniła astra zabierająca jednego z „pensjonariuszy", który wyszedłszy za mur zaraz wpadł w objęcia czekającego nań komitetu powitalnego. Nawrocki obserwował tę scenę zza kierownicy. Pewnie rodzina.

Komisarz nie miał najmniejszej ochoty spotykać się z nadętym naczelnikiem. Dopilnował więc tylko, by przesłano wiadomość o jego wizycie u Klejnockiego i nic więcej. Administracja zakładu penitencjarnego nie musiała znać powodu. Komisarz czuł się wyjątkowo zmęczony. Nie chciał żadnych więcej duserów, fałszywych uprzejmości, zbędnych gadek.

Stało się, jak pragnął. Wymuskany klawisz o urodzie Brada Pitta poprowadził go wprost do celi zajmowanej przez naukowca.

Klejnocki wyglądał kwitnąco i kordialnie powitał komisarza. A ten, bez zbędnego wstępu, usiadłszy na krześle naprzeciw szklanej ściany celi, zrelacjonował przebieg śledztwa i wszelkie ustalenia, które uznał za warte przekazania.

Kiedy skończył, zapadła cisza. Klejnocki pykał fajkę i na ten widok Nawrocki także zapragnął zapalić. Niestety, w pośpiechu zostawił wszystkie swoje nikotynowe utensylia w domu.

— Rozwikłał pan kolejną zagadkę? — odezwał się Klejnocki. — Pochlebiam sobie, że miałem w tym niejaki udział.

— Nie da się ukryć — odpowiedział komisarz, wiercąc się na krześle. — Chciałbym panu...

— Chce mi pan podziękować, tak? — wyprzedził myśl komisarza Klejnocki. — Nie ma za co, nie ma za co... To właściwie ja powinienem panu złożyć wyrazy wdzięczności.

— Tak?

— Za to, że dał mi pan zajęcie, drogi panie — doktor wpadł policjantowi w słowo. — Tak jest! Dał mi pan zajęcie i zorganizował lepsze warunki pobytu. To nie jest znowu takie nic, niech mi pan wierzy. I jeśli rzeczywiście panu pomogłem, jak pan twierdzi, to mam nadzieję, że nie zostanie mi to zapomniane — Klejnocki uśmiechnął się melancholijnie.

Nawrocki nie był pewien, czy dyskretny smutek doktora wynika z tego, że to był prawdziwy koniec sprawy i że policja niczego już więcej nie będzie od niego chciała, czy też może z całkiem innych powodów.

Komenda Stołeczna. Czwartek, przedpołudnie

Na spotkanie z Oksaną Nawrocki szedł jak na ścięcie. Dobrze wiedział, co jest grane. Niby chodziło o sprawdzenie, czy nie uległ pourazowemu stresowi. Wszyscy, którzy strzelali w akcji, musieli przez to przejść. A zwłaszcza ci, którzy strzelali z dobrym skutkiem. Dyrektywy szefostwa były jednoznaczne i nie przewidywały wyjątków. Podobno stanowiły realizację zaleceń Interpolu oraz unijnych agend zajmujących się pracą organów bezpieczeństwa i pilnowania porządku. „Szkoda, że innych zaleceń nie wdraża się u nas równie konsekwentnie, zwłaszcza tych płacowych" — myślał sarkastycznie komisarz, przemierzając smętnie korytarz prowadzący do pokoju psycholożki.

Oficjalnie więc szło o pomoc psychologiczną, porady, psychoterapię. Nawrocki jednak już dawno przejrzał prawdziwą naturę tego całego psychologicznego masażu, jakiemu poddawano przy podobnych okazjach jego kolegów z komendy. Oksana sporządzi z ich spotkania raport, który będzie materiałem dla wydziału wewnętrznego w dochodzeniu. Więc tak naprawdę szło o kontrolę, o wywiad, którego efektem ma być wniosek dotyczący intencji działania policjanta w kryzysowej sytuacji oraz aktualne rozpoznanie jego osobowości.

Psycholożka wydawała się nienaturalnie spięta i — na początku przynajmniej — podejrzanie oficjalna. Zaczęli od wypełnienia jakiejś idiotycznej ankiety, przypominającej wywiady psychiatryczne. Czy w rodzinie były przypadki schorzeń nerwowych lub psychicznych? Jakie jest ogólne samopoczucie badanego? Jak sypia? Czy pije i ile? Narkotyki? Czy miewa napady gniewu lub agresji? Czy w jego rodzinie zdarzały się akty przemocy wobec dzieci? Jakie były relacje badanego z ojcem i matką?

Nawrocki, coraz bardziej rozdrażniony, odpowiadał burkliwie monosylabami, ograniczając się głównie do: „nie", „tak", „umiarkowanie", „sporadycznie".

Gdy skończyli, Oksana z wyraźną ulgą odłożyła kwestionariusz na bok. Przesiadła się zza biurka na krzesło stojące na wprost Nawrockiego.

— Panie Irku — zaczęła z wyraźnym wahaniem w głosie. — Ja wiem, że to dla pana niezbyt przyjemne. Dla mnie zresztą też, ale mniejsza o to. Znamy się już tyle czasu. Proszę mnie zrozumieć.

— Ja rozumiem, nie ma sprawy. Ale i ja byłbym wdzięczny za wyrozumiałość. To nie jest dla mnie łatwe. Wiem, o co chce mnie pani pytać.

— A właśnie! — psycholożka zgrabnie wpadła komisarzowi w słowo. — Męczy to pana?

— Znaczy co?

— Pan wie. Proszę nie utrudniać.

— Pani pyta o tamtą akcję... Szczerze mówiąc, to nie bardzo wiem.

— Czego pan nie wie? — drążyła Oksana.

— Nie wiem, co powiedzieć. Naprawdę! — dodał, widząc jednocześnie powątpiewanie w oczach rozmówczyni.

— Dobrze! Chwyćmy byka za rogi! — zmieniła ton na twardszy, bardziej rzeczowy. — Proszę powiedzieć, jak się pan dziś czuje z tym wszystkim.

— Jak się czuję? — zamyślił się głośno komisarz.

— Czy mógłbym zapalić fajkę? — zapytał nagle i widząc, że Oksana potakuje, wyciągnął z kieszeni marynarki cały sprzęt. A kiedy już rozdmuchał żar w cybuchu i skrył się na moment w dymie, podjął wreszcie decyzję. — Powiem szczerze. Nijak.

— To znaczy?

— Jeśli ma pani na myśli koszmary, wyrzuty sumienia, jakieś depresje czy takie tam pierdoły, to nic z tych rzeczy.

— Zechce pan doprecyzować? — Oksana była mocno skoncentrowana na rozmówcy.

— A co tu doprecyzowywać? Po prostu, nie myślę o tym. Nieźle sypiam, nie piję więcej niż zwykle, to znaczy — nie mam już takich przygód, jakich była pani świadkiem. Zresztą, szczerze ubolewam, że naraziłem panią na... — zawahał się. Ale natychmiast odzyskał rezon. — Zwyczajnie cieszę się, że rodzina cała i zdrowa, i na szczęście chyba też dochodzi pomału do siebie.

— No właśnie! Jak tam synek i pani Małgorzata?

— A dziękuję. Jak mówię, chyba odzyskują spokój. Jaś ma co prawda kłopoty ze snem, zdarza się, że budzi się w nocy niespokojny. Poza tym stał się bardziej drażliwy, ale tego się spodziewaliśmy. Jak na całą tę historię, to i tak nieźle sobie radzi. Jeszcze parę dni i mam nadzieję, że się ustabilizuje.

— Byliście z nim u psychologa?

— Nie było takiej potrzeby. Nie zauważyliśmy u niego wzrostu nerwowości. Otoczyliśmy go opieką. Wygląda, że to wystarcza.

— To dobrze. Ale proszę pamiętać, że te wszystkie wydarzenia musiały, nawet jeśli tego teraz nie widać, wywrzeć traumatyczny wpływ na jego psychikę. Gdyby jednak państwo zauważyli coś niepokojącego...

— Dziękuję, wiem. Jesteśmy świadomymi rodzicami.

— Z pewnością! A pani Małgorzata? — nie odpuszczała Oksana.

— Też dobrze. Zadziwiająco dobrze. Tylko w ogóle nie chce o tym mówić...

— A więc zepchnęła wszystko w podświadomość. Pewnie sobie poradzi, ale równie dobrze może przechodzić okres inkubacji, w którym dojrzewa jakaś dysfunkcja.

— Co konkretnie ma pani na myśli? — Nawrocki poruszył się niespokojnie.

— Proszę ją także uważnie obserwować. Gdyby doszło do jakichś anormalnych zachowań, czegoś, co wyda się panu dziwne, niecodzienne. Jakichś ekscentryzmów, dziwactw... Niech pan się wówczas do mnie odezwie. Wypiszę odpowiednie skierowanie, mam znajomości...

— Nie wątpię — przerwał obcesowo Nawrocki.

— Więc dobrze, ustalmy, że jeśli dojdzie do czegoś takiego, to na pewno pani dowie się pierwsza.

— Cieszę się, że pan rozumie.

— Staram się.

Psycholożka sięgnęła po papier z biurka.

— Wróćmy zatem do pana. Muszę zadać panu kilka pytań. Być może trudnych.

— Jestem przygotowany.

— Mówi pan, że nie ma kłopotów emocjonalnych? — przystąpiła do rzeczy, dzierżąc groźnie długopis nad kartką.

— Raczej nie. Jakoś to w sobie przewalczyłem — Nawrocki starał się nadać głosowi lekko beztroski ton.

— Co pan ma na myśli?

— Oksano! Dobrze pani wie! Zabiłem w końcu człowieka i zrobiłem to pierwszy raz w życiu. Ale czego się pani spodziewa? Że wyznam pani, jak się z tym męczę? Takie rzeczy się zdarzają. Trudno. W końcu po to nas szkolą.

— Szkolenie to jedno, a bezpośrednie doświadczenie to drugie. Może i teoretycznie pana do tego przygotowano, ale ja chcę zobaczyć, jak pan sobie radzi z rzeczywistością.

— To był rzadkiej jakości bydlak — Nawrocki rozkręcał się pomału. — Porwał i uwięził moich najbliższych. Pewnie był nawet gotowy zrobić im prawdziwą krzywdę. Zresztą i tak zrobił. Sama pani przed chwilą mówiła, że ani Jaś, ani Małgosia nie wyjdą z tego bez szwanku. A najważniejsze, że podjął z nami walkę. Gdybym nie zareagował, nie rozmawialibyśmy teraz tutaj!

— A to postrzelenie w kolano? — zapytała Oksana.

— Nie trafiłem za pierwszym razem. Byłem w niewygodnej pozycji.

— Ale w kolano pan trafił?

— Niechcący. Tak naprawdę mierzyłem w korpus. Tego nas w końcu uczą. Jak już użyć broni, to tak, by trwale unieszkodliwić.

— I dlatego za drugim razem trafił pan prosto w czoło? — Oksana przekrzywiła głowę gestem niepokornej dziewczynki.

Nawrocki zrozumiał, że ona się domyśla. Nie! Że ona wie. Że ta rozmowa to zabawa w kotka i myszkę. Ale nie zamierzał wypaść z roli.

— Broń mi podskoczyła. Glock ma niezłe odbicie. To się działo w dystansie i w ułamku sekundy. I wie pani? — Nawrocki pochylił się ku niej ze stężałą twarzą — zupełnie tego nie żałuję. Dzięki temu i Mirek, i ja żyjemy.

— Był pan zaskoczony swoją reakcją? — zapytała, jak gdyby nigdy nic.

— Słucham? — zawahał się. — Nie! To był odruch. Trenujemy, ćwiczymy, strzelamy. Okazało się, że instruktorzy mają rację, kiedy tak nas cisną. Ciągle powtarzają o konieczności wyrobienia nawyków. Nawet jestem zadowolony, że jak przyszło co do czego, to te wszystkie nauki, co do których, przyznam, miałem do tej pory wiele wątpliwości, nie poszły w las.

— A co pan czuł w tamtej chwili?

— To był moment! Oksano, naprawdę! Czy ja coś czułem?... Nie! Nic nie czułem. Ale to ciekawe, dopiero teraz to sobie uświadamiam. Nie, nic. Miałem zimny umysł, to na pewno. Wszystko widziałem jasno, przejrzyście. Nóż, krzyk Mirka. Wyciągnąłem broń, automatycznie. Jakbym to przerabiał na treningu. Zresztą robiliśmy takie ćwiczenia.

— I niczego pan nie czuł? — Oksana pisała coś na kartce.

— Jak mówię. Chyba nic. Może zimno.

— Zimno?

— No tak, taką lodowatą oczywistość.

— A myślał pan wtedy o rodzinie? — Oksana zmieniła temat.

— Wtedy? Wtedy nie. O niczym nie myślałem. Jak mówiłem, to były chyba zwykłe odruchy...

— A wcześniej?

— No pewnie! Cały czas o nich myślałem. Byłem wściekły, rozjuszony. I powiem szczerze, że gdybym tylko miał okazję, tobym skopał go na śmierć!

— Bolka? — upewniła się Oksana.

— No tak.

— A co teraz pan czuje?

— Pyta pani o wyrzuty sumienia?

— Chociażby.

— Nie, nie mam. Jeszcze raz powtórzę: ten Bolek to była zwykła kanalia. Chwast. Ale gdyby był grzeczny, toby żył.

— A kiedy go przesłuchiwaliście i on stawiał opór, co pan czuł? Bo stawiał opór, prawda?

— Kiedy go pytaliśmy? — komisarz zamyślił się i pyknął dymem z fajki. — No dobra, powiem. Wydawało mi się, że będę pełen nienawiści. Że będę tej szui nienawidził jak psa! Ale nie. Sam się sobie teraz dziwię. Prawda, obiliśmy mu trochę ryj, ale metodycznie. Nie chodziło o zemstę, tylko o skuteczność.

— O skuteczność?

— No tak, bo przecież nie chciał mówić.

Oksana znów zapisała coś w notatkach.

— I co dalej z pana emocjami?

— Nie było żadnych emocji. Działałem jak maszyna.

— I był pan opanowany?

— Zimny jak lód!

— I myślał pan logicznie, pragmatycznie?

— Chyba tak.

— A nie dziwi pana, że był do tego zdolny? To opanowanie, zimno... Przecież to nieludzkie!?

— Czy ja wiem? Może trochę mnie samego teraz dziwi. Ale pozytywnie!

— Słucham?

— W sumie to cieszę się, że nie uległem żadnym namiętnościom. Że działałem tak sprawnie i bez emocji, o które wciąż mnie pani nagabuje.

— Czyli, że dowiedział się pan czegoś nowego o sobie, tak?

— No tak. W sumie tak.

— Dziękuję.

Oksana dopisywała jeszcze coś w swoich notatkach, a Nawrocki siedział już rozluźniony i kończył palić fajkę.

A potem Oksana swobodnie zmieniła temat i zaczęła dopytywać się o jakieś plotki na temat podwyżki. Czy to prawda, czy komisarz coś słyszał i ile mają dać. Ale Nawrocki nic nie wiedział. Już prędzej Mirek, do którego ją życzliwie odesłał.

Przy pożegnaniu psycholożka na moment się zawahała.

— Właściwie to miałabym tu coś dla pana...

— Tak? A co?

— Pewien artykuł i książkę. Artykuł jest po polsku, ale książka po angielsku. Jeszcze jej nie przetłumaczono...

— Poradzę sobie. A jest pani pewna, że na coś mi się przydadzą?

— Pewna nie jestem. W moim zawodzie w ogóle jest mało pewności. Ale mogę ręczyć, że czas przeznaczony na lekturę nie będzie czasem straconym. Może to będzie użyteczne w pracy, a może...

EPILOGOS

Zima 2005
Południe

Komórka od dłuższej chwili uporczywie brzęczała. Mirek zaklął. Pomyślał, że zawsze dzwonią, gdy człowiek ma wreszcie chwilę dla siebie, żeby porządnie wypocząć, ale odebrał. Po drugiej stronie, ku swemu zaskoczeniu, usłyszał znajomy głos.

— Cześć, piesku. Słyszałem, żeście sobie poradzili?

— No! — zdawkowość Mirkowej odpowiedzi wynikała tyleż z jego zdziwienia, co chwilowego braku riposty.

— Niezły ten twój glina. Ho, ho, już o nim głośno — zachichotał Kolec.

— No i co z tego? — nie dał się zbić z tropu Mirek.

— A nic, nic... Jakby nie był tym, kim jest, miałby u mnie piwo.

— Załatwiliśmy ci konkurencję, tak? — Mirek zdobył się na ironię.

— A nawet jeśli? Zresztą, co to za konkurencja, ten Bolek? Facet do wynajęcia. Własnych interesów miał tyle, co kot napłakał... Ale zawsze trochę więcej wolnego miejsca na rynku. A i wy skorzystaliście, tak? Rodzina w domku, komisarz szczęśliwy. Jako złota rybka spisałem się na medal, co?

— Jeśli chcesz usłyszeć „dziękuję", to nie usłyszysz! — zaperzył się Mirek. — I w ogóle, po co dzwonisz?

— Chciałem pogadać chwilę na odchodnym. Jesteśmy kwita. A teraz zapomnij o mnie i wszystko będzie okay.

— Kolec! Chyba żartujesz? Mamy cię na oku, pamiętaj! Przejrzeliśmy twoją kartotekę.

— To się przyglądajcie, pieski. Na zdrowie! Gówno wam się uda.

— Zobaczymy.

— A pewnie! Jesteśmy na remisie, gra zaczyna się od nowa. Ale skrewicie, mówię ci.

— Zobaczymy — powtórzył Mirek. — I nie licz już na taryfę ulgową.

— Nie liczę — zaśmiał się Kolec.

— I dobrze — odpalił Mirek, ale mówił już w pustkę, bo jego rozmówca rozłączył się równie niespodziewanie, jak zadzwonił.

Sierżant odłożył telefon i przewrócił się na drugi bok. Wciąż chciało mu się spać, ale zdawał sobie sprawę, że jest już późno i powinien wstawać. Jednak lenistwo wygrało. Mirek nasunął jasiek na głowę i ponownie zamknął oczy.

Wieczór

To było już po zakończeniu sprawy. Lada dzień miał dostać decyzję wydziału sugerującą wzięcie urlopu. W innym wypadku czekało go zawieszenie. W końcu dał za wygraną i napisał stosowne podanie. Zostało rozpatrzone, rzecz niebywała, natychmiast.

Wszystkim takie wyjście z sytuacji było na rękę. Komenda chciała go chwilowo odsunąć, żeby nie wyniknął żaden medialny skandal. Nawrocki miał zresztą wrażenie, że przełożeni boją się ostatnio bardziej lokalnej prasy brukowej niż przestępców. Wydział wewnętrzny natomiast chciał go mieć z dala od bieżącej pracy, przynajmniej do czasu, gdy zakończy się postępowanie wyjaśniające. Rutyna. Komisarz uznał zatem, że i on wykorzysta okoliczności, by trochę odpocząć.

Potrzebował tych kilkunastu dni wytchnienia.

Ale zanim się odsunął, postanowił doprowadzić wszystko do końca. Tak mu dyktowało poczucie obowiązku, ale też — bądźmy szczerzy — zwykła ciekawość.

Poza tym należało się spieszyć, póki aura była przychylna. Tym bardziej że synoptycy już zapowiadali solidne mrozy.

Uzyskanie pozwoleń na rozkopanie fragmentu placu Teatralnego nie było trudne. Bez skrupułów wykorzystał swe wpływy i uderzył do odpowiednich instytucji miejskich, by ledwie po kilku dniach mieć już wolną rękę.

Żeby nie zakłócać ruchu ani nie wzbudzać niepotrzebnej sensacji, zaplanowali prace na wieczór. Najpierw przyjechała drogówka i zamknęła wjazd na plac Teatralny w tej części, gdzie niegdyś stał ratusz, a dziś jego replika wzniesiona siłami jednego z banków, który w odrestaurowanym gmachu miał swą główną siedzibę. Radiowozy stanęły w poprzek jezdni z włączonymi kogutami. Policjanci leniwie kierowali nadjeżdżające samochody ku bocznym ulicom.

Wtedy przed Teatr Narodowy zajechała koparka oraz mały busik, z którego wygramolili się robotnicy. Wyciągnęli z wozu stelaż i płachtę, po czym wzięli się do rozpinania namiotowej wiaty nad miejscem robót.

Nawrocki i Mirek już czekali. Towarzyszyli im na wszelki wypadek rzecznik prasowy komendy oraz jeden z oficerów z gabinetu komendanta. Przybył odpicowany, w galowym mundurze.

— A ten mały, myszowaty, to kto? — spytał Mirek, wskazując na niepozornego jegomościa dreptającego za policjantami.

— Ten? A, to główny archeolog miasta, czy jak tam się ta jego funkcja nazywa — Nawrocki ledwie rzucił okiem.

— Archeolog?

— No przecież mówię. Jak się kopie, to zawsze archeolodzy muszą dać zgodę, a potem asystują przy robocie. Żeby nie spaprać jakichś zabytków.

Było zimno i mokro. Zima tego roku zaczęła się paskudnie. Do miasta powoli wkraczała mgła. Stojący w grupie mężczyźni co rusz stawiali kołnierze, wzdrygali się i ruszali, by oszukać wnikający pod powierzchnię ubrań chłód.

— Szefostwo dba o własny piar — Nawrocki wskazał na oficera łącznikowego z mediami, nie mogąc pozbyć się ironii. — Założę się, że jutro, najdalej pojutrze wyczytamy w gazetach coś budującego o naszej akcji.

— A co tu można powiedzieć? — Mirek żuł gumę, by zabić w ustach nieprzyjemny smak.

— Jak to co? Stały zestaw. Ustaliliśmy, zdobyliśmy informacje, odkryliśmy. Jeszcze jedna warszawska tajemnica została wyjaśniona.

— Jaka tajemnica? Przecież nikt o tym, oprócz tej całej mafii, nie wie? — zdziwił się Mirek.

— To się właśnie dowiedzą! Policja ma na uwadze nie tylko sprawy doczesne, ale też jest strażniczką naszej chwalebnej przeszłości — szydził Nawrocki. — Zobaczysz, ta sprawa nie skończy się na doniesieniach w stołecznych gazetach. Zaraz ją podchwycą jacyś macherzy i rozkręcą imprezę na całego. Za grube ryby są tu zamieszane.

— A skąd będą wiedzieć? Przecież my...

— My nie — kontynuował komisarz, odpowiadając natychmiast na wątpliwości podwładnego — ale ktoś z pewnością puści parę z gęby. Zobaczysz! Jakiś przeciek, plotki, pogłoski... To się na pewno tak zwyczajnie nie skończy. Ale mniejsza z tym. — Splunął w bok, zniesmaczony. — Ja mam to gdzieś. Złożę raport, a oni niech się później żrą.

— Szef coś wie... — zainteresował się Mirek. — Co tam właściwie jest?

— A co ma być? Pewnie złoto. Monety, może sztabki? Najpewniej też ruble imperialne, no i obligacje tymczasowe wystawione przez Rząd Narodowy.

Może jeszcze jakieś papiery bankowe. Weksle? Zobowiązania? Jakieś spisy darczyńców... I tak wszystko trafi do muzeum. Będzie robota dla historyków. Taaak, pewnie na kilka doktoratów, nie ma przebacz... Poza tym spodziewam się, że za chwilę znajdziemy coś bardzo ważnego...

— Czyli co? — ponaglił go Mirek.

— Myślę — Nawrocki nabił fajkę, po czym wypuścił z widocznym zadowoleniem pierwszy dym — że znajdziemy tu zaginioną pieczęć Rządu Narodowego z czasów powstania styczniowego. Rozumiesz? To taki święty Graal dla wielu badaczy.

— No... Niby tak — niepewnie odpowiedział sierżant.

— Ale prawdziwa bomba to zapiski sztyletników, tajne archiwum powstania.

— Tajne archiwum?

— Tak je sobie nazwałem. A właściwie tak o tym pisał Przybyszewski — komisarz, śledząc wzrokiem robotników, którzy tymczasem wyciągnęli z busika narzędzia i zaczęli majstrować przy słupie ogrodzonym masywnym kolczastym łańcuchem, pomału opowiedział więcej Mirkowi o zapiskach sztyletników. Gdy skończył, dół wykopany wokół cokołu miał już z pół metra.

Mirek milczał.

— A teraz — Nawrocki spojrzał na zegarek — ponieważ sterczymy tu już niezłą chwilę, przewiduję, że niedługo pojawi się kawaleria.

— Słucham? — Mirek wyrwał się z zamyślenia.

— Nic, nic. Po prostu będziemy mieli gości.

Nie minęło wiele czasu, gdy na plac zajechały nagle dwie czarne limuzyny, hamując z lekkim piskiem opon. „Cóż za pozerzy!" — pomyślał Nawrocki z głęboką dezaprobatą.

Z pierwszego wozu wyskoczyło dwóch mężczyzn ubranych w zimowe, czarne płaszcze o postawionych kołnierzach. Od razu podeszli do komisarza.

— Agencja Bezpieczeństwa Wewnętrznego — machnął legitymacją wyższy. Nawrocki skinął głową, jakby wiedział, co teraz nastąpi. — Przejmujemy nadzór!

— Proszę bardzo — bez protestów, ku zaskoczeniu Mirka, odpowiedział komisarz. Funkcjonariusz skinął ręką i z samochodów natychmiast wyskoczyło kilku podobnie ubranych facetów. Otoczyli robotników w wykopie, a ci, po chwili konsternacji, widząc, że nic się nie dzieje, wrócili do pracy.

— Szefie! Co jest grane? — Mirek złapał Nawrockiego za rękaw kurtki.

— Spokojnie! Niech działają. Widzisz, mój drogi — komisarz flegmatycznie przygryzał ustnik fajki — państwo polskie właśnie interweniuje w sprawach żywotnych dla substancji narodu.

— Co?

— Obserwuj uważnie. — Nawrocki wyjął fajkę z ust. — Tak to się u nas odbywa. Oni przyjechali tylko po jedną rzecz. Archiwum.

— Jakie archiwum? To archiwum? Szefie, kurde...

— Spokojnie! — powtórzył Nawrocki. — Mają do tego prawo.

— Ale...

— Nie ma „ale", Mirek. Tak to jest.

Robotnicy pracowali szybko i wydajnie. Pryzma ziemi wyrzucanej z wykopu rosła w imponującym tempie.

Wreszcie czyjaś łopata zazgrzytała o coś twardego. Jeden z kopaczy krzyknął entuzjastycznie. Reszta rzuciła się ku niemu.

— Patrz Mirek, patrz! — komentował Nawrocki, a jego współpracownik nie mógł oderwać wzroku od wykopu. — Zaraz wyciągną skrzynię. Albo coś w tym rodzaju. Nasi koledzy z Abwehry wezmą tylko zapiski... Listę agentów carskiej policji. Sztyletnicy byli świetnie zorganizowani. To oczywiście zasługa Czajkowskiego. Facet miał łeb... Więc infiltrowali rozmaite środowiska. Przybyszewski zgromadził na ten temat doprawdy imponujący materiał, a i Klejnocki sporo odnalazł... — komisarz zadumał się. Sztyletnicy zebrali całkiem przyzwoite dossier rozmaitych szumowin. Ale likwidowali jedynie tych, co do których nie było wątpliwości, że współpracują z zaborcami...

— Ale czemu Abwehra...

— Bo tam są ciekawe dane! Naprawdę bardzo ciekawe — komisarz uśmiechnął się tajemniczo. — Niejedna z naszych obecnych szych chciałaby mieć to archiwum w rękach...

— Ale to jakieś szaleństwo! — wybuchnął sierżant. — Przecież to są jakieś pierdoły sprzed stu lat!

— I tak, i nie — odpowiedział Nawrocki, nabijając znów fajkę. — Podejrzewam, że w tych aktach figurują ludzie, których potomkowie mają dziś coś do powiedzenia. W każdym razie szef Bolka na pewno znalazłby tam swoje nazwisko... A myślisz, że ten gość handryczyłby się o kupkę złotych monet? On ma forsy jak lodu! Numizmatykiem też nie jest.

— Ależ to wariactwo! — sierżant nie mógł powstrzymać oburzenia. — I to wszystko: zaciukanie Przybyszewskiego, porwanie pańskiej żony, ten cały popaprany sadysta Bolek — to wszystko dla jakiejś listy agentów sprzed nie wiem ilu lat?! Jakież to może mieć dzisiaj znaczenie? I to dla tak ważnego wała! Przecież on ma pewnie w kieszeni kogo chce!

— Wiem — przytaknął spokojnie Nawrocki. — A teraz wyobraź sobie, co by było, gdyby te dokumenty wypłynęły? Jakie to by miało znaczenie dla jego interesów — kto wie zresztą, jak ważnych?

— Ale skąd oni, znaczy Abwehra, to wiedzą...?

— To jest pytanie. Nie ode mnie i pewnie nie z teczki Przybyszewskiego. Może mają swoje dojścia, o których my nie wiemy? Obserwowali nas? Podsłuchiwali? Pewnie tak było... Ale najważniejsze jest to, że ten facet teraz będzie ich. Rozumiesz!?

— Zaszantażują go?

— Jeśli będzie trzeba, dlaczegóż by nie? I miejmy tylko nadzieję, że nie dla doraźnych profitów... A może tak to wykorzystają, żeby złamać mu kark. Kto wie?

— Ale szefie! Agenci sprzed stu lat?

— Nie widzisz, jaka jest ogólna atmosfera? Materiały z archiwów peerelowskich wciąż wyciekają. Na razie cienką strużką, ale to za chwilę nabierze tempa. I będziemy mieć tu festiwal donosicieli, agentów, Tajnych Współpracowników SB, WSI, diabła samego! Zobaczysz, jak polecą głowy. Jest sezon na polowania. Nawet te z dalekiej przeszłości. Więc teraz wyobraź sobie, że jesteś szanowanym biznesmenem, robisz interesy o strategicznym znaczeniu dla kraju. A tu ci nagle zarzucają, że twój przodek był ruskim agentem. Że się sprzedał, skurwił, ma krew dobrych Polaków na sumieniu! I na wszystko są kwity! Wiesz, co to znaczy? Że od tej chwili nici z powiązań z władzą. Bo kto się wtedy przyzna do bliższej znajomości z takim gościem? Chłopie, to koniec! Będzie teraz mógł co najwyżej prowadzić osiedlową piekarnię. Albo i to nie!

Mirkowi nagle zakręciło się w głowie.

— Ale Abwehra pewnie mu tego nie zrobi. Oni tylko chcą mieć haka...

— A hak to niby co? To władza, Mirek, władza. Tylko nie wiadomo, kto z niej skorzysta. I jak. Przecież ci z Abwehry też mają koneksje, uzależnienia, powiązania. I bywają nadzwyczaj dyspozycyjni, jeśli tylko mogą się przypodobać — skończył Nawrocki.

Tymczasem faceci z ABW zbliżyli się do wykopu. Jeden z nich odebrał z rąk robotnika zardzewiałą, metalową skrzynkę. Zajrzał do środka i natychmiast triumfująco skinął głową. Wówczas wysoki gość w płaszczu podszedł do komisarza.

— Dziękuję za współpracę. Mamy to, co trzeba.

— Nie wątpię — odpowiedział Nawrocki, a Mirek przysiągłby, że usłyszał kpinę w jego głosie.

— No to czołem — agent wyciągnął rękę na pożegnanie.

— Czołem — odpowiedział Nawrocki i ostentacyjnie się odwrócił. Tamten cofnął dłoń i ruszył ku swoim.

Komisarz tymczasem podszedł do niepozornego mężczyzny stojącego do tej pory na uboczu. Pochylił się i coś szepnął mu do ucha. Samochody ABW właśnie ruszały z piskiem opon. Mężczyzna odrzucił papierosa i niemal biegiem ruszył do wykopu. Wskoczył do środka i natychmiast zaczął grzebać w wydobytej z ziemi skrzyni. A była to solidna, drewniana skrzynia. Jak u piratów. Jej zawartość też była spora.

Nawrocki stał spokojnie, paląc fajkę. Mirek, widząc, że gość wygramolił się z dołu i ruszył ku niemu, podszedł także do swego zwierzchnika. Tamten zbliżał się truchtem. W rękach trzymał niepozorne zawiniątko. Jakaś szmata, a w niej...

— Pieczęć! Naprawdę! Miał pan rację! Matko! Jak panu dziękować? — usłyszał Mirek i zdziwił się, że na komisarzu entuzjazm muzealnika zupełnie nie zrobił wrażenia.

— Szefie?... — po chwili nieśmiało zagaił Mirek, gdy tylko niepozorny mężczyzna, pożegnawszy się kordialnie, odszedł..

— No?

— Wspomniał szef, że ten Przybyszewski miał kopię albo wyciąg tej listy... agentów, tak?

— Tak!

— Szef ją ma!?

— A jak myślisz? — odparł komisarz z ironią w głosie.

— Co z nią szef zrobi?

— Jeszcze nie wiem, Mirek, jeszcze nie wiem... — uśmiechnął się tajemniczo. — Żyjemy przecież w wolnym kraju. Jest prasa, dziennikarze śledczy. A popyt na tajne akta agentów będzie rósł... Zresztą, czy trzeba to od razu ujawniać? Nam też te szpargały mogą się na coś przydać.

Mirek zrozumiał.

Nawrocki stał nieruchomo wpatrzony w ciemność i dalej pykał fajkę. A kiedy, jakby ocknąwszy się, drgnął i odwrócił się ku Mirkowi, ten zobaczył w oczach komisarza dziwną pustkę. Usta Nawrockiego były zacięte i odznaczały się ledwie drobną czerwonawą kreską na tle ni to pobladłej, ni to poszarzałej twarzy. Mirek chciał jeszcze o coś zapytać, ale komisarz powstrzymał go zdecydowanym machnięciem ręki.

I wtedy nagle zaczął padać deszcz ze śniegiem.

Noc–świt

Nie mógł spać. Wiercił się w łóżku, starając się nie zbudzić Jasia i Małgorzaty. Synek po tych wszystkich przejściach sypiał ostatnio z nimi.

Nawrocki męczył się niemal całą noc. Bezsenność był skłonny zrzucić na karb lektury. Wieczorem skończył czytać książkę ofiarowaną mu przez Oksanę. Wcześniej przejrzał też ksero artykułu Jarosława

Grotha, psychologa z Uniwersytetu im. Adama Mickiewicza w Poznaniu. Także od niej.

Oba teksty traktowały o psychopatii. Z początku trochę się nudził, ale potem uznał, że Oksana miała rację, mówiąc, iż materiały te mogą się przydać każdemu policjantowi w pracy, i zaczął robić notatki, a najbardziej intrygujące fragmenty nawet podkreślał.

Psychopatia jest w istocie niediagnozowalna. Właściwie nie da się jej rozpoznać prewencyjnie. Można ją opisać dopiero po tym, kiedy psychopata przekroczy normę zachowań akceptowalnych społecznie i podpadnie pod jakiś paragraf. Wielu psychopatów wiedzie żywot utajony, ukryty i — kontrolując się — potrafi wykorzystać cechy swej osobowości, by osiągnąć życiowe cele: zrobić karierę, zdobyć sławę. Źródła ich sukcesu drzemią w umiejętności często bezwiednego maskowania się za fasadą powierzchownego wdzięku, ale i w bezwzględności, do której są zdolni. Oraz swoistej aempatii — czyli niemożności współczucia i współodczuwania. Są zimni i bezwzględni, gdy podejmują działania mające doprowadzić ich do wytyczonego celu. Maszyna bezemocjonalna — oto kim jest psychopata. Dąży bez skrupułów do zaspokojenia własnych silnych pragnień: ulgi, satysfakcji, przyjemności. Sumienie wtedy nie działa. Po prostu wyłącza się.

I wtedy zobaczył siebie, stojącego w lekkim rozkroku nad Bolkiem, trzymającego w prawej ręce odbezpieczony pistolet. Kiedy opowiadał później Oksanie, że nic wówczas nie czuł — nie kłamał. Miał tylko twarde, niewzruszone przekonanie, że zdobędzie informacje o rodzinie. Za wszelką cenę. I że nic go nie powstrzyma.

Właśnie to wspomnienie nie dawało mu spać.

Kiedy za oknem pojawiły się pierwsze smugi brzasku, Nawrocki wstał i zaparzył kawę. Popijał ją małymi łykami, uważnie, by się nie oparzyć, i siedząc w fotelu, patrzył na śpiącą żonę i synka. To był uspokajający widok. W tej chwili wydarzenia ostatnich dni wydawały się całkowicie nieprawdopodobne. Wiedział jednak, że pamięć jest oporna i nieraz da mu się jeszcze we znaki.

W mieszkaniu było coraz jaśniej. Brzask przeszedł niezauważenie w świt i dom zaczął powoli budzić się do nowego dnia. Zaszemrały rury, zastukały delikatnie kroki piętro powyżej.

Odstawił pusty kubek i podszedł do okna. Zapowiadał się piękny dzień. Na niebie nie było nawet chmurki. Słońce już całkiem wynurzyło się zza horyzontu i teraz świeciło intensywnie sponad kominów elektrociepłowni Siekierki. Poczuł ciepło na twarzy i zamknął oczy, pozwalając promieniom słonecznym na delikatny masaż. W głowie miał kompletną pustkę. Nic go nie dopingowało do zrobienia czegokolwiek. Dali mu urlop. Żeby przyszedł do siebie, ale też, żeby pozbyć się go chwilowo z komendy. To jasne, Nawrocki nie miał złudzeń. Teraz nadszedł czas sprzątania, czyli kontroli, inspekcji i porządkowania spraw. Jego raport będzie ostatnim, który powstanie. Wtedy, gdy wszystko się wyjaśni i będzie już wiadomo, jak traktować postępowanie komisarza Ireneusza Nawrockiego.

Miał jednak przeczucie, że wszystko wróci do normy. Będzie czekać na sygnał wydziału wewnętrznego, który zapewne odezwie się za kilka dni, by wezwać go do złożenia wyjaśnień. To zwykła procedura. Pojedzie na komendę i sucho, rzeczowo opowie całą historię. Już od pewnego czasu układał sobie wszystko w myślach. Będzie przygotowany.

Może wyjść z tego niezła chryja, to prawda. Ale co mu w końcu zrobią? Dostanie pewnie naganę z wpisem do akt za nieregulaminowe działania i przymuszenie Mirka do współuczestnictwa. Może zawieszą go na trochę? Czasowo odbiorą prawo do posiadania broni? Tym się zresztą akurat najmniej przejmował. Ale przecież go nie poświęcą. Co by się stało z całym jego archiwum? Kto by się wtedy zajął nieszablonowymi sprawami?

A na swoje usprawiedliwienie ma w końcu to, że działał w stanie wyższej konieczności. Nie dano mu wszak właściwego wsparcia ani ochrony. No i dobrze się wszystko skończyło, bo przecież ocalił rodzinę. A tego skurwysyna Bolka nikt nie będzie żałował.

Minie trochę czasu i rzecz rozejdzie się po kościach. Później wróci do kieratu, do swojego zagrzybionego pokoju, akt, kolegów, Mirka, Oksany, głupawych szefów i zakurzonych teczek. Coś się pewnie wydarzy i dadzą mu nową sprawę. Znowu będzie jak zwykle.

Stał nieruchomo w oknie. A ponieważ pod powiekami zaczęły mu tańczyć jaskrawe, żółte kręgi, otworzył oczy. Musiał jednak natychmiast je zmrużyć, bo słońce świeciło już naprawdę mocno. Nie mógł widzieć, że fasada bloku, skąpana w słonecznym świetle, mieni się intensywnym blaskiem. Wyglądało to tak, jakby cały dom stał w ogniu, a on znalazł się nagle w samym środku płomieni.

ANEKS I

Warszawa 2.01.2007

Agencja Bezpieczeństwa Wewnętrznego
Sekretariat Naczelnika Działu Dokumentacji
w miejscu

W odpowiedzi na pismo Dziekana Wydziału Polonistyki UW nr UW 2346/06/81 z prośbą o zwrot pracy magisterskiej Waldemara Łyska do archiwum uczelnianego, uprzejmie informuję, że:

a) ze względu na działania operacyjne Agencji tekst ów musi pozostać w posiadaniu służby aż do dalszych rozporządzeń.
b) na czas prowadzonych działań śledczych jego treść zostaje utajniona.

Podstawa prawna: Rozporządzenie Prezesa Rady Ministrów nr 0018/06/S21 opublikowane w Monitorze nr 12/2006

Kierownik archiwum ABW
podpis nieczytelny

ANEKS II

Fragmenty listy agentów rządu Jego Cesarskiej Mości Cara Wszechrusi, sporządzonej przez Waldemara Łyska na podstawie materiałów odnalezionych przez autora w trakcie kwerendy raportów ochrony dotyczących działalności „przeciwników i wrogów prawowitej władzy" (wg definicji III oddziału kancelarii tajnej). Patrz: teczka III/24/a5.

Uwaga!
Pracę utajniono i skierowano do działu prohibitów.

Podstawa: na mocy rozporządzenia Koordynatora Służb Specjalnych rządu RP, 23.03.2006. Nr 0015/05

Kierownik Zbiorów Specjalnych
mgr inż. Konstanty Borewicz

SŁOWNICZEK

PROLOGOS — prolog. W tragedii greckiej początkowy człon utworu wprowadzający informacje o okolicznościach (czas, miejsce, tło konfliktu, przeszłe dzieje postaci) poprzedzających właściwą fabułę.

PARODOS — pierwsza pieśń chóru wkraczającego na orchestrę (chór wchodził z dwóch stron), następująca po prologu.

EPITASIS — szczególne zawikłanie akcji dramatycznej, zawęźlenie konfliktów między postaciami poprzedzające dalsze perypetie.

PERIPETEIA — zdarzenia, które odmieniają niespodziewanie i zdecydowanie kierunek biegu akcji dramatycznej i wikłają jej dotychczasowy rozwój, stawiają bohatera utworu wobec nowych okoliczności i powodują przełom w jego kolejach życiowych.

KATASTASIS — spiętrzenie dramatycznych powikłań, które w tragedii antycznej poprzedzało bezpośrednio katastrofę.

KATASTROPHE — klęska, którą ponosi bohater tragedii, wynikająca — jako nieuchronna konieczność — z przebiegu zdarzeń dramatycznych. Poprzedza bezpośrednio rozwiązanie akcji utworu.

EXODOS — ostatnia pieśń chóru schodzącego z orchestry, zawierająca podsumowanie zamkniętej już akcji oraz liryczno-moralistyczny komentarz do przedstawionych zdarzeń.

EPILOGOS — epilog. Końcowa partia utworu informująca o dalszych dziejach postaci po zamknięciu właściwej fabuły. W niektórych gatunkach dramatu, zwłaszcza antycznego, końcowa wypowiedź skierowana do publiczności, wyjaśniająca zamysł twórcy i istotne znaczenie widowiska. Może mieć charakter metaforyczny.

Podziękowania

Ta książka wynikła z sentymentu, jaki żywię dla twórczości Juliusza Verne'a. Oby pamięć o nim żyła wiecznie. Jego powieści w dawnych latach młodości pobudzały moją wyobraźnię.

Refleksje komisarza Nawrockiego o psychopatii zbudowałem na inspirującej lekturze książki Roberta D. Hare'a Psychopaci są wśród nas.

Dziękuję Ireneuszowi Wywiałowi za wnikliwą i pracochłonną konsultację historyczną.

Dziękuję również panu Jerzemu S. Majewskiemu, dziennikarzowi stołecznego dodatku do „Gazety Wyborczej", znawcy architektury oraz starej Warszawy. Jego artykuły i książki były dla mnie inspiracją, a także, niekiedy, źródłem wiedzy.

Podziękowania należą się też Marcinowi Mielcarzowi oraz Patrykowi Pieczko, z którymi los, mam nadzieję, że dla obopólnych korzyści, zetknął mnie niegdyś, a dziś mogłem skorzystać z ich pomocy w gromadzeniu rozmaitych a niezbędnych informacji.

Za konsultację medyczną wyrazy wdzięczności zechce przyjąć dr n. med. Krzysztof Wojciechowski, a za konsultację psychologiczną — Olga Tokarczuk.

Dziękuję również tym wszystkim, którzy cierpliwie znosili moje humory podczas pisania tej opowieści. Mam tu głównie na myśli moją żonę Katarzynę oraz córkę Weronikę.

To dla Was, jak zwykle.

Dziękuję także tym, którzy byli mi życzliwi, a równocześnie tym, którzy z rezerwą podchodzili do mego zamiaru. Dobre i złe rady bywają równie instruktywne.

Nikt poza mną nie ponosi wszakże odpowiedzialności za ewentualne błędy.

Central Library

2 Fieldway Crescent
N5 1PF
Phone: 020 7527 6900
Email: central.library@islington.gov.uk
Fax: 020 7527 6902
www.islington.gov.uk/libraries
ssunl2

Borrowed Items 21/01/2014 16:48
XXXXXXXXX2154

Item Title	Due Date
* Potudnik 21	11/02/2014

* Indicates items borrowed today

Redaktor prowadzący
Waldemar Popek

Adiustacja
Sylwia Frołow

Korekta
Małgorzata Hertmanowicz-Brzoza, Barbara Wojtanowicz,
Maria Wolańczyk

Projekt okładki i stron tytułowych
Marek Wajda

Zdjęcie autora na okładce
Mateusz Kowalski

Redakcja techniczna
Bożena Korbut

Książkę wydrukowano na papierze Ecco Book 70 g, vol. 2,0

Printed in Poland
Wydawnictwo Literackie Sp. z o.o., 2008
ul. Długa 1, 31-147 Kraków
bezpłatna linia telefoniczna: 0 800 42 10 40
księgarnia internetowa: www.wydawnictwoliterackie.pl
e-mail: ksiegarnia@wydawnictwoliterackie.pl
fax: (+48-12) 430 00 96
tel.: (+48-12) 619 27 70
Skład i łamanie: Infomarket
Druk i oprawa: Drukarnia Ekodruk